巨变

——紫阳县脱贫攻坚纪事

JU BIAN

ZIYANGXIAN TUOPINGONGJIAN JISHI

曾德强 ◎ 著

西安出版社

图书在版编目（CIP）数据

巨变：紫阳县脱贫攻坚纪事 / 曾德强著 . —西安：西安出版社，2021.12
ISBN 978-7-5541-5792-3

Ⅰ.①巨… Ⅱ.①曾… Ⅲ.①报告文学－中国－当代 Ⅳ.①I25

中国版本图书馆 CIP 数据核字（2021）第 247842 号

巨变——紫阳县脱贫攻坚纪事
JUBIAN ZIYANGXIAN TUOPINGONGJIAN JISHI

出 版 人：	屈炳耀
著 者：	曾德强
稿件组织：	李宗保
责任编辑：	李　丹
责任校对：	路　索
责任印制：	尹　苗
封面设计：	姜燕妮
内文设计：	陕西臻创意设计有限公司
出版发行：	西安出版社
社　　址：	西安市曲江新区雁南五路 1868 号影视演艺大厦 11 层
电　　话：	（029）85253740
邮政编码：	710061

印　　刷：	陕西博文印务有限责任公司
开　　本：	787mm×1092mm　1/16
印　　张：	22.25
字　　数：	221 千
版　　次：	2021 年 12 月第 1 版
印　　次：	2021 年 12 月第 1 次印刷
书　　号：	ISBN 978-7-5541-5792-3
定　　价：	48.00 元

如有印刷、装订问题，本社负责另换。

目录 CONTENTS

第一章　沉重与惊喜

淋雨的翅膀　　　　　　　　　　　　　　　　　　/003

艰难的决战　　　　　　　　　　　　　　　　　　/006

辉煌的成就　　　　　　　　　　　　　　　　　　/011

空前的荣誉　　　　　　　　　　　　　　　　　　/016

第二章　搬出一片新天地

仁和社区，那场空前的大决战　　　　　　　　　　/024

干部是监督员，更是服务员　　　　　　　　　　　/039

量体裁衣　　　　　　　　　　　　　　　　　　　/043

"较真"数字　　　　　　　　　　　　　　　　　　/048

现实的"天堂"　　　　　　　　　　　　　　　　/052

第三章　"梦工厂"在身旁

蒿坪生出全市第一只"公仔"　　　　　　　　　　/062

"红娘"和"保姆"　　　　　　　　　　　　　　/069

蓝色公示牌昭示的"绿色通道"　　　　　　　　　/077

小厂也能造就能人　　　　　　　　　　　　　　　/080

第四章 "毛细血管"与"先行官"

"先行官"的艰辛 /087

青中村兴起的不仅是产业 /092

木鱼包、显月观的蜕变 /097

投资商的褒奖 /099

村民手绘交通图 /101

第五章 "一龙带九蛟"与"百企帮百村"

传统产业焕发青春 /105

民企同唱"爱的奉献" /112

第六章 给你一把"金钥匙"

"紫阳模式"成为"全球减贫最佳案例" /124

"金钥匙"果然能打开财富之门 /137

让幼苗都享有阳光雨露 /142

第七章 电商联通大世界

培训、孵化与电商发展生态打造 /149

三生有幸,三生万物 /154

思兰商贸,物流龙头 /162

始于淘宝,植根乡村 /167

因艾而生艾香飘荡 /172

第八章 保住这个"1"

"五个一机制"和"五师共管" /179
"三个从无到有"和"三个由弱变强" /182
"政策红利"和"紫阳经验" /185
当好"健康守门人" /190

第九章 让文明乡风树起来

宣传,不仅仅在道德讲堂 /204
让大办红白喜事成为往事 /211
在搬迁社区种文化 /218
评优树模民风淳 /222

第十章 "亲戚"助力

上级帮扶单位,情洒"穷亲" /227
苏陕协作,跨越千里的"握手" /236

第十一章 贡献者群雕

陈威强:履新镇长情未了 /251
琚华:"拼命三郎"拼了命 /257
罗孝明:以生命超越平凡 /263
赵功习:决战到生命最后一刻 /267
哈红黎:敢说真话只唯实 /272

秦宗道：担当有为谱新篇 /280

郑永友：老将返乡当"头雁" /290

肖宝：青春在第一书记岗位闪光 /299

张小红：以心换心的好"姑娘" /305

第十二章 奋进者素描

陈德秀：穷家"长出"3个大学生 /313

张进：贫困群众的精神旗帜 /318

谢克成：从一双手感知自强 /321

黄英国："牛"是精神状态，"甜"是奋斗结果 /324

汪明德：凭养殖挺起不屈的脊梁 /327

王代新：病体子扛重担 /330

陈辉耀：在键盘上获得新生 /333

潘声银：磨豆腐磨出甜日子 /337

贺如昌：子承父业养蜜蜂 /340

尾　声 /343

后　记 /348

第一章
沉重与惊喜

淋雨的翅膀

艰难的决战

辉煌的成就

空前的荣誉

2020年2月27日，陕西省人民政府批复同意，紫阳县正式退出贫困县序列。

收到批复，从县级领导到镇村干部，许多人都流泪了。

这是欣慰的泪水、喜悦的泪水、激动的泪水、辛酸的泪水。

这事太大了、太难了、太紧迫了！要知道，紫阳县自然条件差、贫困程度深、脱贫任务重，是国家扶贫开发重点县和深度贫困县。

虽然在上年年底前，安康市已宣布全域脱贫摘帽，但是未经省政府验收和批复，是不算数的。县领导期待着省上认可的这一天，全县人民也期待着这一天。

这是一个具有里程碑意义的非常时刻。它标志着紫阳县兑现了"户脱贫、村退出、县摘帽"的军令状，历史性地告别了区域性整体贫困。

这是一场前所未有的历史大决战。五年来，全县上下在2204平方公里的土地上打响了一场彪炳史册的人民战争，规模之大前所未有，力度之强前所未有，投入之多前所未有，进展之快前所未有，成效之好前所未有！

第一章 沉重与惊喜

淋雨的翅膀

自从有了人类社会,贫困便如影随形。即使社会发展到今天,贫困问题仍然是个世界性难题。反贫困是人类共同面临的一项历史任务。

紫阳人民的历史,自古就是一部与恶劣的自然条件、与贫困作斗争的艰苦卓绝的历史。

马家营遗址、白马石遗址表明紫阳在新石器时代即有人类居住,且达到一定规模。然而,数千年后,明正德七年(1512)置县时,紫阳总人口还不足千人。为什么人口增长如此缓慢?不难推测和想象,那是自然灾害、战争、瘟疫所致。其间,非正常死亡的黎民百姓不知有多少!

当然,自然条件恶劣也是人丁不旺的重要原因。不然,为什么诗人咏叹陕南一些地区"一山未了一山迎,百里都无半里平"?不然,旧县志为什么记载"地瘠民贫"呢?

中华人民共和国成立后,中国人民站了起来,紫阳县的劳苦大众挺直腰杆,分得土地,活力迸发,人丁兴旺。至改革开放时期,人口已达30余万，但是经济仍然十分落后，县财政是"叫花子型"的，自有财力严重不足，向上级"讨"一点用一点。20世纪90年代实行分税制后，为了节省办公经费，不少县级机关公用电话机还上锁管理，以防止本机关干部职工和外来人员拨打私人电话，增加开支。我所供职的县委宣传部唯一一部电话机就是这样管理的。

过去，农民除了必须上缴农业税、农业特产税等税费以外，还得缴纳名目繁多的集资。2006年1月1日，《农业税条例》废止，意味着在中国沿袭两千年之久的"皇粮国税"的终结，"到处向农民伸手"的现象得到根本性改变。

1986年，国务院成立贫困地区经济开发领导小组，中国农村扶贫工作进入大规模开发式扶贫阶段，贫穷落后的紫阳县自然是重点关注对象。县上的决策者及有关部门领导热血涌动，曾想把易受洪灾袭击和居住在偏远高山的农民搬到低山河边集中居住，彻底改善他们的生产生活条件，但是，生产力水平有限、经济条件不允许，这种动议和设想只是一个"美好的愿望"。县委、县政府曾经致力基础设施建设，修路、拉电、改水；也曾帮助农民发展林特生产，兴茶园、种蓖麻、栽杜仲……然而，由于是"大水漫灌"，"水源"不足，且"跑冒滴漏"，加之方法简单粗糙，缺乏过程跟进和检查考核，收效甚微。1998年，国家开始实施中国秦巴山区世界银行扶贫贷款项目（简称"世行贷款项目"），紫阳县所有乡镇都用上了低息贷款，从外地给农民买回"金猪""银羊"……但深度贫困的紫阳县要彻底告别贫困，绝非一朝一夕。

第一章 沉重与惊喜

淋雨的翅膀太过沉重，即使是一只志在蓝天的雄鹰也难以奋飞。

随着国家经济的发展和综合国力的增强，党中央审时度势，制定了一系列惠农强农的政策。农民种地不仅不再缴税，而且能获得政府多项补贴。农民和城里人一样，享受到改革开放的成果。

但是，由于诸多因素制约，紫阳县许多农民仍然处于贫困状态。2014年建档立卡贫困户35551户114342人，贫困发生率37.91%。2016年初，在全县176个行政村及农村社区中，有贫困村133个（其中深度贫困村35个），仍有建档立卡贫困户31083户96812人。贫困量大、面广、程度深，脱贫难度大。

致贫原因是多方面的。按所占比例大小依次为：交通条件落后致贫；缺技术致贫；缺资金致贫；缺劳力致贫；因残致贫；因病致贫；因学致贫；因灾致贫；自身发展动力不足致贫；缺水致贫；缺土地致贫；其他致贫。相当一部分贫困户是多重原因叠加所致，既是先天性"体弱"，又患有"疑难杂症"。

不少人说，紫阳县要消除贫困，"难于上青天"！

艰难的决战

让中华民族摆脱贫困落后，实现从站起来、富起来到强起来的历史性飞跃，是一代代中国共产党人矢志不渝的奋斗目标。打赢脱贫攻坚战，全面建成小康社会，寄托着中华民族几千年来的希冀，也浓缩着百年来中国共产党人矢志不移的初心、孜孜以求的情怀。党的十八大以来，以习近平同志为核心的党中央接过历史的接力棒，把脱贫攻坚摆在治国理政的突出位置，提出精准扶贫方略，组织实施了人类历史上规模空前、力度最大、惠及人口最多的脱贫攻坚战。决胜全面建成小康社会，决战脱贫攻坚，成为中国的时代主题。

2015年10月，党的十八届五中全会把"扶贫攻坚"改为"脱贫攻坚"。一字之差，富含深意，它宣示了一种对贫困决战、决绝的态度。

11月，中共中央政治局召开会议，审议通过《关于打赢脱贫攻坚战的决定》，中央扶贫开发工作会议在北京召开，吹响了脱贫攻坚战的冲锋号。

12月30日，紫阳县召开脱贫攻坚工作会议，贯彻落实中央、省、市脱贫攻坚会议精神和中共中央《关于打赢脱贫攻坚战的决定》精神，安排部署"十三五"脱贫攻坚决战决胜工作，动员全县人民咬定目标、苦干实干，确保2020年与全国人民一道迈入全面小康社会。

起步就是冲刺，开局就是决战。

在这个大决战中，产生了一系列专有名词或曰专业术语：

"两不愁三保障"——到2020年稳定实现农村贫困人口不愁吃、不愁穿，义务教育、基本医疗、住房安全有保障。（这是农村贫困人口脱贫的基本要求和核心指标。）

"六个精准"——扶贫对象精准、措施到户精准、项目安排精准、资金使用精准、因村派人精准、脱贫成效精准。（2015年6月，习近平总书记在贵州考察时指出，要坚持因人因地施策，因贫困原因施策，因贫困类型施策，区别不同情况，做到对症下药、精准滴灌、靶向治疗，不搞大水漫灌、走马观花、大而化之。）

"五七六标准"——户脱贫、村退出、县摘帽标准。根据紫阳县相关规定及政策，脱贫标准为，户脱贫标准：家庭年人均纯收入超过扶贫标准（2010年不变价2500元）；有安全住房；无义务教育阶段辍学学生；家庭成员全部参加新型农村合作医疗和大病保险；有安全饮水。村退出标准：贫困发生率低于3%；农村居民人均可支配收入达到当年全省农村居民人均可支配收入60%以上；有集体经济或合作组织、互助资金组织；行政村通沥青或水泥路；有安全饮水；电力入户达到100%；有标准化卫生室。县摘帽标准：贫困发生率低于3%；农村居民人均可支配收入增长幅度高于全国平均水平；通沥青（水泥）路行政村比例达到97%；农村饮水安全指标达到国家要求；电力入户率100%；贫困人口参加城乡居民基本医疗保险和大病保险达到100%。（县退出有4个申报条件："两率一度"评估结果达标；90%以上的贫困村有村集体经济或合作组织、互助资金组织；单项指标达到省级认定标准；义务教育有保障。）

"三个落实"——责任落实、政策落实、工作落实。（一分部署，九分落实。不抓落实，所有正确的决策和美好的愿景都是空中楼阁。）

……

这些专有名词和特别要求，都不是说说而已、装潢门面的，而是要用来检查验收的死标准、硬杠子。

为此，必须专门成立扶贫机构，提出相关要求和保障措施：

——省、州（市）、县、乡（镇）、村"五级书记抓扶贫"的要求。

——脱贫攻坚片区作战和县级领导"三个一"（一名县级责任领导牵头联系1个镇、包抓1个村、负责1项脱贫攻坚重点工作）包抓工作机制。

——大力实施党建引领脱贫、产业就业带动、人居环境提升、惠民关爱保障、乡风文明治理"五大工程"。

——成立县脱贫攻坚指挥部、17个镇脱贫攻坚工作团、176个驻村工作队和"八办三组五保障"扶贫机构（"八办三组五保障"，即县农业局、县人社局、县教体局等8个部局牵头的产业脱贫、就业创业、教育脱贫等8个办公室；由县发改局、县财政局牵头的公共服务协调组、基础设施协调组、资金保障协调组；从财政专项扶贫资金、安全住房、健康扶贫、教育扶贫、社会救助兜底5个方面细化落实保障政策。2018年成立脱贫攻坚督导督查组，办公室设在县脱贫办）

——建立指挥部管总、片区主战、工作团主责、工作队主抓"四级攻坚体系"。

大力推行"支部+X+贫困户"模式，创新开展以党建促脱贫工作，引领群众抱团发展，实现驻村帮扶全覆盖，凝聚起各方资源力量合力攻坚。

作为陕西省脱贫攻坚主战场核心战区之一，紫阳县迅速将脱贫攻坚战推进到"白热化"。从北边擂鼓台，到南边八道河，从东部蒿坪门户，到西部麻柳出口，崇山峻岭之间，处处都是脱贫攻坚战场，脱贫攻坚战役席卷县、镇、村每个角落。

"脱贫攻坚，党心所向，民心所依"；

"真扶贫，扶真贫"；

"扶贫先扶志，治穷先治愚；破除等靠要，提升精气神"；

"只有努力才能改变，只要努力就能改变"；

"只要努力就能脱贫，只有努力才能致富"；

"先富帮后富，同奔小康路"；

"学会一种技能，带富一个家庭"；

"脱贫致富快，全靠产业带"；

——紫阳县脱贫攻坚纪事

"脱贫先立志，致富靠自己"；

……

书写在墙壁、石壁和悬挂在大街小巷、公路之上的标语口号，犹如一面面高扬的旗帜，昭示着全县33万人民打赢脱贫攻坚战的宗旨、希望和决心。

最偏僻的乡村，帮扶干部最多；最边远的贫困户，各级干部访问的频率最高。以往连乡镇干部的面也难见上的贫困户，如今经常有来自市县的"亲戚"登门，一些地方还有来自省城、中央单位的干部长期住在村上，对贫困户嘘寒问暖、送粮送油。

在党政机关里，在人民群众中，脱贫攻坚成为人人参与的人民战争，成为衡量每个人政治站位的标准。

县纪委、监委聚焦政治监督，聚焦决战决胜，出台《紫阳县纪委监委监督保障决战决胜脱贫攻坚十项工作措施》，把扶贫领域腐败和作风问题专项治理作为践行"两个维护"的具体实践，既查案件本身的问题，又查主体责任、监管责任不力的问题，以严肃的追责问责倒逼责任落实，清障疗疾，保驾护航。

艰难困苦，玉汝于成，压力也是动力。全县上下以"人一之我十之、人十之我百之"的超常付出，直面挑战、尽锐出兵、高点站位、高标定位，同心戮力、攻坚克难。脱贫攻坚战场上虽然没有枪林弹雨、殊死拼杀，但同样紧张激烈，震撼人心。

第一章　沉重与惊喜

辉煌的成就

　　一幅山乡巨变、山河锦绣的时代画卷展开了,是那样波澜壮阔、气势恢宏!

　　规划和开工,拓宽与改造,拆迁和重建,绿化与美化,犹如在紫阳上空频频吹响的超越时空的冲锋号。这号角是实行城乡一体化的建设交响曲,透露着一种特别铿锵的力度,律动着一种勇往直前的激情,振奋着一种克难图强的精神。那是共同奔向小康生活的天籁之音。在这片2204平方公里的土地上,这声音演绎成一栋栋高耸的社区民居,一间间热火朝天的社区工厂,一条条拓展硬化的村组大道,一个个休闲娱乐的宽阔广场,一座座传递网络信号的移动基站,一处处就医看病的卫生室,一股股甜到心头的自来水……

　　曾经风雨飘摇、垃圾遍地的村庄,变成了美丽乡村、风情小镇;曾经"屙屎不生蛆"、人迹罕至的"不毛之地"成为景区景点;曾经愁眉苦脸、唉声叹气的贫困户,脚下踏着春风,脸上堆着笑容,眼里含着希冀……

——紫阳县脱贫攻坚纪事

贫困户活出了前所未有的尊严和自信，有些"不知天高地厚"的贫困户，家里灯不亮了、水不通了，就将帮扶干部"呼来唤去"，让干部帮助解决。

世道变了，是亘古未有的蜕变，是全新的突变，它颠覆了我们所有人的认知，像梦境一般令人无法想象。仿佛一夜之间，天翻地覆，阳光普照，境纳千祥，青壮乐业，老幼舒畅。这种变化，带给我们的是惊奇，也是惊喜。

到2020年底，全县脱贫攻坚战取得震古烁今的显著成绩——

133个贫困村全部出列，完成整县摘帽任务，建档立卡贫困户39994户132367人全部脱贫，贫困发生率从2014年的37.91%降为"0"，在现行标准下县域范围内全面消除了困扰紫阳人民千年的绝对贫困。

落实160个中央、省、市、县帮扶单位驻村扶贫，组织6126名帮扶责任人结对帮扶，每支工作队配备1名副科级以上的领导担任工作队长，精准选派133名优秀后备干部担任驻村第一书记，做到帮扶工作到村户、责任到干部、村村有包抓、户户有帮扶。同时推进"百企帮百村"社会扶贫行动，组织139个非公企业帮扶133个贫困村。

脱贫攻坚期内，财政总投资94.157亿元，超过中华人民共和国建立后紫阳县66年财政投资的总和，其中绝大部分是中央、省扶贫项目资金。全县脱贫攻坚年需资金超过15亿元，而地方一般预算收入仅1亿元左右。把所有扶贫资金归集到一个账户上，让资金归池，形成一个池子蓄水、一个龙头放水，避免了资金分散及趴窝和挪窝现象，最大限度发挥了资金使用效益。财政人为紫阳坚决打赢打好脱贫攻坚战提供了必要的"粮草军需",向组织和群众交上了一份满意的答卷,还引导社会扶贫资金投入1.2亿元。国家投入,一个村少则几百万元,多则几千万元;贫困户"花"国家的钱少则几万元,多则几十万元,全县享受政策最高的一家贫困户"花了"国家61.7万元。

这些巨额资金,用以实施各类扶贫项目7229个。其中茶叶种植面积发展到25万亩,培育现代农业园区85个、专业合作社530个、镇村电商服务站点138个,175个村全部成立了集体经济组织和互助资金协会。

"十三五"期间建成安置点139个,搬迁群众19291户64168人,分别占全省、全市搬迁总量的7%和19%。建成通村通组道路2145公里,建设标准化村卫生室152个、村活动室86个、安全饮水项目710处,电力入户率达到100%,农业农村生产生活条件得到根本改善。

全县176个行政村(农村社区),通村沥青(水泥)路均通达到村活动室、学校等公共服务场所,通达率100%。饮水安全全部达到农村饮水安全评价标准,达标率100%。接通并正常使用生活用电的农户比例达到100%。4G网络实现了全覆盖。

2014年至2020年底,累计举办各类培训班647余期,培训学员3.7万余人,其中培训在册贫困劳动力1.8万余人,家政月嫂、特色烹饪、电子商务、建筑劳务等专业培训7000余人。培训后的就业率高达70%以上,修脚师培训一项就解决1.9万余学员就业,帮助3万余群众实现脱贫增收。

全县学校面貌发生了里程碑式的巨大变化,办学条件得到了极大改善,除身体原因不具备学习条件的孩子外,义务教育阶段无失学辍学学生。大病救治率、慢性病签约服务率、重病兜底保障率均达到100%。

"诚孝俭勤和"新民风建设,政策、文化、科技、健康、法治"五项教育",道德评议、移风易俗、文化传播、文明创建、诚信建设、依法治理"六大活动",收到显著成效。累计表彰先进典型4200余人。

数字是抽象的、枯燥的,却是震撼人心的,其背后的做法和故事是具体实在的、丰富多彩的,全面而立体地显示着紫阳县脱贫攻坚震古烁今的辉煌成就。

紫阳县出现了奇迹。这个奇迹来自党中央的精准方略——史无前例的精准到人,明确"帮扶谁";举世罕见的精准组织,明确"谁来帮";实事求是的精准施策,明确"怎么帮";审慎科学的精准评估,明确"如何退"。

这个奇迹也来自产业支持,来自各方助力,来自社会保障网络……

紫阳县发生了巨变。这个巨变是生态和谐的安居之变、多业联动的增收之变、惠民关爱的保障之变、自立自强的精神之变。

伟大的脱贫攻坚实践,激荡着伟大的脱贫攻坚精神。这就是习近平总书记在全国脱贫攻坚总结表彰大会上用24字阐述的脱贫攻坚精神:"上下同心、尽锐出战、精准务实、开拓创新、攻坚克难、不负人民。"这是"不信东风唤不回"的担当精神,这是"敢教日月换新天"的奋斗精神,这是"咬定青山不放松"的攻坚精神,这是"丹心从来系家国"的奉献精神……

付出最多的,是国家。收益最多的,是农民。最为辛苦的,是干部。

为了打赢脱贫攻坚战,为了全县贫困户尽快脱贫,五年中,扶贫干部的法定节假日,基本被"违法"地"剥夺"了。尤其是2019年"百日决战"中,全县干部天天不下火线,加班加点成为常态。他们以自己的忠诚、担当和奉献,与全县人民一起书写了中国减贫奇迹的紫阳精彩篇章。

2020年12月23日,在安康市脱贫攻坚表彰奖励大会上,省人大常委会副主任、市委书记郭青动情的说:"脱贫攻坚的精彩乐章是全市广大干部群众一心一意、全心全意创作而成的,是用智慧、汗水、泪水和牺牲谱写而就的,是一曲感天动地、气壮山河的奋斗赞歌,更是一曲吃苦耐劳、牺牲奉献的英雄交响曲。"

在这场血与火的战役中,紫阳县各级干部经受了肉体、意志和精神的磨炼。有了这样的经历、这样的先例,今后还有什么困难不能克服,什么艰难险阻不能战胜!

我们所痛惜的,是有4名干部在紫阳县脱贫攻坚战中献出了宝贵生命,未能和战友们共唱欢乐歌、同饮庆功酒……

空前的荣誉

五年，在历史长河中只是短暂一瞬，一般而言会随着时代浪潮而"灰飞烟灭"。但是，紫阳县脱贫攻坚战的五年，因其诸多史无前例及其带来的翻天覆地的巨大变化，因其是一场伟大的社会变革和文明跃升，注定成为深刻影响紫阳未来的里程碑，注定成为紫阳自置县以来，500余年历史中最艰辛、最辉煌、最重要、最难忘的时期。史册中也必然有其浓墨重彩的一笔！

2017年、2019年、2020年，紫阳县先后代表陕西省接受国家脱贫攻坚成效考核，以及国家东西部扶贫协作、九三学社中央民主监督、国家财政扶贫资金绩效评估等考核检查，脱贫成效得到充分肯定。

五年中，紫阳县获得的肯定和荣誉是亘古未有的，不仅有多个"国字号"，而且跻身"全球号"。

"中国名茶之乡""紫阳富硒茶"品牌擦得更亮——

2016年获得中国茶叶流通协会认定的"全国推荐绿茶公用品牌"，继而获得"2016年度中国茶业发展示范县"、"全国重点产茶县"、

2016年百万网友心中的全国"一村一品"十大知名品牌、陕西省农业厅授予紫阳县茶业协会"品牌创新奖"。

"2017中国茶叶区域公用品牌价值评估",紫阳富硒茶品牌资源力跻身全国前十,达62.22亿元。

首届中国富硒产业扶贫高峰论坛暨中国十大富硒榜评选,紫阳富硒茶获"中国十大富硒品牌"称号。

2017年,国家工商总局商标局与中国工商报社联合开展"商标富农和运用地理标志商标精准扶贫十大典型案例"评选,紫阳富硒茶位列榜首。

2017"陕建杯"三秦质量之光评选,紫阳富硒茶获"最受百姓喜爱的品牌"。

"2017年度中国最美茶乡"评选,紫阳县光荣入列,闽秦茶业基地茶园获全国"三十座最美茶园"称号。

在第十四届中国茶业经济年会上,紫阳县荣获2018年"中国茶业百强县""中国茶旅融合竞争力全国十强县(市)"两项大奖。

继而荣膺"2019中国茶业百强县"、"2020年度茶业百强县"、第五届农业博鳌论坛"2020中国产业互联网区域公用品牌优势县"称号。

"紫阳模式"火遍全国乃至全球——

2018年下半年,紫阳技能扶贫模式被人社部公示为2018年度中国就业地方创新事件,紫阳修脚师被人社部公示为全国知名劳务品牌。

2019年,紫阳县技能扶贫模式受到国务院扶贫办、九三学社中央充分肯定和高度评价,全国40多个县区借鉴推行这一模式。

2019年3月26日，由紫阳县人社局报送的《修脚刀下断穷根、洗脚盆里溢财富》一文被列为全国人社领域精准扶贫20个典型案例并受到表彰，并在全国"人社领域精准扶贫典型案例"研讨会上作典型发言。

2019年4月25日，由国务院扶贫办与人民日报社指导、人民网与中国扶贫杂志社主办的第二届（2018）中国优秀扶贫案例评选揭晓，紫阳县报送的《陕西紫阳：提升职业技能实现稳定就业》被评为"中国优秀扶贫案例"，位列扶贫与扶志类之首。

2019年5月15日，"2019全球减贫伙伴研讨会"在意大利罗马举行。会上公布了"全球减贫案例征集活动"评选结果，紫阳县报送的《通过职业技能培训让贫困劳动者摆脱贫困》被评为"全球减贫最佳案例"（共110个），受到世界银行、联合国粮农组织等7个机构的表彰，向全世界推广减贫成功经验。

2021年3月4日，中央电视台财经频道《经济半小时》栏目播出2021年全国两会特别报道之开篇——中国八年脱贫攻坚总结篇《紫阳修脚：扶贫托起振兴梦》，对修脚行业带动就业、助力脱贫攻坚进行报道。

与"紫阳模式"相关的紫阳人及其企业也频频荣获"国字号"：2017年10月9日，国务院扶贫开发领导小组对2017年全国脱贫攻坚奋进奖、贡献奖、奉献奖、创新奖共40名获奖者进行表彰，陕西郑远元专业修脚保健服务集团有限公司董事长郑远元获得"全国脱贫攻坚奖奉献奖"，是陕西省唯一获奖者。10月，远元集团荣获"全国'万企帮万村'精准扶贫行动先进民营企业"，受到中华全国工商业联合会、国务院扶贫开发领导小组办公室、中国光彩事业促进会、中国农业发展银行表彰。

电子商务也"出尽风头":2016年,荣获国家电子商务进农村综合示范县;2018年荣获"互联网+农业"十大标杆县域,在2018年全国电商扶贫工作会和中国西部电子商务大会暨农村精准扶贫大会上作了电商扶贫工作经验交流。

此外,还有多个集体和个人获得殊荣——

2017年,紫阳县获得2017年度全省脱贫攻坚工作成效考核优秀县;作为唯一一个县,代表陕西省参加全国东西部扶贫协作经验交流会。

2018年11月6日,紫阳作为陕西省唯一县参加了国务院扶贫办在广西举行的全国"携手奔小康"培训班,并在培训班上作交流发言。

2018年,高桥镇中心卫生院院长周呈高被中国农村卫生协会表彰为全国乡镇卫生院优秀院长;14人获得陕西脱贫攻坚奖。

2019年,紫阳县财政局扶贫干部姜言论被国家人社部、财政部表彰为"全国财政系统先进工作者";2人获得陕西脱贫攻坚奖。

2020年,共青团紫阳县委扶贫干部肖宝被共青团中央表彰为"全国优秀团干部";仁和社区搬迁群众黄国洪的事迹被国家发改委表彰为易地扶贫搬迁群众典型案例;国家卫生健康委员会汇编的《基层健康扶贫典型案例》40个案例中,紫阳县报送的《健康扶贫除疾苦 多重保障拔穷根》入选其中;3人获得陕西脱贫攻坚奖。

2021年2月25日,中共中央、国务院表彰一批在打赢脱贫攻坚战中作出突出贡献的个人和集体,紫阳县脱贫攻坚领导小组办公室常务副主任哈红黎、中共蒿坪镇委员会受到表彰。

第二章
搬出一片新天地

仁和社区,那场空前的大决战

干部是监督员,更是服务员

量体裁衣

"较真"数字

现实的"天堂"

20世纪70年代以前,紫阳县乡下人的生活半径一般在5公里左右。在自给自足的小农经济时代,他们吃的粮食是自种的,生活用具是自制或请匠人做的,比如脸盆、脚盆是请木匠做的,背篓、箩筐、蒸笼是请篾匠编的,锄头、菜刀、砍柴刀是本地铁匠打造的,抽的是旱烟,喝的是土酒,穿的是老布。

农民很少出远门,偶尔进一次县城,就会成为好几天的谈资,各种稀奇古怪的见闻经过添盐加醋,变得十分新奇,令人神往。

农民把进县城叫"上县"。一个"上"字体现了农民对县城的憧憬和向往。然而,在那个"交通靠走、通讯靠吼"的年代,县城是遥远的存在。世世代代居住在穷乡僻壤的山民,别说移居县城,就是迁到农村集镇,也只是睡在磨盘上做梦——想转了。

多少农民想住县城、住集镇啊!

紫阳县山大沟深坡陡,地形地貌复杂。对居住在偏僻之地和高山之上的零散山民,给他们修路、拉电、供水,成本太高、代价太大,很难解决。尤其是洪水泥石流灾害频发,不少农户苦不堪言。过去的灾后重建,要么在原址上建房,要么另寻山地重建,新建房屋过几年又面临地质灾害威胁,政府没少出钱,群众没少出力,贫穷如影随形。常常是因一场暴雨,数年积累的财富瞬间荡然无存,根本无力摆脱灾害所形成的循环式返贫泥沼。

把易受洪灾袭击的村民、偏远高山通路通电代价太大的村民搬迁到低山河边!紫阳县有关部门领导曾有彻底改善山区农民生产生活条件的设想,但是,这得花一大笔钱,钱在哪儿?

随着地方经济的发展,尤其是国家经济的快速发展和中央宏观调控能力的不断增强，中央转移支付资金越来越多，紫阳"叫花子型"财政日子好过多了。

一场大洪灾带来了灾难，也让事情有了转机。2010年7月18日，安康市遭受特大洪水泥石流灾害，汉滨区大竹园镇七堰村12人死亡、17人失踪，25户农户房屋被泥石流冲毁，"避灾搬迁"思路在这处紧邻紫阳县蒿坪镇的大灾点被首次提出，继而省上作出重大决策，在全省开展以避灾减贫为目的的陕南移民搬迁工程，计划用10年搬迁220万陕南群众，搬迁人数超过三峡移民。

陕西的这个壮举，受到中共中央、国务院的肯定与好评，进而对国家扶贫工作的思路和政策产生重大影响。

脱贫攻坚开始后，县委、县政府把移民搬迁作为脱贫攻坚的重中之重，让生活在偏僻地区的贫困群众搬迁到功能完善的城镇社区，并通过"挪穷窝""换穷业""拔穷根"并举，引导群众从农村走向城镇，从一产为主走向发展二、三产业，从保守落后走向开放现代，转变生产生活观念和方式。

似乎在一夜之间，农民住到了集镇、县城甚至更大的城市，摇身变成了市民，而且"一个不落"。这是何其巨大的变化呀！对有的贫困户，当地政府还给预备了床、沙发、桌子，连入住新家后的第一顿米、菜、肉都摆在厨房里了。当然，他们也有"快乐的烦恼"，不会开防盗门，进超市不会刷手机付款，出门后找不到新家所在了……

搬出一片新天地。对于那些世代居住在山山峁峁、沟沟岔岔的农民而言，说这个变化是"改天换地"，一点也不为过！

仁和社区，那场空前的大决战

2019年9月25日夜，紫阳山城五彩斑斓，灯光倒映在江面上，波光粼粼，如梦似幻，美不胜收。

晚上8时，汉江与任河交汇处的任河嘴灯火通明，坐落在此的仁和社区开始举行集中入住交钥匙仪式。15个镇党委书记从市县领导手上接过易地扶贫搬迁新房的钥匙，这些钥匙将通过各镇领导分发给全县1302户贫困户。

"是真的吗？"13天前，这1000多户的房子还是半拉子工程呢！很多人不相信。一位家住任河嘴、熟知那里的地形及仁和社区规模的年长者，就曾跟县搬迁办一位领导打赌："你们如果能在9月底前把那个任务完成了，我在手板心里剜四两肉！"

是啊，建在这片山坡上的安置小区，规模居全市第一、全省第二，到9月上旬，仍有1302套房屋未装修，道路、给排水、绿化、路灯等尚未完工，而且施工环境差，施工作业面窄，基础工程量大……13天时间能让群众拿到入住的钥匙吗？

第二章 搬出一片新天地

的确，这不是幻觉，而是事实，所有户主都能入住了！

这是一场怎样的急行军、大决战啊！

1. 承诺就是责任，时间就是命令

2019年9月8日，省委书记胡和平、省长刘国中、省委副书记贺荣、副省长魏增军，先后在《关于镇巴、汉滨、紫阳、山阳易地扶贫搬迁存在问题对县摘帽影响的风险评估报告》上批示。其核心内容是：若不能在9月30日完成移民搬迁，当年全县（区）不能脱贫摘帽。省领导要求相关市县拿出切实可行的措施解决存在问题。

紫阳县在2019年底前脱贫摘帽，是县、市、省三级确定的时间表，决不能拖全市、全省的后腿！当晚，县委书记赵立根主持召开县委常委会会议，专题研究部署全县易地扶贫搬迁工作。

最大最严重的问题在仁和社区。9月底前入住，这几乎是一个不可能完成的任务，却又必须按时完成。

仁和社区工程，规划39栋楼、1590套安置房，建筑面积约15万平方米。主要安置城关镇、没有条件连片建房的高滩镇和其他镇希望搬迁到县城的贫困户，2017年6月启动建设。

如果是在大块平地上建房，设计图纸快，施工也容易，成本也较低，可是在紫阳县打着灯笼火把也找不出这样的平地。紫阳县建设条件之差、建设难度之大、建设成本之高，早已闻名省内外。同样多的资金，在关中平原能建起一栋房屋，而在紫阳县可能只够这栋楼房挖土石方、

修保坎、下桩基，房子还没砌一块砖，钱就用完了——全部埋在地底下了！

假如你实地看看仁和社区，就一定会感到震撼；如果你来自平原、大城市，那就更为震撼了。全部楼房分5级台阶建设，挡护最高达33米，桩基最深下到37米。从这3个数字便可略知仁和社区建设"进展缓慢"之缘由。即便如此，这个选址还算是县城周围的一块好地。

难啊难，难于上青天！这青天还必须上！

9月11日，省人大常委会副主任、市委书记郭青主持召开市脱贫攻坚领导小组会议，专题研究推进紫阳等县区易地扶贫搬迁工作，并赴紫阳县实地督导。当晚，紫阳县脱贫攻坚领导小组召开会议，传达学习相关会议精神，要求在9月25日前必须完成包括仁和社区项目在内的所有易地扶贫搬迁房装修任务，并实施基础设施配套建设，达到搬迁群众入住条件。

要在这么短的时间内完成任务，如何有效推进？有什么保障措施？一场需要马上开战、战则必胜的硬仗，考验着紫阳广大干部的责任心与担当。

县委书记赵立根亲自挂帅包抓仁和社区，成立仁和安置社区建设攻坚指挥部，由市自然资源局局长王琳，县委常委、常务副县长罗云忠任总指挥，县委常委、宣传部部长张宗军等领导任副总指挥，下设社区建设协调、住房建设推进、基础设施配套建设、电梯安装、材料保障、生产安全、交通指挥、督促检查等8个工作组，抽调17个部门

第二章 搬出一片新天地

20多名科级领导、260多名干部，按照"县级领导驻点、科级领导包楼、帮扶干部包单元包楼层"的工作机制，全天候驻守工地一线督战。指挥部成立的当天，罗云忠、张宗军等就把办公场所转移到建设工地，晚上也几乎通宵达旦，只能抽空在钢丝床上迷糊一会儿。

必须调遣力量增援一线！

9月12日中午11时55分，县自然资源局接到通知，临时抽调几人到仁和社区与9月5日先遣援建的同志汇合，督促社区基础设施配套工程和房屋装修进度，确保9月底全面完工，搬迁群众全部入住。于是，计财股股长周俊等十几个"内勤人员"开赴战场。县自然资源局局长刘洪涛对抽调人员进行战地培训，交代任务、职责和要求。

年近半百的周俊，每天早上6点20分起床，6点45分出门。自己吃罢早点后，再买很多份早点，为指挥部值夜班和通宵达旦加班的战友们补充能量。她掐算着时间：打车到任河嘴大桥桥头以后，得爬坡15分钟，再爬完晃晃悠悠的天梯，7时30分前到达指挥部。进入指挥部工地，是没有半点儿休息时间的。8点钟开始爬楼，逐楼、逐单元、逐户、逐间、逐项排查统计；9点上报每栋楼、每个装修项目的上工人数，并督促装修进度；下午5点上报当天每栋楼的装修进度和次日的装修计划。同时还要处理各种突发事件，如停水、停电、堵车、材料不到场、工人不到位，等等。

周俊说："我们所有的援建干部都有包楼任务，都分到每个点、每栋楼。每个包楼干部的辛苦只有自己知道。每天都重复同样的工作，爬楼、统计、督促、协调、处理、解决……熊哥（搬迁办干部熊启军）是最辛苦的，他是仁和社区建设组组长，是先几个月到场援建的。他除了每天必须完成本职任务，还要协调工地其他楼层的各种突发事件。我和熊哥两人包了11栋楼、25个单元、342套房。每天两趟，早上查上工人数，下午核对统计装修进度。每天平均上下350多层楼梯，全是多层，没有电梯（当时1、2、3、7、8号楼高层电梯还没到场，全靠包楼干部两条腿楼上楼下一层楼、一间房的统计核查），除了指挥部，工地就是我们的办公地点。有时，我实在是爬不动了，就在楼梯间坐着，等熊哥上楼核查完，报数据给我。我们几个女同志天天重复上楼下楼，每到晚上腰酸、腿痛、脚板肿胀得难受。"

那些日子多是下雨天。他们下雨一身泥，天晴一身灰；头顶上是随时可能掉落物体的塔吊；脚底下是坑坑洼洼、坡坡坎坎的烂泥路，或带钉的木板或竹条搭成的天桥；整天与挖机、铲车、吊车、货车、水泥罐车交织在一起。

他们每天都关注表格中的数字变化，因为每一个数字变化都意味着离交房入住的目标更近一步。

"在我度过的456个小时里，没有周末，没有假期，没有固定的上下班时间。中秋、国庆在工地；晚上十一二点，凌晨一两点回家是常态。""大家没有怨言，没有懈怠，只有服从，只有追赶。晚上即使能回家，进门也总是蹑手蹑脚，害怕惊醒家人，至于给孩子辅导学习更是不可能了。"回忆起那些如火如荼的日子，周俊的眼圈红红的。

县搬迁办副主任张杰说:"不仅仅是决战仁和社区建设的时候我们高度紧张,没黑没明地干,2019年,我从正月初六上班到腊月二十九下午下班时离开办公室,全年只休息了3天——清明节一天、国庆节两天。其间,几乎没有哪一天是晚上12点前下班的。省市高度关注,每天要汇报、填表,那个忙啊……"顿了一下,他说,"我们经受了前所未有的肉体、心理、精神上的折磨和考验,但是值得,这是我一生很宝贵的经历,以后遇到再大的困难也不在话下了!"

工作进度必须争分夺秒!指挥部协助6家建设单位的9个标段制定施工计划,倒排工期,细化目标任务到天、到时、到分、到每个环节,在确保工程质量和安全的前提下,按照外墙、内装、配套同步展开的方式,上足人力和机械,实行24小时轮班作业,全力以赴抓装修、抓配套、抓入住。

由于紫阳是全省自然条件最差、贫困程度最深、脱贫任务最重的县之一,紫阳县是否能在2019年底脱贫摘帽直接关系到陕西省能否按照既定目标脱贫摘帽,所以受到省委、省政府的特别关注和惦记。虽然全县较大的安置小区还有蒿坪红旗社区、红椿七里沟社区,都到了攻坚阶段,工期也很紧,但仁和社区对全省而言是最难啃的"硬骨头",怎么能不督促呀!省委书记胡和平、省长刘国中、省委副书记贺荣、副省长魏增军等先后过问紫阳县易地扶贫搬迁安置社区建设进度。省自然资源厅副厅长邹顺生专程督导,要求市县两级同心同向,合力攻坚。省人大常委会副主任、市委书记郭青要求紫阳县要以背水一战的勇气、持续作战的作风、迎难而上的担当，采取超常举措，拿出过硬办法，全力攻坚拔寨，坚决打赢这场硬仗。市长赵俊民，市委副书记、政法委书记赵璟，副市长何邦军等先后多次到仁和社区现场解决工程建设过程中遇到的困难和问题。

压力非常大！时任紫阳县委书记赵立根心都急得要炸了，天天到点督战。总指挥、副总指挥驻扎5幢高层抓室内门的安装，进驻基础设施配套的后进点位抓赶超，进驻电梯安装点抓服务协调，现场解决问题。

工地指挥部的每晚例会雷打不动。例会的主题是研判各作业面工程重点、难点、突破点，查进度、排工期。指挥部工作人员充分发挥不怕苦、不怕累的连续作战精神，不畏艰辛，战晴天、斗雨天，克难攻坚……

易地扶贫搬迁攻坚拔寨的"紫阳速度"，就此诞生。

2. 急难逼出非常之举

仁和社区后期建设工期如此之紧，除了施工条件等方面的自然因素影响，就是国家政策的变化。2019年6月，国家发改委、国务院扶贫办等14部委（办）印发《新时期易地扶贫搬迁工作百问百答》，对易地扶贫搬迁户安置房的交房标准进行了明确，即住房质量验收或质量安全鉴定合格；室内门窗安装到位、水电入户、地面平整、内墙四白落地等，高龄、失能、残疾老人等贫困家庭安置住房，可适当考虑配置无障碍设施；安置点内道路、给排水、供电、通信等基本配套设施齐备并可正常使用。在没有明确标准之前，都是按照毛坯房的标准

第二章 搬出一片新天地

进行设计施工，即水电到水表电表、安装防盗门、墙面水泥砂浆拉毛、地面抹平。按照明确后的标准，墙体四白落地，需刮两遍仿瓷；地面要抹平；门窗要安装完（包括室内门）；水电到位，灯泡到每个房间（原来只安装到楼梯口）；厨房要做操作台。

这一下就增加了很大的工程量。其中近 100 万平方米仿瓷的上墙（两遍仿瓷上墙）、6000 多道门的安装，搁在平时，就不是十几天所能完成的。门，一人一天只能安装 6 道，安门的工钱从每道 80 元涨到 150 元。由于电梯尚未安装，仅是将门页背上楼（最高背到 17 层）就需要不少时间！

仁和社区建设工地原有 500 名工人施工，要在短时间完成这么艰巨的任务，必须缩小作业单元，增加作业人员。那么工人在哪里？

紫阳县住建局干部陈颖睿说，他们负责社区 17 部电梯安装任务，进场后发现安装电梯的基础工程均未完成，于是，他与单位的另外 3 名干部下班后在县城四处找工人。通过亲戚朋友"找人救急"，见到"背老二"就缠住不放……这样，60 名小工进场作业了。

负责 541 国道建设的援建办干部邓存军，被指挥部抽调到仁和社区负责基础设施建设，他得知工程建设机械不足时，专门从 541 国道施工现场调来 4 辆施工车辆援助，并协调混凝土公司保障混凝土供应。

在指挥部号召下，参战干部各显神通"招兵买马"。张宗军从汉阴喊来 100 多人，刘磊从四川达州喊来 70 多人……很快，来自本省各市、四川、重庆、湖北、内蒙古等全国各地的 1100 名工人驰援集结到仁和社区参战，分布在 9 个标段开展 24 小时轮流作业。

——紫阳县脱贫攻坚纪事

"散兵游勇"组成了"大兵团",指挥部的指挥、协调工作量和难度迅速增加,全体参战人员起早贪黑,只争朝夕,一路急行军……

十指弹琴才能奏出美妙乐章。紫阳县各部门发挥协同作战优势,齐心协力解决施工难题。县自然资源局(县搬迁办)加强统筹调度,对建设进度滞后的安置点落实专人常驻工地,督促工程进度,协调解决矛盾问题;县交通、住建、水利、市场监管、电力等重点行业部门密切协作配合,全面做好道路、水电、砂石料等供应保障;县财政局拨付1000万元专款,保障工程顺利进行。

急难险重面前,更需要采取超常之举。仁和社区在浙江湖州订购的17部电梯,按照合同约定10月20日前才能安装完毕。这咋行啊!总指挥罗云忠安排专人赶赴中标企业沃克斯电梯(中国)有限公司,住在厂里催促发货。县政府特请市政府向生产厂家致函说明原因和要求。大型设备运输一般是走国道(费用低),紫阳县要求走高速公路,主动承担过路费。县公安局安排两辆警车护送电梯运输,一辆开道,一辆压阵。17部电梯在最短时间运回紫阳。4家安装公司7个作业组,三班倒日夜施工,硬是在9月25日全部安装到位,比原计划提前25天!

越是时间紧,需要解决的问题越多。指挥部每天三盘点,对照每日工作任务清单,实行上午对账、下午核账、晚上结账,每晚召开研判分析会,通报当日工作进展情况,现场解决存在的困难和问题,安排部署次日工作任务。同时,县纪委、监委派驻6个工作组,每天在工地巡回监督干部履职和施工企业任务落实情况,通过执纪问责倒逼施工企业加速推进。9月18日,指挥部发现室内粉刷、门窗安装、基础

第二章 搬出一片新天地

设施配套等方面存在薄弱环节，于是紧急成立11个突击队，通过各种途径调配仿瓷、水电等技术工人500余名，明确具体奖励办法，凡超额完成工程量的予以现金奖励，对未达到当日进度计划要求的，约谈提醒施工企业并予罚款处理。

越是时间紧，越是要注重工程质量。陕西环宇监理公司的李华林就是该社区的建设质量监督人之一，若在平时，他只需在每道工序做完后，照着原始设计图纸严格按国家标准检验即可。而此时，李华林及同事必须轮流在现场旁站，对于不符合标准的现场及时指出，下发监理通知并督促整改。

两班倒，24小时连续作业。雨天就搭棚施工，确保不影响外墙漆粉刷和道路铺设。面对重重困难，干部吃住都在工地，不分昼夜工作，面容都带着疲倦，双眼布满血丝。累了，就在指挥部的椅子上坐一会儿；困了，就在指挥部的沙发上眯一会儿。

在这场争分夺秒的攻坚战中，全县上下万众一心、协同进击，克服连续作战的疲惫、顶住繁重工作的压力，不讲条件，不惜代价，不辞劳苦，演绎了一幕又一幕感人的故事。指挥部成立之日就住到工地的副总指挥张宗军，直到9月26日才离开"窝子"，去了一趟县委自己的办公室。感冒的在坚持；脚伤感染的在坚持；家有老小无暇顾及的在坚持；眼睛红肿、牙龈发炎的在坚持；体力透支，上吐下泻的在坚持；疲劳过度病倒的在坚持；万幸躲过危险的也在坚持……

体能上的重负、精神上的压力、时间上的紧迫……所有的艰辛，只有投入这场战役，亲身经历了，才能体会到它的急和险、苦和累。

县搬迁办干部周俊说:"在这种状态下,也不管在任何场合,只要能靠在哪里稍稍打个盹儿就是最美的享受,特别是在临近天亮那个时段里。这种盹儿俨然是'半休克'状态,机器的喧嚣声似乎成了最好的催眠曲,但是凡有人发出轻微的呼唤,就会立即惊醒过来。"

为了达到交钥匙的基本条件,如期举行仪式,24日和25日的施工盛况可谓炮火连天,短兵相接。9个标段火力全开,建设工地机器轰鸣、敲锤叮当,异常紧张繁忙,单日上工量达到1600多人(其中干部120多人),单日完成仿瓷量高达10万平方米,加上协调、材料补给、后勤保障人员,一天最少有2000人为仁和社区建设而忙碌。有一位老干部感慨,参加工作几十年,从来没有见过这样的"大会战"场面!

交钥匙入住前一天晚上,8时30分,指挥部的简易会议室座无虚席。各施工项目负责人、负责项目建设的单位负责人,市自然资源局干部和县上凡是在家的干部齐聚,安排部署仪式后的完善服务工作。会后,罗云忠、张宗军等,来到亟待完善的各个建设现场巡查,对方方面面的细枝末节及其缺陷作了细致交办。

2号楼下,机器轰鸣声中,县财政局局长储成斌、司法局副局长焦峰与施工人员讨论施工方案。尽管家就在抬头可见的县城,他们仍然在安置房里搭了临时的床铺,成为这里最早的"住户"。

道路建设工地,灯火通明。为让搬迁群众入住时"脚不沾泥",承建方调集8台大型机械、200多名工人紧急施工。

接近凌晨,从外省调用的又一批工人——四川南充小伙子韩文鹏一行7人提着被褥和日用品到达工地,室内门安装进度得以进一步加快。

当天，施工方共从省内外组织民工 300 多人，全面投入室内门安装。

为了从建筑弃渣里找到 1 号楼、2 号楼的排污管口，全部解决排污问题，王琳、罗云忠、张宗军在工地现场督战一个通宵。排污管道安装必须挖地槽，指挥部要求民工加班加点，可是，即便你开出比常规标准多三四倍的工资，也没有人愿意干，回说"我要保命"。无奈，罗云忠决定派出由干部、武警和消防大队组成的 40 人预备队，对机械无法操作的地方进行人工开挖。终于在 25 日黎明时分，完成了两栋高楼排污管口的清理工作！

3. 惊险、疑惑与惊喜

紫阳县气象资料显示：2019 年 9 月 14 日至 17 日夜间，基本都是雨天，每小时累计都在 0.1 毫米以上，其中 15 日和 17 日，小到中雨，不时大雨，15 日 24 小时累计降雨量 60 毫米；18 日至 20 日中午，间歇性小雨，20 日午后才转晴天。

而大决战这些日子，无论晴天或雨天，仁和社区建设推进的速度都非常惊人：

9 月 19 日，地面平整实现清零；

9 月 21 日，墙面刮白、厨房操作台安装实现清零；

9 月 22 日，卫生间、室内灯具、防盗门、窗户玻璃、入户水表、电表安装实现清零；

9 月 23 日，外墙粉刷实现清零；

——紫阳县脱贫攻坚纪事

9月24日，户内房门安装实现清零；

9月25日，住房全部达到入住标准。

打仗，打的是天时、地利、人和。可是，在13天里，天时不好，下雨占了7天；地利也不占，山坡上，运输只有一条通道，且稀泥烂滑，施工条件很差；人和倒是占着的，可是兵马缺乏，招兵买马时间太紧迫。这仗咋打呀？

尤其是下雨天，工地一片泥泞，就像长征路上的沼泽地。所幸"指战员"都能穿上深筒靴子对付，只是原本干净的着装变成了"迷彩服"。所需装修材料只能从烂泥通道运送，卡车用不上，就用装载机拉、后面用挖机推。让人哭笑不得的，是天梯上转运盒饭的情景。在7、8号楼远距离施工和援建、督战的人要按时吃上盒饭，是很不容易的事情。食物用铲车拉上去后，得巴望着送饭的人爬过几道天梯，或者经过数次中转，才能送到饥饿者的手上。有时包装袋难负重荷破烂了，饭盒从空中坠落下去，就会听到送饭者沮丧的叹息声："啊嘀——"。每个人都得有饭吃啊，必须另想办法了！

施工现场，惊险不断。

县自然资源局副局长刘凤英在工地督促工期下悬梯时腿部不慎被钢筋戳伤，10厘米长的口子鲜血直流，"如果不是我反应快、手扶住了梯子，很可能这条腿就整断了，所幸只是皮肉伤！"因为工作任务太紧急，简单包扎后，她继续坚持在工地忙前忙后。

一天，县自然资源局干部周俊在现场指挥交通时，挖机头忽地转过来，离头顶只有5厘米！她吓哭了，却仍然坚守在战场。

第二章 搬出一片新天地

县住建局干部田亮在项目建设现场腿部严重受伤,不得不送往市级医院救治。

这些惊险,只是驻点仁和社区的诸多党员干部奋勇作战、轻伤不下火线的缩影。他们不辱使命,赤诚为民,在火线上显示出担当和情怀。

指挥者、服务者、建设者硬是以血肉之躯、非常之举,啃下了这块最难啃的"硬骨头",创造了紫阳工程建设史上的奇迹。

不难想象了吧？怎么言说他们呢？

壮哉！伟哉！

艰难方显勇毅,磨砺始得玉成。

9月25日晚上8时,仁和社区交钥匙入住仪式简单而隆重地举行。县委书记赵立根讲话铿锵有力:"骨头再硬,也硬不过我们向贫困宣战的决心和信心；困难再大,也大不过我们为百姓谋福祉的愿景和梦想。我坚信,只要我们不忘初心、牢记使命,奋斗不息、拼搏不止,就一定能打赢整县脱贫摘帽这场硬仗！"与之感情共鸣的人们,报以热烈的掌声。

交了钥匙并不等于搬迁安置尽善尽美了。其后的5天对众多干部来说,更是直面入住户,解决琐碎事情的特别忙的日子。

县级领导驻镇包抓、镇领导蹲点包楼、帮扶干部联户包搬。帮助村民入住的干部每天"急行军"的步数大多在两万步以上。

错落有致的仁和社区灯笼高挂,一派喜庆。白天,人山人海,来往穿梭,入住村民像赶大集一样,提着的、扛着的、抱着的、拖着的,洋溢着笑容,流淌着汗水；热心的干部迎进送出,帮着搬运家具、指

点路径、介绍电梯乘坐方法。夜晚,一排排路灯照耀着行人,一家家住户的窗棂透射着亮光,犹如繁星撒落人间。

"这就是我的房子?"

"真的住到县城来了?"

"这房子是够宽敞、亮堂、方便的!"

"真是托了党和政府的福、托了习近平总书记的福啊!"

……

感恩的大红对联贴出来了,报喜的微信发出去了,社区广场上庆祝中华人民共和国成立70周年文艺演出开始了……

入住的人们沉浸在欢乐之中、梦幻之中。

仁和社区真的按期交钥匙了?搬迁户入住了?不可能吧!

很多人都不相信。毕竟,紫阳县是大搬迁的艰中之艰、难中之难啊!但是,那些照片、视频信息摆在那儿,信不信由你!

是的,这是追赶超越的"紫阳速度",这是"敢叫日月换新天"的紫阳答卷!

住户入住,并不表示万事大吉。7个塔吊需要拆卸,场地需要清理,道旁需要绿化,两头进社区的公路需要修补……10月8日,张宗军才撤出战场。而此前的7天中,2日至7日下雨,其中6日至7日暴雨。

但是,他们最终还是取得了决战的全面胜利,谱写了一曲惊天动地的壮歌!

这是"人和"的胜利,这是精神的胜利!

第二章　搬出一片新天地

干部是监督员，更是服务员

2019年的"百日会战"到9月30日结束，紫阳县蒿坪镇易地扶贫搬迁提前3天胜利收官，画上了一个圆满的句号。

会战正酣时，走进蒿坪集镇新区，道路两旁鳞次栉比的高楼内灯火通明、人声鼎沸。钻头穿过墙壁的尖吼声，水泥砂浆在搅拌机里的轰鸣声，都盖不住镇党委书记秦宗道强有力的声音："9月26日凌晨之前装修完所有扶贫搬迁户的新家！"

围绕这一目标，在扶贫开发工作中，尤其是临近脱贫攻坚尾声阶段，全镇镇村党员干部夜以继日，为贫困群众的易地搬迁工作忙碌着。他们牺牲假期，放弃陪伴家人，全部驻守工地，只为全镇1279户贫困户能够如期住进新房。

"打赢脱贫攻坚战，共奔小康新生活！"这条标语昭示着蒿坪镇党委、政府勠力同心的朝向不仅是让搬迁户如期入住这一个目标，而是为群众共享新生活铺好前行之路。

蒿坪镇移民搬迁安置社区项目，在规划伊始就完成了绿化、亮化、硬化及排污管道的铺设。为方便搬迁群众，社区配建幼儿园、社区服务中心、老年活动室、酒店、超市、学校等公共服务设施。从三岁小儿到耄耋老人，每位群众的实际需求都被纳入前期规划范畴之内，解决了他们的后顾之忧。

100天时间里，镇干部的24小时被精准分配到每一刻。班子成员全部驻守工地、一线指挥、靠前作业。镇党委书记秦宗道带头，每天晚上还在督促施工企业抢工期、赶进度，全天候不间断交叉作业，坚持做到当天任务不完成，干部不睡觉，工人不撤离。

在坚守一线的紧密监督下，各项工作取得了显著成效。用极短的时间完成了任务量极大的入户道路硬化、管网铺设、水电入户、门窗安装等工作，为室内装修创造了环境、赢得了时间。镇村干部扭成一股绳、铆足一股劲，采取超常规举措，克服各种不利因素，上演着一幕幕感人至深的扶贫故事。

为保证工程质量，镇上对项目实行严格管理，聘请监理公司强化工程质量监管，对工程质量严格把关，确保进度和施工安全。被镇农管所包联干部彭旭东从恒口找来的贴砖师傅，私底下犯了嘀咕："没见过这种的！工头看了户主看，户主看了镇上干部还要看。墙上瓷砖线有一点歪了他们都能揪出来，这镇干部装修自家房子，也没见这么仔细呀？"听到师傅们的抱怨，镇党委副书记胡先东哭笑不得："从山上搬下来的老百姓一辈子可能就只装修这一次房子，肯定要给他们弄好。地平、墙白、水通、灯亮，一个都不能差，必须得仔细。"

9月25日晚上七点半，位于茨沟社区C区1单元的丁广兵家终于

第二章 搬出一片新天地

装修完毕,沙发、桌子、床等家具全部就位。看着新家,丁广兵17岁的女儿丁少鑫显得格外兴奋。以前,她和爸爸、奶奶在外面租房住,不方便不说,还总有漂泊无依之感。现在,政府给他们分的这套房子干净又宽敞,一家人总算可以安居了。

在丁广兵家,蒿坪农业综合服务站站长、森林村第一书记邱红尤其忙碌。为了不耽搁丁广兵务工挣钱,邱红主动承担起装修房屋的重担,成了买家具、贴地板、刮仿瓷的监工。他辗转在不同楼层,监督各家装修进度,催送家具电器,指挥布置格局,俨然一个总管家。自己的小车,也总是"私车公用",不计开销。

连续半个月,邱红每天休息不到4个小时。连轴转的直接后果,就是身体出了问题,靠吃药才能"维持正常运转",但深陷下去的眼窝总是笑意盈盈。邱红说:"只要老百姓高兴,住上新房,我们不睡觉都行,这是一种责任。就像我们镇党委秦书记说的,老百姓从山上搬下来,还没有适应这个环境,也摸不着头脑,我们这些干部不帮忙,谁来帮他们?宁可苦自己,也不能耽误他们。"

加紧工期,明确完成各项目标任务的时间节点,让一切努力终于有了成果。9月28日,在蒿坪镇集中搬迁仪式上,1279户易地扶贫搬迁贫困群众,告别了低矮潮湿的土坯房,搬进了崭新明亮的移民社区。集镇人口也因此大大增加。

无论对镇域发展还是搬迁群众来说,这都是历史性的新起点。秦宗道说:"扶贫搬迁不仅为了让群众有新房子住,与之配套的产业发展、教育医疗、资源权益、兜底保障全都缺一不可。镇上必须从个体的微

——紫阳县脱贫攻坚纪事

观需求上找准侧重点，保障群众的生产生活，实现小康富民的目标。"

如今，红旗社区、茨沟社区的新住户，大多渐渐适应了城镇生活。白天就近务工，老家有地的就回村里看看茶叶、猕猴桃、中药材等特色产业，傍晚则聚集在社区广场上，或聊聊家长里短，或跳跳舞健身，或看看电视、读读书，日子过得很舒心。

对于镇党委、镇政府来说，搬下来住进社区只是一个开端，数百年都在山上从耕地里讨生活的农民下山之后怎么办？经济来源是啥？这都是必须要考量的问题。

为了切实解决搬迁群众的后顾之忧，蒿坪镇坚持"以业促搬""先业后搬"原则，积极开辟就业渠道、引进社区工厂、鼓励群众自主创业，不断优化集镇原有的产业结构，加速三产融合，因地制宜为群众创造多元化的增收渠道与致富手段。

镇干部虽然受了累，蒿坪可没吃亏。在安置点附近陆续引进的企业和本土企业，让搬迁户成为有稳定收入的上班族，企业也因当地政府的政策扶持和各项税收优惠得以壮大。镇域经济、企业效益和群众收益齐头并进，形成了惠民利企的良性循环。

蒿坪镇自然条件也不算好，但好歹有一段川道，相对于紫阳县其他地方而言，算是"白菜心"了，集中建房的条件稍好。经过2011年开始的陕南避灾移民搬迁，特别是近几年的脱贫攻坚战，特别是各行各业的蓬勃发展，"一方水土养不活一方人"的困局被彻底破解。如今，可谓家新业新气象新，从镇容村貌到思想观念的变化，用"翻天覆地"来形容，一点也不为过！

第二章 搬出一片新天地

量体裁衣

脱贫攻坚中的易地扶贫搬迁,脱胎于陕南避灾扶贫搬迁,却较之标准更高、时间更紧。前后相互衔接,其项目规划政策性、专业性强,涉及面广,有关政策规定也多次变更和完善。

围绕"搬得出、稳得住、有就业、能脱贫"的总要求,紫阳县坚持以户定建、有业安置,突出精准搬迁、精细管理、精准施策,一手抓项目工程推进,一手抓后续服务保障。

对能够完全离开土地生存的,实行进城入镇集中安置,享受与城镇居民相同的生活条件;对不能完全离开土地生存的,实行靠近园区等有产业支撑点的中心村安置,降低配套设施建设成本,搬迁对象就近在园区务工或通过土地流转等方式获得收入;对特困群体采取交钥匙工程进行安置,纳入民政兜底,保障搬迁对象生活。

引进有实力企业,按照市场化方式,在高质量、全方位做好搬迁社区服务管理的同时,建设农业产业基地,组织搬迁户发展特色产业,为搬迁群众提供就业岗位。强力推进安置小区"五中心"(党群服务、

综治调解、物业管理、文体活动、老年日间照料）建设，以优质服务提升搬迁群众幸福指数，促使加快融入。

同时，整合行业部门扶贫资金，稳步推进安置点垃圾污水处理、文化活动广场等公共服务配套建设，改扩建学校（幼儿园）及医院，满足搬迁群众就学和就医需求，全面提升安置点公共服务配套水平，不断提升搬迁群众获得感、幸福感和安全感。

搬迁项目规划，必须量体裁衣、符合实际。按照"系统谋划、四化同步、统筹推进、一举多赢"的战略部署，做强县城，做大重点镇，扩容小集镇，延展农村社区，把移民搬迁与城乡治理、新型城镇化、美丽乡村建设充分融合。通过引导搬迁群众进城入镇，在中心村、农村新型社区、产业园区、旅游景区居住，改善搬迁群众的生存条件和发展环境，促进县域经济社会协调发展。

"十三五"期间紫阳县的总体目标是，搬迁安置22459户76252人。其中，符合国家政策的易地扶贫搬迁对象19291户64168人，占全省的7%、全市的19%。按照省、市有关规定，易地扶贫搬迁安置五年任务19291户64168人，三年建设完成，任务非常艰巨。

搬迁的对象分4类：扶贫类、避灾类、生态类、其他类。扶贫类对象需经扶贫部门审核确定，避灾类对象需经国土和水利部门审核确定，生态类搬迁需经环保部门审核确定，其他类搬迁由涉及的主管部门审核确定。

移民脱贫搬迁，首先要进行安置点选址。选址坚持"四避、四靠、四达到",即避开地质灾害区、洪涝威胁区、生态保护区和永久基本农田;靠近城镇、中心村、农村新型社区和产业园区;达到房产能升值、增收有保障、设施配套强、公共服务好。建设原则要做到"五个坚持":坚持科学选址、坚持脱贫导向、坚持有序集中、坚持统筹衔接、坚持又快又好。

具体方式方法是:政府引导、群众自愿、以户定建。需搬迁的群众自愿提出申请,经村、镇审核公示无异议后,报县移民(脱贫)搬迁安置领导小组办公室审查备案。安置社区建设规模,坚持以户定建,对一般贫困户,镇政府收取购房订金,严禁空房闲置和投资浪费。其次是科学选址、统一规划、宜居特色。规划则要彰显地域民居特色,与当地生态环境、地域文化、传统风貌相协调,确保选址规划安全适用、美丽宜居;坚持避灾优先、扶贫为主、统筹推进原则;坚持地灾户、洪灾户优先搬迁安置,重点落实在册贫困户、低保户、五保户搬迁,兼顾其他类型搬迁。

从这些政策规定和要求来看,国家考虑得够周全、够惠民的了。

项目规划的精髓,首先是不得违背两条政策红线。红线一:安置房屋面积。易地扶贫搬迁户住房面积人均不超过25平方米;避灾、生态及其他类型搬迁户建房面积根据搬迁对象家庭经济状况,坚持适用够用合理确定。扶贫、避灾、生态及其他类型搬迁户,户均用地面积不超过0.2亩。红线二:易地扶贫搬迁户房建自筹资金管理。户均自筹资金不超过1万元,人均筹资不超过2500元,确保搬迁群众"建房不举债、脱贫有保障"。

"两条红线"挺在前面,就必须坚持规划引领,杜绝盲目冒进。按照安置点修建性详细规划,严格按照规划所涉及的安置点、安置户数、基础设施、公共服务设施、产业建设等相关内容组织实施。结合地域文化,做好安置点房建规划设计,充分体现民居风貌特色,确保安置房经济、适用、宜居。按照小型保基本、中型保功能、大型全覆盖的要求,做好安置点基础设施及公共服务设施配套,确保安置点安全、美观和相关功能健全。

实际工作中,难免出现一些偏差和错误。县搬迁办对发现的问题及时予以纠正。

红椿镇七里沟安置点,计划建设安置房23栋,安排622户。建设单位报来安置点基础设施配套建设方案及预算,工程投资较大。2019年正月上班的第一天,县搬迁办组织相关参建服务单位人员现场勘查、对照图纸,将设计方案及内容进行及时调整,按照符合安置点现场实际和投资规模适度的原则,由原来的预算投资2600万元降为1400万元,节省了一大笔工程投资。

东木镇军农安置点,原计划新建3栋住房,层高为2至3层。在设计过程中,由于房建基础工程投资较大,有可能突破"三条红线"中的房建成本管理政策红线,建设单位一时束手无策。县搬迁办发现并了解情况后,建议修改建设方案,将其中两栋叠加变成一栋多层建筑。这样,既节省占地面积,又减少了因房建基础工程而导致的额外开支,两全其美。

项目规划的灵魂是科学管理。这必须从源头抓起,在各个环节规范管理。县搬迁办坚持以镇为主体,严格执行项目法人制、招投标制、工程监理制、合同管理制和终结审计制等"五制"管理。在检查全县所有安置点时,他们不单纯是带着项目规划的目的检查,而是从多个层面进行监管,遇到问题及时解决。有一次他们到一个安置点工地,看到工人正在制作桩基钢筋笼,感觉钢筋工的操作有点儿不对劲,于是找到设计图纸仔细核对,发现钢筋制作未严格按照图纸施工,其钢筋主筋做法及用料正确,但捆扎主筋的箍筋制作与设计要求不符,存在安全隐患。便当即要求监理单位下发整改通知书,并告知建设单位,进行现场整改。

县自然资源局承担移民搬迁这一历史重任,并全力以赴、不辱使命地完成了工作任务,集体和局长刘洪涛也受到一系列表彰奖励。县搬迁办项目规划股股长贾耀斌说:"几年来,我和同事们团结协作,完成了一个又一个移民搬迁安置任务,听到了一个又一个搬迁安置入住佳音。风里来雨里去的工作性质与家庭之间,难免顾此失彼,但想起那么多贫困户,想起一个国家公职人员的社会责任,家庭困难也就微不足道了。"

"较真"数字

完成艰巨的易地扶贫搬迁任务，需要有大量、真实、具体和有序的信息统计资料来支撑。

首先是搬迁对象与规模布局的资料和数据。即易地扶贫搬迁对象主要是县内建档立卡贫困人口（含国家系统数据更新后已标注脱贫，但仍无安全住房的），以及确需同步搬迁的其他一般农户，包括居住在环境恶劣、生态脆弱、不具备基本生产和发展条件的边远地区、高寒山区和陡坡峡谷地带的农户，远离集镇和交通干线，修路、通电、通水一次性投资成本过大，群众就医、小孩上学不便的自然村组和单庄独户，地裂、滑坡、崩塌、洪涝等自然灾害多发区或地方病区，无法在当地生存的农户，以及无劳动能力、无家庭积累、无安全住房的农户。一部分集中安置，一部分分散安置。

搬迁群众的实惠越来越多，"吃皇粮的"却工作量越来越大，任务越来越艰巨。

为了掌握情况、摸清底子，紫阳县国土资源局信息统计中心信息

第二章　搬出一片新天地

员伍贤芳连续几个月，不分晴天下雨，深入到17个镇140个安置点，进行样点核查和统计。夜晚回到单位钻进办公室，将白天采集的数据，逐一扫描录入电脑汇总，以便为第二天的工作提供依据和指导。她深知，如果不能做到日清日结，将会贻误全县的扶贫大事，自己责任重大。

2017年，伍贤芳将自己辛苦几个月整理好的搬迁扶贫数据台账与县扶贫办信息股核对，竟然"严重不符"。对方坚持认为自己的数据是正确的，要求她立即彻底修正、核实和复查。伍贤芳委屈得泪水盈满了眼眶。"这些数据都是我下乡一颗汗水摔八瓣换来的，是我废寝忘食、没明没夜坐在办公室里熬出来的呀！就这么给否定了？"转念又一想，如果我的数据确实整错一户，那么，一方面将会导致某个贫困户没有房住，另一方面将牵涉国家搬迁扶贫资金的安全。

她感到自己肩上的担子愈加沉重。于是，爱较真、不服输的她又重新下到各镇村安置点，走访群众和镇村组干部，核对数据。这一折腾又是好几个月。经过一丝不苟的细致研判，终于查出一些问题。

例如，某镇搬迁办汇报上来的搬迁人口减少，原因是某村一个五保户死亡，所以从搬迁名单中减去了。她仔细地将扶贫人口与搬迁人口查对，发现了端倪：扶贫人口仍然存在于大系统中。她及时将发现的情况反馈回镇上，让他们加以核实，不久镇上再次上报数据依然维持原样。她不甘心，邀请镇搬迁办的工作人员一道，深入该村走访调查，结果证实该五保户健在，于是补充录入搬迁名单，保证了搬迁与扶贫系统人口的准确性。

又如,某镇搬迁办汇报上来的搬迁名单中,缺少该镇某村某户的资料,原因是他们在集中安置住房时,认为该户在镇外某地购买了商品房,就不该再享受扶贫政策,继而将其从名单中剔除了。然而实际情况是,该户依据搬迁标准在城关镇楠木村安置点购买住房,并且依规在城关镇享受到易地搬迁扶贫优惠政策,所以不应从户籍所在地剔除搬迁名单,而应按照易地安置人口补录。

再如,某镇搬迁办汇报上来的材料表明,某村某户多年在外务工早已脱贫,又在县外和市里购买了多处超标准房产,即面积超过人均25平方米,但材料中依旧显示其为搬迁扶贫人口。伍贤芳通过税务登记平台,查到该户的房产交易痕迹,又通过不动产网站平台,查到该户已拥有多处超面积房产,于是依规依据,反馈回镇上,并建议将该户从搬迁人口中核减。

诸如此类数据核查,发现纰漏并加以修正,对伍贤芳来说是寻常之事,爱较真的人就是这样的。直至2018年,国土局与国扶办、国家发改委、搬迁办3个大系统平台相吻合,数字更加科学和真实。

伍贤芳在工作中对人和蔼可亲,对兄弟单位或部门前来办事的群众,总是事无巨细、不厌其烦地提供资料、搜集数据。因忙于工作,少了与家人欢聚的闲暇时刻,少了对家庭的照顾。特别是脱贫攻坚开始后,孩子正上高中,处于快毕业升学、面临高考的关键阶段,她却因忙于工作很少与孩子交流学习和思想。伍贤芳说:"我连一顿饭都没给孩子做过,心里十分愧疚。所幸孩子的自理能力很强,也顺利地考

第二章 搬出一片新天地

上大学。"对家里老人缺少照顾,也让她感到歉疚,婆婆身患老年痴呆症及多种基础病,平日里神志不清,经常大小便失禁,身边需要有人照看,但伍贤芳总是因为工作而不能陪护。2019年腊月二十八,家在瓦庙镇的婆婆突发急病,她得知后,仍然将手头工作忙完直至下班,才连夜与家人包车将老人拉到县医院,在急诊室抢救一夜后,才转危为安。而此刻,她已累得瘫倒在地。

——紫阳县脱贫攻坚纪事

现实的"天堂"

天堂是什么?天堂是永恒世界里至高的居所,也是人们所期望的灵魂的永远归宿。中外均有这种说法,但谁也没见过。不过,很多人都知道"上有天堂,下有苏杭"这句话,它比喻美好的生活环境。

搬迁安置的贫困户,虽然少数还有某些不习惯、不方便,以及感觉其他不如原来的住所和生活环境的地方,但是绝大多数告别了偏远、破旧和落后,住到了梦寐以求的美好环境里,享受到了功能配套完善的服务和现代文明。

1. 在我心里,这就是"天堂"

走进紫阳县麻柳镇青岩溪,一片赏心悦目的易地扶贫搬迁安置区便展现在眼前。这里地势开阔,终年流水淙淙,布局整齐的两层楼房依山傍水,雪白的外墙,赭红色的门窗和屋檐勾勒,宛若别墅群,在青山绿水映衬下,显得分外美丽。安置区有配套的爱心超市、卫生室、文化广场等公共服务设施。

第二章　搬出一片新天地

2017年12月，原本生活在大山皱褶里和高山之巅的74户贫困人家，走下大山，入住梦幻般的社区。其中，50户人家享受安置房，按人头每人只交2500元，一户最多不超过1万元，就住进120平方米左右的复式建筑，室内、室外都很漂亮。24户人家享受"交钥匙"工程，在驻村部门的帮扶下，住房内设施齐全：席梦思床、棉被、做饭的炉子、锅碗瓢盆……日常生活用具样样齐全，个人不掏一分钱，领到钥匙就入住。

贫困户覃景华74岁，老伴儿65岁。儿子常年在外打工，因为条件差，至今没有成家。按照政策，他们分到了"交钥匙"工程的小高层二楼一套50平方米的房屋。隆冬的麻柳镇非常寒冷，走进这家则是暖意融融。客厅的封闭式火炉上有一张彩色塑钢圆，围桌而坐，有一种"风雪夜归人"的异样温暖。参观他们的厨房、卫生间、两个卧室的时候，老两口一直笑眯眯地跟在我们身边。

覃景华和老伴儿高兴地说："我们现在房子暖和，心里也暖和！不愁吃不愁穿，还有第一书记、帮扶干部、村干部经常来问寒问暖！"

真是从糠箩滚到米箩里了！覃景华家原来住在安置区对面的半山腰上，老屋是土坯墙石板瓦。他说，住在老屋的时候，一年到头提心吊胆，刮风怕大风揭了房上瓦，下雨怕屋子漏水，发大水怕山上滚石头。2018年发大水，山上滚下巨石，猪圈都被冲走了，幸亏已搬走，不然老骨头就没了。现在多好，刮风也不怕，下雨也不怕，来了泥石流也不怕。过去单家独户住在山上，如果头痛脑热，死了也没人知道，现在这么多人住一起，互相都有个照应。逢年过节的还可以一起热闹。

他老伴儿说："在我心里，这就是天堂！"

老人的话，生动地反映了内心的满足和喜悦，也表达了对新生活的感激之情。不仅居住环境大为改善，而且覃景华每月有高龄补贴、有低保，老伴儿也有低保，村上还给安排了公益性岗位，负责小区安全和环境卫生，每月有600元工资，基本生活有保障。

"不掏一分钱住上这么好的房子，你们原先没想到吧？"

"脱贫攻坚一开始，干部就对我们说了这个政策。但最初我们不相信，自古以来没有这样的好事呀！"

"那你们什么时候开始相信的呢？"

"实话说吧，拿到钥匙，看了房子以后，还是不信。那天我和老伴打开房门，在屋子里不知转了多少遍，跑到楼下不知看了多少遍，把那新床、新被子不知摸了多少遍。晚上做梦，还是不信，半夜拉亮电灯，说话到天亮，反正睡不着。后来看见很多贫困户都搬来了，才信了！哈哈哈……"

是啊，开天辟地以来，哪儿有过这样的好事！

我们告别时，老两口跟下楼，把对面山上一处老房子指给我们看："原来就住在那个旧房子里。"日近黄昏，高山上云雾缭绕，看不真切，但是能感觉到山路的陡峭，能想象出他们往日生活的艰难。

贫困户侯邦玉家享受的是青岩溪社区120平方米的安置房，小二层复式建筑，也可以说是简易小别墅。一层是很大的客厅、厨房、卫生间；二楼有3个卧室、1个卫生间，还有专供晒粮食用的两个大晒台，室内装修一新，现代化设施样样具备，宽敞实用，简洁漂亮。侯邦玉的媳妇和覃家老太太的感觉一样，都认为这个新家就是梦中的天堂。

同行者感叹道："现在贫困户享受的政策太好了，一般干部都享用不到！比如镇长，他买房还得贷款按揭呢。贫困户住这么大的房子，才交1万元，实在太优惠了！"

"是啊，如今党的政策对我们贫困户真是太好了！"侯邦玉的妻子说，"过去，住的是透风漏雨的房子，出门不是上坡就是下坎；现在，住这么好的房子，环境也这么好，这就是天堂吧，做梦也没想到！"

我问："住在这里，你感觉最大的好处是什么？"

她想了想答道："安全，方便。"然后进一步解释，"帮扶干部像亲戚一样常来常往，让我心里踏实。水、电、路、社区服务都跟城里一样，让我感觉事事方便。"

2. 黄国洪的"三个没想到"

从界岭深山搬迁到县城仁和社区，黄国洪不论是生活环境还是思想观念都发生了巨大变化。2020年初冬采访这位壮壮实实的汉子时，他憨厚而激动地说："这两年变化太大了，我没想到搬到县城这么顺利，没想到在县城还办起了超市和酒楼，没想到自己被评为全国励志易地搬迁群众！"

黄国洪是紫阳县界岭镇双泉村的建档立卡贫困户，小学文化程度，现年40岁，面庞憨厚。他老家那个地方，即使你从未听说过，从"界岭"这词也能联想到它处在偏远的高山之上。没错，它在大巴山上，与四川省接壤，是紫阳县地理位置最偏远、自然条件最差、贫困程度最深的镇。黄国洪原来居住的双泉村二组平均海拔1000米以上，家庭收入主要依靠外出务工。搬迁之前，黄国洪夫妇在辽宁省建平县一家铁矿打工，由于踏实肯干能吃苦，务工收入还算不错，但绝大部分都花费在老人和孩子身上，左手腕还因工负伤落下残疾，虽然辛苦打拼十多年，依然住在离干线公路较远的土坯房里，而且后来垮塌得不能住人了。

脱贫攻坚战打响以来，包帮干部将黄国洪一家纳入"十三五"易地扶贫搬迁对象，根据其想进县城的意愿，积极对接仁和社区房源。黄国洪取得在一期修建的楼房入住的资格，户型是三室一厅两卫，105平方米。自己只交了1万元，就能在县城拥有一套住房。嘿嘿，真是没想到！

2018年腊月，黄国洪回到紫阳，一边在县城和附近集镇摆地摊卖鞋袜、服装，一边装修房屋。2019年5月入住仁和社区后，生活上并不方便，没人卖菜，差一包盐也得步行十几分钟到小区外购买；如果来了客人需要招待一下，就得到更远的地方才能找到餐馆。

自己遇到的困难，也是小区内所有居民遇到的麻烦事儿呀！居住在社区的老人和孩子，购买生活用品困难就更大了！这不正是一个良好的创业时机吗？黄国洪和妻子商量，准备在小区里办超市、餐馆。

第二章 搬出一片新天地

界岭镇和城关镇的扶贫干部对黄国洪的想法表示赞同,并在创业贷款办理、房屋租赁等方面给予大力支持。包他这户的县公安局界岭镇派出所副所长张捷(现已调至县公安局治安大队),则对酒楼(宾馆)需要具备的消防设施、疏散图等怎么办理给予详细指导,把相关安全事项交代得一清二楚。

2019年12月,"国洪生活超市"和"顺心酒楼"开业。能在县城当"老板",这是他做梦也没有想到的事情。

遭遇过种种挫折和苦难,终于迎来新的生活环境、新的创业时机,夫妻俩非常珍惜。他们一大清早就起床开门营业,晚上直到送走最后一拨顾客才关门休息。夫妻俩待人谦和,热情细心。对年龄大的、买东西多的,他送货到家;暂时有困难没钱给的,可以欠账。凭着诚信经营和周到服务,赢得小区住户的高度评价,其超市和酒楼经营得有声有色,并能按照计划偿还创业之初的贷款。

县上一家扶贫公司得知黄国洪的情况后,建议他把紧挨着的另外3个门面也租去经营,他说没钱交房租,对方说先签合同,再帮你解决资金问题,只要能多带动几家贫困户就行了。那还怕啥呢!于是,"紫阳县社区电商服务站"和"香千家面馆"开业了!

"顺心酒楼"刚开业时,为了节省开支,黄国洪夫妇只聘请了2人帮忙。后来随着生意越来越好,不断增加招工。到2020年9月,仁和社区就有10名贫困劳动力在他们的超市和餐馆就业,还为数千名搬迁群众提供了便利。

由"乡巴佬"变为"城里人",由贫困户变为脱贫户,由脱贫户变为"黄老板"——黄国洪的蜕变命运,令人感慨不已。

2020年11月,国家发展和改革委员会办公厅印发《关于全国"十三五"时期易地扶贫搬迁典型案例的通报》显示,黄国洪被评为"励志易地搬迁群众",获此殊荣的,陕西省仅24人,紫阳仅1人。我问是谁把他推荐上去的,他憨厚地"嘿嘿"一笑,说:"我不知道呢。压根都没想到的事情!"

是什么改变了黄国洪?当然不能撇开他本人的主观努力,但是也不能不承认,是共产党的初心和使命改变了他,是扶贫干部的真帮实扶改变了他,是这个伟大的时代改变了他!

第三章
"梦工厂"在身旁

蒿坪生出全市第一只"公仔"

"红娘"和"保姆"

蓝色公示牌昭示的"绿色通道"

小厂也能造就能人

在住所附近上班挣钱，大概是紫阳县农村富余劳动力梦寐以求的共同理想。尤其是那些远走他乡因打工谋生吃尽苦头的"漂族"、长期蹲在家里照顾家庭"毫无价值感"的农村女性，更是想在家门口的企业就业，既能挣钱又能顾家。

但是，由于交通运输不便、工业基础薄弱等诸多不利因素，紫阳工业一直处于十分落后的状态，企业寥若晨星。二十世纪八九十年代，县上依托当地资源，办过水泥厂、缫丝厂、电解锰厂、树脂厂等国有企业、集体企业，但一般农村富余劳动力因种种原因，很难在这些企业中就业。茶厂倒是相对较多，但季节性很强，吸纳劳动力的能力十分有限。

曾经，农村富余劳动力汇聚而成的"民工潮"以锐不可当之势涌向东南沿海的工厂，涌向县外的矿山，涌向城市的建筑工地……劳务输出收入成为紫阳经济的"半壁江山"。但是，那些在外的"打工仔"并非都是"淘金"的胜利者，上当受骗的、妻离子散的、无钱回家的……不幸的事儿不时撞入眼帘、灌进耳膜。

易地扶贫搬迁后，许多农民无处就业。住在原有村庄中，可以种点蔬菜、养点小禽，补贴生计，而旧宅腾退后，生计根本就无处寻觅。原来农民在自己的宅院中，不用交物业费，低成本生活，现在进园进城上楼了，别说吃肉吃蛋要花钱购买，即使吃一根葱、一根蒜苗也得掏钱，没有经济来源，还硬生生多出一笔笔开支。调查得知，某社区一户居民，因没钱买菜"天天吃白水面"；某社区附近农民种的菜，光天化日之下被新入住的居民"采收"，主人阻止，被回道："我没有地方种菜，没办法呀！"勤劳而缺乏其他技能的农民在新居附近没有就业机会，就去种地，而土地又远离住宅区，需要开车去，除了锅巴没有饭。在原有宅基地或田间地头搭个棚子吃饭、睡觉、搁东西吧，也不现实。因此，晚间农民还得回到离土地很远的住宅楼上。与一个农民聊起此事，他自我嘲笑说："我现在是城里面的农村人，住在二架梁上的！"种地、养禽的农具和其他资料需要储藏，而现在入住套房，哪有地方存放那些"乱七八糟"的东西！某社区一居民找镇政府领导理直气壮地反映生活困难："现在住的房子倒是漂亮，可是不能喂猪，不能养鸡，地也种不成，电费、水费也没钱交，饭都煮不成了，还有病人……"镇政府只好从民政救济款里解决1000元，可是问题的根源还是没有解决。某集镇居民晚上放在门外的纸箱等有用的物品，早晨起来不见踪影，而以往没有这种现象，估摸是附近的新社区居民捡去了，因为天黑以后就发现他们在垃圾桶里翻找东西……

"身边有工厂该多好呀！"群众期盼着。

蒿坪生出全市第一只"公仔"

毛绒公仔在蒿坪镇"出生"了!

这不仅是紫阳县破天荒的喜事,而且开创了安康市毛绒玩具文创产业新纪元。

作为"第一个吃螃蟹的人",安康爱多宝动漫文化产业有限公司总经理王亮记住了这一天,而且永远不会忘记。

受到发达地区产业转型升级的大环境影响,王亮在北京、河北的工厂招工一年比一年难,工资成本也一年比一年高。他一直在考虑把工厂搬到某个劳动力资源丰富的地区,却一直没有找到理想的承接地。2017年10月28日,他受邀参加朋友的婚礼。婚礼现场,江苏省常州市在陕西省紫阳县挂职扶贫干部、紫阳县副县长夏志文利用婚礼的大屏幕,对紫阳县的情况进行了热情洋溢的宣介。婚礼成了"招商会"。王亮由此知道,紫阳县不仅劳动力资源丰富,易地搬迁社区还有不少配套的厂房闲置。"这不就是我梦寐以求的工厂搬迁承接地吗!"

婚礼结束后,王亮立即向夏志文详细了解紫阳县的工资水平和招商

第三章 "梦工厂"在身旁

引资政策等情况。夏志文做了详细解答,并当场邀请他去紫阳县实地考察。

一个多月后,王亮到紫阳县实地考察,不时满目"惊喜"——路边一堆一堆的人在闲聊。这就是富余劳动力、潜在的毛绒玩具厂工人呢!在北京,人们都忙着,想招一百人,能招到二三十人就不错了,经常看着订单却做不了,很可惜啊!而且,安康市针对毛绒玩具产业出台了"六条优惠政策",吸引力也不小呢!

深入了解才知道,在安康建毛绒玩具工厂,自己是第35个签约的。不能犹豫,干!王亮当即下定决心。

毛绒玩具文创产业,生产工艺简单,能耗污染小,入职门槛低,就业容量大,市场前景好,符合紫阳经济社会发展方向,符合产业就业扶贫方向,也符合国家东部产业转移发展方向。因此,市、县、镇三级热情地为投资商提供了保姆式服务。

"梧桐树"已经栽好,只待"凤凰"筑巢。2017年12月28日,这家苏陕协作毛绒玩具企业在蒿坪镇双星社区正式开业运营。

虽然签约排在第35位,但是开业打了第一炮。2018年1月23日,随着双星社区工厂重型设备充棉机的安装调试成功,第一只毛绒公仔完成填充和缝口。

王亮无比激动,这是紫阳、安康的新鲜事,更是他事业的新起点,是他自己"产下"的公仔、自己的杰作呢!这么短的时间就出了产品,紫阳政府的服务意识多么强、工作效率多么高!

后来,大家谈到这是苏陕扶贫协作的结晶,是东部产业转移的产物,而且一谈到安康的毛绒玩具文创产业就会谈到这一天、这一只公仔的下线。

紫阳县是深度贫困地区,可对毛绒玩具产业发展显得很"大方"。无偿提供给王亮宽敞的简装修厂房和相关配套设施,免收4年房租、电费。他只投入360多万元,用以装修,购买设备,很快就投产了。"实话说,我在别的城市做了多年,没有过在安康做企业时受到各级党委、政府这般重视,所以能很快投产。"企业行政主管王馨说:"紫阳县政府的招商引资条件优厚,并且执行到位,这在其他地方是没有的。"

当然,王亮来投资办厂之前就想到过一些困难。紫阳交通没有大城市便利,而且此前没有毛绒玩具厂,也就意味着没有任何产业基础和产业配套。来后,的确出现了很多意想不到的困难,比如物流,从常州购进原材料,物流的经济成本和时间成本远比想象高得多,没有直达,得经过无锡、临沂、西安多地转站,才能到达蒿坪镇。而开业初期紫阳县尚不具备大规模运输条件,物流费降不下来。人工、房租等成本核算,王亮也费了很多心思。

万事开头难,何况开头这么易!工厂生产很快走上正轨。

2018年春季的一天下午,王亮闲暇无事,从双星社区往山上闲逛,看见两个十岁上下的小姑娘正在地里摘豌豆角吃,就问那个好吃吗?女孩说:"我们就吃这个"。其中大一点的女孩说,她爸爸在煤矿打工时腿受伤致残了,指了指正在那儿翻地的爸爸。四十开外的爸爸听说

第三章 "梦工厂"在身旁

来人是玩具厂的老板,热情地邀请到家里坐一会儿。王亮走进房屋,却找不到能坐的地方。一家三口只有一间房,半间作厨房,灶旁一个火坑,上面悬着吊罐,黑黝黝的;半间作卧室,安着两张木床,也是黑黝黝的。没有椅子,有一条板凳,却太脏,只好站着。这令王亮比看到女孩生食豌豆角更为震惊——他们的生活太困难了!

如果说,此前王亮决定到紫阳投资办厂是因为优惠政策和丰富劳动力资源的吸引,那么,这次误打误撞看到困难群众的一幕,则真正给他在这里艰苦创业的行为注入了一种助力脱贫攻坚的情感因素、自觉担当。

他建议这个残疾人到毛绒玩具厂工作。回说腿脚不便。他说工种有用腿的,也有用手的,没关系。这位残疾人脸庞堆起了笑容。很快,这位残疾人就到厂里做起了充棉、翻皮等手工活儿。

"我想为当地脱贫攻坚贡献一份力量,尽企业最大的努力,多帮一家是一家。"王亮说这话时,面部严肃,语调低沉,能让人感知到他内心的真诚。

在介绍员工邓楚婵的情况时,王亮更显示出一个企业家的情怀。邓楚婵16岁就来厂里上班,原因是父亲出车祸死了,母亲离家出走了,她辍学了,是爷爷奶奶带着她艰难度日。她每天步行上下班,单程需三四十分钟,从来不迟到早退,工作能吃苦,很踏实,守纪律。王亮被这位特殊员工自立自强的精神所感动,2019年公司年会上,将其作为本企业唯一的"自强标兵"给予隆重表彰,现场奖励她一辆价值3000

多元的电动车。王亮说:"其他奖项都是业绩奖,这个奖项是我额外为邓楚婵设立的,跟业绩无关。"

"我除了做好公司的本职工作外,三年来主动融入招商角色,为安康毛绒玩具发展尽一己之力。我平均每天接待1次外来考察的企业,都以同行同业者的角度为他们详细分析利弊,也毫不吝啬对在安康发展毛绒玩具的溢美之词,希望能有更多的毛绒玩具企业入驻安康,形成气候,做好配套。"王亮说,"我父亲是甘肃人,但我是西安农村长大的,小时候家里条件也不好。企业落户紫阳,我有一种归属感,也有一种责任感。"

口口相传,以商招商。如今,安康毛绒玩具企业已有378家(点),并已吸引到一些相关协作企业,纸箱包装厂等相关配套产业陆续落户。谁能说王亮这个"第一个吃螃蟹的人"没有功劳呢!

2019年9月25日,王亮将北京爱多宝玩具有限公司总部正式迁入紫阳县硒谷生态工业园区。

三年过去了,"爱多宝"已由起初在双星社区的1家小工厂发展到如今的8家社区工厂,用工由开业时的65人发展到现在的332人,总部生产面积达8000平方米。并引进国内先进的生产设备,决心打造国际标准,国内一流的毛绒玩具样板级总部企业。2019年产值超过2千万元,2020年产值超过3千万元。受疫情影响,公司订单一度有所减少,但由于市、县两级反应迅速,措施得力,工人不曾停工,全年产值明显增长。

第三章 "梦工厂"在身旁

目睹疫情期间紫阳县乃至安康市毛绒玩具产业经历的三个阶段，王亮认为应对策略都走在了全国同行的前面："我们于正月十五如期开工了。正是因为这里科学研判疫情形势，赢得了宝贵时间，赶制出年前的外贸订单，并在疫情在全球蔓延之前顺利发货。之后，这里提出'优先生产适合国内市场的产品、优先发展本地特色产品深加工'的思路，多次实地查看并赴外地召开展销会、推介会等，帮助我们在全国推介产品、找订单，这使得在外贸订单有所减少或取消时，我们立即转头做内销。聚力合作渡过了最难熬的5至7月，政府部门和毛绒玩具协会及时协商座谈，出台互助政策，比如，今天这个公司有订单，就匀一部分给暂时没工可做的公司，保证很多公司不停工、有活干，直到现在依然保持着互帮互助的惯例。我接到的第十四届全运会吉祥物的订单，就分到了安康各个玩具厂一起做，抱团发展会越干越大。"

王亮对地方各级党政支持企业发展非常感激。他忘不了在自己遇到困难时候，市长赵俊民、市人社局局长汪小卫给予的热情鼓励和大力支持；忘不了在建厂时紫阳县县长陈莲几次指导和督促；忘不了2017年12月开业前夕，蒿坪镇党委书记秦宗道说："你有什么困难，随时来找我！"镇长张锐驻地督促监工，15天就完成所有入驻装修……这些，对他这位三十出头的外地投资者来说都是那么及时、暖心和珍贵！

"南有义乌，北有安康！"担任着安康市毛绒玩具协会执行会长的王亮与同行提出一个响亮的口号。这也是安康爱多宝动漫文化产业有限公司如今确立的宏伟目标。

这个宏伟目标鼓舞着王亮和团队锐意进取，创业创新。"爱多宝"与西安美术学院联合成立研发中心，源源不断地吸收输出研发作品，旗下开发了3个品牌、两款专利授权产品，出品了西安IP：唐宝、唐妞、大唐芙蓉园不倒翁、兵马俑吉祥物，均已获得版权。第十四届全国运动会选定"爱多宝"作为唯一一家合作伙伴，生产"秦岭四宝"吉祥物，这标志着年轻的安康爱多宝动漫文化产业有限公司已经成为全国同行业的翘楚。

鲜花因有了目标而开放，泉水因有了目标而奔流，大雁因有了目标而飞翔。目标是干涸沙漠中的一汪清泉，鼓励人们勇往直前；目标是黑夜中的一束灯光，指引人们走向黎明；目标是寂寞寒冬中的一丝暖阳，给人们带来希望。王亮正以感激之心和超越之志向宏伟目标奋进。

那些色彩艳丽、做工精细、呆萌可爱的玩具，已经开始改变外界对安康文创水平的偏见，提升陕西动漫文化的地位。

第三章 "梦工厂"在身旁

"红娘"和"保姆"

习近平总书记在十九大报告中提到:"就业是最大的民生"。如果就业问题解决不好,群众没有稳定的收入来源,城里和社区再漂亮的房子也待不久,最终还是会回到山上、跑到外地去。那样,我们的易地搬迁能说是成功的吗?推动社区工厂发展绝不是一件小事,而是关乎民生福祉和社会和谐的头等大事,是加强易地扶贫搬迁后续扶持发展、解决搬迁群众就业难题、确保贫困人口稳定可持续脱贫的核心工程、基础工程。易地搬迁是一场巨大的社会变迁和生产力的自我革命,只有把农民变成社区居民、产业工人,他们才能"搬得出、稳得住、快融入、能致富",而社区工厂就是肩负起这一使命的承载体。

在紫阳县,解决搬迁群众就业除了极少数公益性岗位之外,无非耕种土地、外出务工、社区就业3种方式。

其一,以耕种为生。这部分群众过着"两头跑"的生活,或通过土地流转、到农业园区务工等。当然,他们现在的居住地必须距原来耕种地比较近才行,否则,"吃肥了,跑瘦了""挣的不够路费钱"。

其二，去外地打工。紫阳县过去有8万左右劳动力在外打工，虽然成为增收的主要来源，却也带来"三留守"等一系列社会问题。这种情况是不得已而为之的方式，打工经济是不可持续的。农村老人年迈多病，最需要照顾的时候，儿女不在身边；小孩处于成长阶段，最需要教育的时候，父母不在身边。离婚率上升等社会问题也比较严重，"收入上去了，家庭破裂了"，令人痛心疾首。

其三，在社区就业。自主创业就绝大多数贫困群众的能力和条件而言是不现实的，在社区工厂就业则比较现实。通过就业，搬迁群众由过去的农民转变为产业工人，实现生产力的自我革命。在"家门口"就业，可以"两不误"，一边工作一边照顾家庭，为白发苍苍的父母尽孝膝下，给懵懂无知的孩子关怀抚慰，夫妻之间也能相依相伴。虽然是社区"小工厂"，却是就业大舞台、脱贫"大产业"。

民有所呼，官有所应。紫阳县把钱用在"刀刃"上，用在群众反映最强烈的地方，用在为更多的人服务上。

2017年，县政府办印发《紫阳县大力发展新社区工厂的实施意见》，将电子产品、毛绒玩具、服装加工、农产品加工、特色手工艺品加工作为社区工厂发展的重点，从资金扶持、融资服务、税费减免等方面大力倾斜。政府舍得出钱，舍得用优质资源，舍得选派优秀干部来做这件事情。继而，社区工厂走上了标准化、规范化、高效化发展之路，实现了从引企业到引产业的转变。

就近就业有"红娘"。政府牵线搭桥，让贫困群众实现"楼上居住，

第三章 "梦工厂"在身旁

楼下就业"。家住毛坝镇观音村的建档立卡贫困户何昌秀，46岁，因为身体原因不能干重活，被安排到附近社区工厂上班。何昌秀很满足："在社区工厂上班，一个月工资能拿到3000元左右，虽然比在外面打工挣得少一点，但是能照顾孩子，操持家里事，在自己家门口就能挣钱，而且老板人也好，耐心指导我们干活，中午还管饭哩，在这里务工踏实！"

至2020年底，紫阳县已有86家社区工厂投入生产运营，初步解决了"住在楼房里的贫困户"就业难问题，实现了安居乐业。

托底就业有"保姆"。55岁的李英学是向阳镇钟林村一名建档立卡贫困户，因为年龄偏大、就业困难，被安排在了公益性岗位上，主要负责钟林村道路维护、环境保洁。

天刚蒙蒙亮，雾气还未完全散去，李英学就像往常一样，早早扛上扫帚出门，开始一天的工作。她说："我年纪大了，屋里也没有一个帮衬的人，政府就先想到了我。我现在只需要两三个小时就把这条路打扫干净了，空闲的时候可以种点庄稼，也给人家做点杂活，还能挣点小钱，日子过得越来越幸福了。"

公益性岗位的设置，既解决了贫困户的就业问题，激发了贫困户内生动力，又改善了农村的卫生环境，实现了精准扶贫和美丽乡村建设工作"双赢"。

一群人、一份职业的改变，折射出时代的壮阔变迁。

2019年10月22日下午4时，紫阳县毛坝镇迪鑫毛绒玩具公司生

产的1万个脐橙娃娃"橙橙"被打包装车出发了。随即，作为赣州市第五届运动会的吉祥物，"橙橙"频频出现在赣州市民的镜头里。

该公司董事长李家林笑称，"橙橙"之所以能在紫阳县毛坝镇顺利诞生，全靠县镇两级提供的"妈妈式"服务。

为把企业引进来并且留下来，2018年紫阳县建立了县级领导主抓、人社部门牵头、县镇村三级联动、全社会共同参与的产业推进机制，制定《关于加快推进以毛绒玩具文创产业为主的新社区工厂发展的实施意见》，计划三年整合资金9000万元，设立紫阳县新社区工厂暨毛绒玩具文创产业建设资金，主要用于标准化厂房建设、厂房简单装修和改造、公共设施配套，设立1000万元新社区工厂发展基金，用于表彰奖励重点新社区工厂企业。

县行政审批局、县市场监管局则积极推进"多证合一、一照一码"登记制度改革，推行网上办照、微信办照，让企业少跑路、不跑路；县发改局积极争取各项资金，与各国有银行商定企业融资贷款政策，进一步增强企业发展能力；县人社局安排专人负责企业各项补贴审核，一经核实，及时兑现补贴资金。

2018年8月7日，迪鑫毛绒玩具公司在毛坝镇落地后，为解决企业用工难题，镇村干部不放过任何动员村民的机会，逢会必讲招工。该镇社区工厂创造性地开设"陪读妈妈"专班，实行工时和薪资弹性管理制度，让"陪读妈妈"工作和接送孩子两不误。同时该镇针对残疾工人开设家庭工坊，通过送料上门、到家取货的方式，鼓励残疾工人积极就业。

通过这些有针对性的措施，迪鑫毛绒玩具公司目前已在毛坝镇开办9个扶贫车间、21个家庭工坊。

覃丕珍所在的麻柳镇有6个贫困村，建档立卡贫困户总计1770户6783人，移民搬迁户816户，其中512户搬入集镇移民搬迁社区。为了使这些搬迁群众能及时就业，麻柳镇通过多方考察，邀请迪鑫毛绒玩具公司到镇上建厂。2019年8月，迪鑫毛绒玩具公司的分厂多乐玩具社区工厂正式开工投产，为麻柳镇集镇安置社区居民提供就业岗位128个。

"学生4点放学，我们6点下班。以前孩子放学后就守在缝纫机旁，既不安全，也影响工作。现在厂里建起了'妇女儿童之家'，我们可以安心工作了。"在多乐玩具社区工厂就业的移民搬迁户王从菊高兴地说。

多乐毛绒玩具社区工厂的"妇女儿童之家"占地70余平方米，可同时容纳60多个学生，并配备了电视、冰箱、微波炉以及图书、玩具，还专门聘请两位老师辅导工人的孩子学习。

目睹车间里的这些服务性设施和用具，心里不禁弥漫起一种温馨。多么周到的考虑，多么贴心的服务啊！

在社区工厂建设"妇女儿童之家"，主要是县妇联的作为，旨在解决社区工厂工人"孩子无人带、学习无人管、活动无安全场所"的困难。县妇联积极争取省市妇联专项民生项目资金和县财政支持，解决建"家"资金问题，同时积极争取县人社部门给予公益性岗位，招聘工作人员，并通过培训提高管理水平。到2020年底，全县已经建成12个社区工

厂"妇女儿童之家"。

为了帮助搬迁群众就业,各部门协同作战,各显神通,甘当"保姆"和"服务员"!

2019年9月,杨明金一家人从蒿坪镇东关村搬出,住进了蒿坪镇红旗社区易地扶贫搬迁安置点的新家。到了新环境,住房条件好了,生活方便了,可是,杨明金却在翌年3月提出回老家住。"以前在老家还能打些零工,搬到社区后,一时半会儿找不到合适的工作,心里很着急。"杨明金把心里话告诉了村党支部书记危成成。

搬新家还不到一年,杨明金就"闹"着要回去。如何帮助杨明金"稳"下来,成了危成成的"上心事"。危成成随即跟红旗社区协调,结合杨明金的情况,给他找了一份社区保洁员的工作。有了固定工作以后,杨明金不仅没再"闹"着回老家,还常常帮助一同搬进社区的乡亲们张罗工作。

"现在好了,既能帮搬迁群众'稳'下来,还能拿到'星级管理'中的'稳定增收星',获得组织的认可。"危成成说。

这是紫阳县对扶贫干部全面推行"星级管理"取得成效的一个小例子。

从2020年5月开始,根据脱贫攻坚目标任务,紫阳县设置驻村帮扶干部日常考勤履职"十星"——守岗敬业星、业务能力星、工作成效星、遍访解困星、政策落实星、问题整改星、稳定增收星、信访维稳星、群众满意星、创新创优星。同时明确每颗星的具体工作标准、量化分值。旨在消除"岗在人不在""人在心不在""心在力不在"等现象,锻造一支作风过硬、帮扶扎实、成效明显、群众满意的帮扶干部队伍。

各驻村工作队队长是"星级管理"直接责任人，负责建立星级创建工作台账，实行工作任务定人、定进度、定时限的"三定"工作法，人人派"单"领任务、照"单"抓落实，创"星"指标月清月结。各镇党委根据重要事项交办单，按月细化评星标准，月初下达"干事清单"，逐月考核，审定评星。六星级以下定为差等次；七星、八星级定为良好等次；九星、十星级定为优秀等次。当月评"星"结果挂牌管理，接受群众监督。

为确保"评星"结果真实准确，由县委组织部牵头，整合督查检查力量，每月采取实地查看、现场提问、随机走访、查阅资料等方式，常态化暗访督查脱贫攻坚各项任务落实情况，建立暗访问题台账，实行销号管理，对重大问题上报县脱贫攻坚领导小组。仅5月，全县共计交办督办暗访问题450件，并全部整改销号。

在评"星"中，坚持"正向激励和反向惩戒"相结合，把"星级管理"结果作为各镇党委党建工作年度考核的重要指标以及贫困村脱贫攻坚队伍年度（季度）考核和评优评先的重要依据。连续两次被评为"六星"以下的村，对工作队长和有关责任人进行约谈问责；连续两次评定为"九星"以上的村，予以通报表扬。

"星级管理"起到了"指挥棒""助推器"作用。危成成追"星"，仅是紫阳县众多帮扶干部工作的缩影。全县脱贫摘帽以后，133个建档立卡贫困村掀起一股追"星"潮，"四支队伍"帮扶干部人人当起了追"星"族。

——紫阳县脱贫攻坚纪事

毕竟本地企业吸纳劳动力的能力有限,大量的劳动力还是得外出务工。

2020年,新冠肺炎疫情袭来时,紫阳县春节前返乡务工人员约6.8万人尚未返岗。

怎么办?县上想方设法为返乡务工人员就业、创业牵线搭桥,努力做好返乡务工人员服务工作。

37岁的高滩镇建档立卡贫困户谢登军从渭南市建筑工地返乡过年,突如其来的新冠肺炎疫情打乱了他和妻子的返岗计划。正在他一筹莫展之际,村干部了解到他的具体情况,将他列为"点对点""一对一"的服务对象。

3月14日,在紫阳县高客站,谢登军和乡亲在工作人员引导下进行体温监测和身份登记后,登上了开往渭南市的农民工返岗专车,被直接送进厂门口。没有哪一次外出务工如此有仪式感。"感谢政府在疫情期间为我们农民工办的实事,不仅为我们联系工作,还组织专车接送,路费和吃的一分钱不掏,我们心里既暖和又踏实!"谢登军非常激动。

对需要外出就业的人员,统一组织安排车辆返岗就业,全力做好服务保障,引导群众安全有序外出务工;对愿意在本地就业的人员,县内企业、新社区工厂、产业园区尽量提供就近就业岗位;对返乡自主创业的提供创业服务,保障务工人员"求职有门,就业有路,困难有助"。

地方政府的帮扶,可以说竭尽全力、无微不至!

第三章 "梦工厂"在身旁

蓝色公示牌昭示的"绿色通道"

走进紫阳县仁华电器有限公司办公室,你会看到墙上的一块蓝色公示牌,醒目的画框上面标注了县级包抓领导、责任部门、金融顾问、财务顾问、法律顾问的姓名和电话。这块蓝色公示牌昭示的是一条"绿色通道"。

紫阳县仁华电器有限公司位于高桥镇双龙村,是2019年3月才正式开工生产的一家变压器铁芯制造企业。公司前身是佛山市仁华电器有限公司,成立于2008年。

为什么把公司从南方发达地区搬到紫阳来?公司负责人谢世界说:"当时将公司逐步从广东佛山迁回紫阳县,除了家乡情结外,市、县政府诚恳招商的态度让人感动,对企业扶持力度也很大。'搬家'不易,厂房改造、供电、资金以及工人培训等困难同时涌现出来。但出乎我意料的是,这些问题在很短的时间内就都解决了。"他指着这块蓝色的公示牌介绍说:"为了让企业尽快开工投产,地方政府帮助企业进行厂房装修改造,安装了专线变压器,很快解决了企业难题。牌子上这

些人及电话号码,就是为企业保驾护航、排忧解难的,遇到问题可以马上联系。"

正是在各级党委、政府强有力的保障下,企业才更加敢于扩大投资。仁华电器于2019年7月扩建成品变压器车间并投入生产,当年营业额达到2200余万元。2020年虽然受疫情影响,下半年才步入正轨,但也实现了年度目标。

在外打工几年挖到人生"第一桶金"的李文骏,考虑到照顾老人和回报乡亲,2017年7月回乡创业,在瓦庙镇堰塘村成立了安康稀硒泉水开发有限公司。他浑身充满了干劲,想好好搞一番大事业。然而,现实总是十分残酷,给他迎面浇来一盆冷水。在建厂施工的过程中,因为资金不充足、技术难关而多次被迫停工。李文骏咬紧牙关,拿着项目书一家一户地去磨嘴皮,一遍又一遍地向对方讲解这个行业的前景,奔波了一个多月却收效甚微。

幸亏地方党委、政府及时支持。镇党委书记王晓鹏组织召开座谈会,积极联系相关职能部门,帮助企业进行路面硬化、协调安装供电设施,还帮助企业协调项目贷款,最大限度地提高放款速度。在多方协助和努力下,终于在2018年年底完成工厂建设目标。2019年4月,伴随着"哗哗"的流水声,第一桶稀硒泉水从设备中缓缓流出灌入桶内。此时紧紧盯着设备的李文骏,两眼泛着喜悦和感激的泪花。

由于安康稀硒泉水开发有限公司属于规模以上企业,2019年秋,县经贸局统一给制作并悬挂了蓝色公示牌。这块牌子放在公司显眼的位置，像"护身符"，又像"镇定剂"，当企业遇到难题时，照着公示牌通完电话，就吃了"定心丸"，企业可以放心向前"奔跑"。有个阶段，企业周转资金遇到困难，正当李文骏犯愁之时，金融顾问——县农商银行副行长赵清云打来电话询问情况，根据有关政策，解决了一笔苏陕协作资金，使企业渡过难关。2020年5月，小瓶水生产出来并顺利投放市场。富硒蜂蜜水也即将投产。

公司成立至今，吸纳周边80多户贫困户入股，一年分红20余万元，在厂里务工的十几人，年收入三四万元。

小厂也能造就能人

走进位于紫阳县麻柳镇的多乐毛绒玩具厂，看见工人们正有条不紊地辛勤忙碌着。一只只制作精美、做工精细，憨态可掬的毛绒玩具，正在进行最后的"打扮梳妆"，准备"远嫁"异国他乡。

多乐毛绒玩具厂生产车间主管叫邢华菊，主要负责员工培训、产品生产进度，质量把控等工作。"80后"的她，言谈举止间透露出一股女强人的干练与洒脱。

多乐毛绒玩具社区工厂的正式开工投产，解决麻柳镇集镇安置社区居民就业岗位112个，其中贫困户44人。2019年1月，从只有100多平方米的老厂搬迁过来时，员工只有22人，资金、设备、人员、管理等各个方面都显得捉襟见肘。发展到如今这个规模，厂房面积达1800平方米，得益于上级政府领导的高度重视，积极争取苏陕扶贫项目资金，投入建设资金总计168万元。当然也少不了邢华菊的一份汗水。

刻苦钻研业务，是邢华菊入厂后的突出特征。她第一次接触毛绒玩具，加之是本地人，既要掌握手艺，又要处理工厂中时时出现的"疑难杂症"，困难可想而知。在没有任何技术帮助与技术人员支撑的情况下，她大胆摸索，昼夜钻研，仅用一个月时间，就熟练掌握了毛绒玩具的缝制技术。她深知授人以鱼不如授人以渔，在自己熟练掌握技术之后，就不厌其烦地手把手教其他人。对机器维修业务，她从刚开始时的连一颗螺丝钉都拧不开，到后来所有的机器自己都能动手拆装维修。这条自我摸索钻研之路的艰辛，恐怕只有她自己才知道。

为了工厂里的工作顺利进行，她的手机24小时处于开机状态，因为有太多工作上的事情需要处理。"今年工作太忙，有时候忙到想吐。工作在哪儿，哪里就是家。虽然月收入只有3000多块，比过去在外打工挣得少一点，但最起码现在可以照顾家里老人和孩子的生活。"邢华菊对目前的工作和生活很是满意。

爱厂如家，"家"就要有家的功能。麻柳镇地处偏远，产业结构单一，经济基础薄弱，贫困人口较多，大多数家庭妇女只有守着"一亩三分薄地"挣几个零碎钱，能在家门口上班挣钱就是幸运的了。上班的女工中相当一部分要负责经管学生。学生下午4点放学，工厂6点下班，孩子放学后就守在缝纫机旁，很不安全，也影响车间生产。邢华菊详细了解情况后，多次与领导沟通协调，一次不行，就两次、三次地来回奔波。凭着强烈的责任心和一股韧劲，硬是把员工这个最大的后顾之忧解决了。

现在，多乐毛绒玩具工厂有了自己的"妇女儿童之家"，占地总面积70余平方米，可容纳60多个学生学习玩耍。公司还购买电视机、图书、玩具，专门聘请两位老师辅导孩子们学习。并配备1个冰箱、1个微波炉，用于存放和加热工人们自带的饭菜。邢华菊把厂里的姐妹都当作自己的亲人一样看待，用实际行动诠释了什么叫真正的爱厂如家。

邢华菊的工作当然也少不了工厂姐妹们的支持和鼓励。2020年1月，厂里一名员工的丈夫在外出打工返乡途中，不幸遭遇车祸，在这名员工急需帮助的情况下，她动员工厂所有的员工及公司老板为其筹集善款8000多元，虽然没有挽留住这名员工丈夫的生命，但是大家的无私奉献让邢华菊很感动，让她觉得更有责任、更有信心带动社区工厂的这些留守妇女。

"做毛绒玩具，布料的选购很讲究，不能过敏、不能褪色、必须吸汗、保证纯棉。我做事，要么不做，要么就要做好。现在党的政策这么好，企业老板为我们想得这么周到，工人们干得很起劲。大家有一个共同心愿，就是把产品做好，让老板有钱赚，让自己有活干，收入有所增加。"虽然建厂时间不长，但是毛绒玩具质量比市面上一般产品还好，价格却一样。邢华菊说："我们先把口碑树起来，赚得少点无所谓，最重要的是对得起良心，才能让小工厂实现我们的大梦想。"

正是由于有了像邢华菊这样产品品质的坚守者，厂里才会生产出一批批质量过硬的产品，才会走出国门，赢取更大的消费市场。

邢华菊在"梦工厂"里坚守着、学习着、锻炼着、成长着，成为一个女能人。时势造英雄，说不定将来能出落成一个企业家呢！

第四章
"毛细血管"与"先行官"

"先行官"的艰辛

青中村兴起的不仅是产业

木鱼包、显月观的蜕变

投资商的褒奖

村民手绘交通图

如今，在紫阳乡下，你若漫无目的地顺着公路行走，走着走着，就会到达一家家农户的门口。或者在某个天朗气清的日子，若你豪华一把，乘坐直升机遨游，就能看到盘桓在山沟野岭间那弯弯曲曲、纵横交错的公路串连着星星点点的庄户。

这就是交通脱贫带来的巨大变化。

原始社会人类用打磨锋利的石块狩猎时，"路"与"速度"就紧密地联系在一起了。在追求速度的过程中，出现了"践草为径，履窄为宽"的"径"，供老牛车行走的"畛"，可通行一辆马车的"途"，可通行两辆马车的"道"，可通行行人、畜力架子车的"路"。由"径"到"路"，越来越宽，其演进历程体现着人类征服自然、利用自然的智慧和意志，闪耀着中华文明的光辉。

以前，时常听外地人说："去紫阳，再不晕车也要晕三回。"这话固然有点夸张，但它确实是紫阳县交通不便、路况差的写照。单是那一座巍峨的米溪梁，就让多少人望而却步。而本地老百姓对出行难更是感受颇深。"看到屋，走到哭。"毛坝镇竹山村一位村民说，由于不通公路，村上一位外出务工的小伙子谈了个南方的女朋友，走到村口眼见"巴掌宽"的小路，吓得不敢动弹，不得不把眼睛蒙起来，让人背着才进了村。

紫阳某企业退休职工余龙君在《我所亲历的交通变化》一文中写道，少小时期，她生活的那个汉江之滨的汉城小镇，到紫阳县城去，唯一的交通工具就是机动船。20世纪70年代虽然修建了一条通往县城的公路，却等级很低，只有少许货车来往，没有客车。水路，由于汉江上游有水电站，一遇关闸蓄水，江水就变得很小了，船就无法通行。由于通讯也不发达，何时涨水、何时行船没有准信，需要乘船的顾客就得亲自跑到河边去观察水位。记得有一次，汉城一位需要返回西安的女教师想乘船下紫阳转道回家，每天早上吃罢早饭、背上行囊去赶船，结果一连去了6天，还是因为水小没有成行，不禁感慨地说："这地方啊，去县城比我们家去北京还难！"邻居开玩笑说："你吃了6天早饭，也没走成，白吃了！"还记得20世纪80年代有一年临近春节的时候，一位远嫁山西某城市的美女回汉城娘家过年，从紫阳到汉城途中，机动船只走了一半，就因为水太小停船了，不得不下船走路，俗称跑滩。穿着高跟鞋的她，举步维艰，只好把高跟鞋用绳子绑着搭在肩上，一会儿赤着双脚蹚水，一会儿穿上鞋子步行。一趟行程，用了10个小时，其中走路用了4个多小时。回到家里时，脚已经起了很多血泡。由于交通不便，她就坐井观天般地生活在汉城这个小天地里，直到18岁时才第一次进县城。还有那些患了急病需要转院医治，因交通不便丧失性命者不乏其例。后来去县城可以乘客车，但是需要三四个小时，路途颠颠簸簸，几乎人人都晕车。如果没有特别重要的事情，人们是不会去受这个罪的。

2015年以前，襄渝铁路、211省道、包茂高速穿境而过，洞开了紫阳县的门户，基本解决了交通运输问题。通村水泥路建设，使207个村（老村）的出行难得到很大改变，但是，这些公路的宽度只有3.5

米，通达深度也不够，导致"毛细血管"不通或流通不畅。

毛细血管是血管的最末端，是机体组织器官进行物质交换的场所，机体产生的废物通过毛细血管网进入静脉血管，通过肺和肾脏将废物排出，而动脉血管带来的营养物质通过毛细血管网分布于全身各器官组织。"毛细血管"不通或阻滞，直接影响着县域机体的健康，更是村集体和村民发展的"肠梗阻"、脱贫的"绊脚石"。

交通是经济发展的先行官，脱贫攻坚，交通先行。绝不能让交通致贫代际相传！

紫阳县始终把破解交通瓶颈作为工作的重中之重，一张蓝图绘到底，"一锤接着一锤敲"。随着国家投资的增加，全县交通实现了从破解瓶颈到基本适应，再到引领发展的历史性跨越。

第四章 "毛细血管"与"先行官"

"先行官"的艰辛

"脚踩烂泥,手握青山;大地为床,星月做伴。"

这是哪位诗人吟哦的佳句吗?非也!这是紫阳县交通局局长朱元地对交通人的工作所作的概括。

目睹了交通人在野外作业的情形,体会了"其实地上本没有路,走的人多了也便成了路",你就会觉得,这16个字是对紫阳交通人跋山涉水、风餐露宿、披荆斩棘艰辛工作的生动写照。

紫阳县沟壑纵横,气候多变,灾害频发,既深受出行不便之苦,亦饱受洪魔肆虐之困。当一次次洪灾来袭,道路受阻,险情连连,紫阳交通人总是一次又一次冲锋在前,清障保畅。修建通村路、通组路,首先要交通人踏勘选线,面对荆棘丛生、烂泥遍地,他们只能抓着树枝、藤蔓或杂草攀爬而过,或蹚过泥泞艰难前行。而到了攻坚拔寨阶段,要完成的任务多是难啃的"硬骨头"。

"十三五"期间,"先行官"们把加快交通项目建设和实现交通"两通"(通硬化路、通客车)目标作为决胜脱贫攻坚重中之重的硬仗来打,咬定目标奋力追，沉下身子务实干，全面完成了各项既定目标任务。

针对全县脱贫攻坚交通保障项目建设时间紧、标准高的严峻形势，紫阳县实行县、镇、村三级组织管理体系。县交通部门负责行业规划、计划下达、技术指导、质量监管、进度督促等工作。镇政府由联村领导任组长，联村部门负责人和联村干部任成员，成立工作组负责每个项目的管理工作。各镇组织施工，由分管领导作责任领导，村上由3至5名村民代表组成质量小组监督项目质量。齐抓共管，多方整合，全力提供资金保障。根据项目施工质量和进度情况，及时拨付交通项目建设资金，缓解施工企业资金压力，保证项目建设进度。

在2019年"百日决战"时，县上"四大班子"领导分赴各个攻坚团，对修路等各项工作的"螺丝"拧了又拧。当年建成通村组水泥路里程680多公里。

工程师罗兵等技术人员，硬是用测距仪将1249公里通村组水泥路建设一米一米地量了出来，施工单位硬是以只争朝夕的紧迫感和披星戴月的加班加点将其修了出来。十几年前修建的村级公路，由于等级低，经不起重车碾压和洪水侵袭，多已破烂不堪，脱贫攻坚实施的896公里通村道路"油返砂"整治项目，将路面加宽，等级提高，完成投资约2.3亿元。交通人和筑路人将担当与汗水挥洒在广袤的山野。

当年因修"天路"而驰名省内外的毛坝镇竹山村，早已在党支部书记侯再德带领下，靠着铁锤、钢钎，在悬崖峭壁上凿出一条长17公里的"天路"，"竹山精神"成为安康市"村道精神"的典型代表和核心内容，2020年建成的"竹山精神纪念馆"陈列的实物和照片，向参观的人们讲述着穷乡僻壤天方夜谭般的蜕变与涅槃。

交通"两通"目标顺利实现。按照省交通行业部门确定的县级自查、市级核查、省级核准的程序，全县2019年10月完成建制村通畅达标认定，176个建制村100%实现沥青（水泥）路通到行政村的某个公共活动、服务场所，顺利实现建制村通硬化路考核目标。县政府于2019年专门制定出台了全县建制村通客车实施方案和建制村通客车财政补贴办法。县交通运输部门具体牵头组织实施，由资质合格、安全达标、管理规范的紫阳通达客运公司和紫阳顺捷客运公司负责承运，实现了全县所有建制村100%通客车目标任务。其中48个建制村采取客运班线，99个建制村采取区域经营，28个建制村采取预约响应等方式。

通组道路硬化成效明显。全县1252个组（自然村）中集中居住人口在30户以上的1138个组（自然村），全部实施通组道路硬化项目。深度贫困村中213个组（自然村）中满足条件的200个组（自然村），均已实现通硬化路。

建设投资和显著成效都是史无前例的。脱贫攻坚战打响以来，全县累计投资9.8亿元，修建村组公路2145公里，公路通村率达到100%。通村水泥路国家补助标准提高到每公里44万～60万元，公路宽度提高到4.5米，且提高了质量、配套标准，全县1255个村民小组中有1138个彻底告别行路难。一个以县城为中心，以各镇为支撑，以村组为节点的干支相连、辐射城乡、高效便捷的现代交通体系已然建立。

境内现有国道72公里,省道244公里,县乡公路477.5公里,通村公路2902公里。

全县路网构架得到丰富完善,形成以高速公路、国省干线为支撑,县乡道路为骨架,村组硬化道路紧密连接的公路网,为全县打赢脱贫攻坚战提供了坚实可靠的道路交通保障。通村组硬化道路新增里程突飞猛进,广大农村居民出行更为便捷、安全、高效。通过新建通组硬化道路和通村道路整治完善,全县村组道路技术水平明显提高,保障能力显著增强。

村民享受便捷舒适的通村组路的背后,是紫阳"先行官"的日夜奋战、默默付出。

朱元地局长说:"这五年脱贫攻坚战,交通人可以说是豁出去了,仅图纸、表格等资料就要装几卡车!"

县农村公路管理局副局长陈国金是2017年上任的,几乎参与了项目建设的每一个环节。在项目计划申报及下达阶段,同镇村干部深入村组,对每一条路的起始地点、施工条件、受益群众等方面做详细记录,根据自己掌握的第一手资料逐条分析项目建设的必要性、经济性,然后再会同县扶贫局下达具体建设计划。在核对项目时,对于群众不受益的项目严格按照交通脱贫退出标准执行,做好群众解释工作,未纳入的项目建好项目库,在后期建设时优先考虑给予安排。整个过程中严格坚持原则,将国家的每一分钱都用在刀刃上。针对全县交通基础薄弱、财政拮据和项目规模不能满足需要等现实困难,他充分发挥

第四章 "毛细血管"与"先行官"

主观能动性,所有建设项目实行动态管理,对拟申报的项目实地踏勘、论证,保证拟申报项目的真实性,特别是全县35个深度贫困村通村组道路项目,省级下达计划与实际实施完全相符。白天为工地的事情殚精竭虑,晚上为内业加班挑灯夜战,争取上级补助资金也功不可没。他先后获得"紫阳县十大杰出青年"、中共紫阳县委授予的"优秀共产党员"、安康市交通运输局授予的"先进个人"等荣誉。

在村上采访时我问过多位村民:"脱贫攻坚以来你认为最大的变化是啥?"不少村民说:"最大的变化是基础设施,尤其是村组公路给我们带来很多便利。公路修好了,我们出行、办事方便了,外边的人也能更多地消费到原生态的农副产品。"

是的,"毛细血管网"形成并保持畅通,村组就充满了活力,村民就都有了奔前程的劲头。

——紫阳县脱贫攻坚纪事

青中村兴起的不仅是产业

距紫阳县城10公里的城关镇青中村,历来是紫阳茶的主产区之一。据县志记载,这里曾是贡茶生产点。因此,青中村古时也被称为"皇茶园"。不过很长一段时间里,因茶闻名的青中村并未因茶致富。全村有3个村民小组297户890人,其中建档立卡贫困户161户432人。

落后的交通裹住了村民迈向小康的脚步。退休不久的村党支部书记张显华回忆,从1988年集资拉电、1998年集资改电到2008年争取项目修毛坯路,村民一直在努力改变面貌。只是因为道路不畅,到2015年村民还在"端着金碗讨饭吃"。

2009年,青中村借邻村修路的机会修了一条毛坯公路,改写了以往完全靠肩挑背扛的交通运输历史。但是路况差,还经常因水毁和塌方而中断。

贫困户张显维对一次车祸记忆犹新。他拿出全部积蓄,又找亲戚帮助凑钱买了辆面包车,不料一次到县城,因山路陡峭,转弯处翻了车。在亲戚那儿借的钱还没有还上,又添了治伤看病欠下的巨额债务。"如

第四章 "毛细血管"与"先行官"

果公路早点修宽敞、平顺一些,哪有这场车祸?"

青中村过去没有加工厂,茶叶加工多为作坊手工制作。村民朱达照说:"我家有13亩茶园,前些年到了茶季,天刚蒙蒙亮,就要采茶,晚上炒茶,清晨去县城卖茶,再苦再累也不敢休息。几年前,我们想引进一家企业来村里办茶厂,但不少老板看到村里的交通条件,茶都没喝一口就走了。"

脱贫攻坚以来,村里陆续硬化和改造了6.2公里的主干道,实现了"户户紧连水泥路,家家出门不沾泥"。与此同时,村里住房、水、电、路、通信等基础设施也得到了极大改善。2016年,一个总投资780万元的标准化茶厂在青中村拔地而起,2020年实现盈利580万元。朱达照当然也不需要春茶上市季节天天清晨背着茶叶到县城去卖了。

青中村林地资源丰富,散养土鸡具有得天独厚的优势,既能保证土鸡品质,鸡又能清除茶园杂草和害虫。2016年,第一书记曾顺宝和村里党员商量决定发展养鸡。但群众对茶下养殖信心不足,预定的鸡苗送不出去。曾顺宝就带头流转茶园,聘请专人饲养,并在2017年成立养殖合作社,为群众统一提供鸡苗,提供疫病防治,统一回收土鸡。干部带了头,群众有劲头。现在,青中村家家户户都养起了土鸡,实现了有养殖条件的贫困户全覆盖,成为村民增收的第二大产业。

贫困户张显维重新买了摩托车,平时运送鸡饲料,谁来电话购买土鸡便抽空送货。还是下山的路,但是公路宽敞平顺多了,生意好做多了。

如今,一条环形公路贯通青中村一沟两岸,一幢幢特色民居掩映在绿树红花之间。人行步道、排水管网、共享单车停放点等基础设施一应俱全，村主干道沿线分布着砖混结构的民居，白墙青瓦，院落整洁。走进郭家梁景区，一排排精品民宿更是惹眼。而在五年前，全村这样的房子只有7座，大部分群众住在土坯房内。

郭家梁是青中村景点最集中的地方。俯瞰县城的玻璃平台上，村民吕龙芝摆上了小茶几，开起了小卖部。她说，这里现在一年四季都有游客来，夏季傍晚最多。靠卖茶水、饮料、小吃，轻轻松松平均每天收入几百元。平台右下方，是在原来老路路基上改造搭建的木板露台，在这里，可以自助烧烤，也可以露营。亭台楼榭，花草树木、小石子铺就的林间小路，引人徜徉。

过去以土墙房为主的民居，现在则是构成自然民宿景区的优势。公路边触目可见的土墙房大多已被集体协商征收，经过包装改造，本来就与自然和谐一致的老屋，在绿树环合间或藏或露，格外诱人。这里宁静的环境让烦躁的人归于平和安定，夏天到此避暑，听林间蝉噪蛙鸣，也是很好的选择，因为这里气温比城区要低5摄氏度左右。

村上依托临近笔架山等地理优势，打造了"隐居乡里高端民宿""'皇茶园'精品园区""共享菜园"等景点。不仅吸引着县城居民，很多外地游客也慕名而来。游客来到青中村，除了观赏茶山风景、品尝传统土菜，还能在"皇茶园"精品园区体验采茶乐趣，在村民家里参与手工茶制作。朱达照喜不自禁地说："从前都是我们背着茶叶寻人家，现在是游客揣着票子来寻我们！2020年5月，村里来了一个西安的旅

第四章 "毛细血管"与"先行官"

游团。30多人挤满了我家堂屋,拍照的、直播的,热闹得很。城里人没见过手工制茶,觉得特别新鲜,都上手来试。一下午我就卖了20斤手工茶!"此后大半年时间,青中村已累计接待旅游团体和团建活动40余次,旅游增收超过100万元。

几户开农家餐饮的农户,也是绿水青山的直接受益者。贫困户周显军与妻子陈开芳开着农家乐,种菜养鸡,一年收入六七万元。开农家乐以前,卖菜是家里的主要收入,夫妻俩起早贪黑将新鲜蔬菜挑到县城集市去卖,非常艰辛,如今好多城里人专门开车来买菜和吃饭,把钱"送上门来"。

从"挑菜进县城"到"顾客送上门",这是一种颠覆性的变化。旅游以及围绕旅游衍生的各种服务,正在越来越多地改变青中村村民的生活。

时隔五年,青中村从一个闭塞落后的深度贫困村跻身为"陕西省美丽宜居示范乡村""国家乡村治理示范村""国家森林乡村"。村民生活也"从糠箩跳进了米箩"。

有人说,这是攀上高枝吃了偏碗子的缘故。村民和驻村干部痛快地承认,如果没有脱贫攻坚的大好机遇,没有资金政策倾斜,变化哪有这么快、这么大?如今村上的变化,是五年前他们做梦都想不到的。

交通条件的大大改善,点燃了青中村群众的创业激情。长期在外搞茶叶经营的青中村村民周显勤被帮扶工作队队员找到后,没有过多思考,就毅然决然回乡办茶叶加工厂。一些当年含泪外出打工的年轻人也纷纷返回家乡。青中村的变化,离不开公路,也离不开青中村村民这个主体。

这个几年前还被人瞧不起的地方,现在已经成为紫阳县城居民的"后花园"。周末去、节假日去,清早去、下午去,天热纳凉去、冬天也去——看雪景。

是的,这里已是一个非常美丽迷人的景区。它改变了紫阳县旅游景点单薄的状态,让游客在紫阳县城附近区域的逗留时间得到有效延长,也为县城增加了纵深与回旋余地,增加了新的旅游品种。过去外来游客总觉得不到紫阳遗憾,到紫阳看看北五省会馆之后,又几乎找不到什么去处,总之不过瘾。如今在青中村,不仅可以观景,夏日避暑、冬日赏雪,还能够安心住下来。这样,县城汉江南岸旅游就从文笔山公园向后大幅延伸,未来还可以经过全安村进一步向葫芦颈水库连片开发。把青中村和文笔山公园打包申报为国家 4A 级景区,不是没有可能!

第四章 "毛细血管"与"先行官"

木鱼包、显月观的蜕变

从紫阳县城驱车8公里多就到了木鱼包茶山,这是紫阳依托富硒产业和自然资源禀赋打造的一处特色生态景区,也是紫阳的一张旅游品牌。站在茶山之巅,极目远眺,群山环绕,苍翠碧绿,颇有"茶香山上飘,人在画中游"的惬意。

记得数年前到此,车过之处,灰尘飞扬,行人掩鼻躲让。如今,通往茶山的旅游观光路宽阔舒适,一层红色的沥青铺就的彩色地面降噪除尘,安全诱导作用显现,沿途安全标识醒目可见,茶乡美景格外养眼。

交通成为旅游和经济发展的"先行官"。通村主干道提升改造后,向阳镇营梁村一大批村民开始吃上旅游饭。每到节假日,到该村逛茶山、吃农家饭、听民歌的外地游客络绎不绝。村民赵丽的农家乐,除了餐饮、卖茶,还提供住宿,常常客人爆满。她高兴地说:"经常有游客需要住宿,甚至主卧都得让给客人睡,我们夫妻俩挤在车里过夜。呵呵呵!"银铃般的笑声在院落荡漾。

蒿坪镇黄金村的显月观始建于明嘉靖十年(1531),毗邻的七宝寨,曾被列为"紫阳八景"之一("七宝连云")。在县交通局的指导下,蒿坪镇要让黄金村真正实现"宝地生金",扩建进村的"黄金大道",新修观光小环线。

这些基础设施建设需占用耕地、山林210亩,迁坟15座,村党支部书记毕锦平和工作人员登门到相关村民家中,和风细雨地做群众思想工作,晓之以理,动之以情。所涉及的村民都爽快地同意占用,没有索要一分钱补偿。施工期间,没有出现一起阻工现象。支部委员曾祥鹏(现为村支书)捐献2万元用于景区景点建设,又多方筹资,披星戴月,完成景区道路路基建设,还无偿提供车辆服务。

黄金村围绕乡村旅游,持续优化人居环境,培植经济增长点,发展兼具观赏价值和经济价值的花木,仅显月观可视范围内,就栽植1500亩樱桃。如今,显月观每逢正月二十三"迎春祈福庙会"便人山人海,或观看演出,或兜售商品,或祈福还愿。庙会一年比一年形式新,一年比一年人气旺,已经成为一张有名的特色文化旅游品牌。

第四章 "毛细血管"与"先行官"

投资商的褒奖

"以前路窄弯急，拉板石的大车进不来，必须先用小车运到东木或者红椿，再用大车运出去，短途倒运，既增加了运输成本，也影响销售和价格。"提起关庙村到军农村的这条老路，紫阳天地天然板石公司总经理雷新明感喟道。

东木镇关庙村、军农村都是深度贫困村，茶叶作为当地群众的当家产业，至关重要。一条路，关乎两村4千余人、近千亩茶园的经济命脉。毗邻的汉中市镇巴县已经把路修到碾子镇，再往前就是紫阳东木镇，如果这条路修好了，不仅镇巴人上高速方便，东木去镇巴卖茶也方便了。然而，这条十几年前修建的17公里长、3.5米宽的水泥路，因超限服役，早已破烂不堪，远远满足不了生产生活的需求，严重制约着东木镇的脱贫进程。

民有所需，党有所应。2019年的春天似乎来得格外早，春节刚过，春姑娘就从南方飞来，开始用绿色装点秦巴山间的阳坡，杨柳绿意浓浓的枝叶被春雨冲洗得十分鲜亮，一度枯瘦的汉江仿佛一夜之间又涨高了许多，仿佛使两岸耸立的山峦也低平了。

3月,关庙村至军农村级公路提升改造工程拉开战幕。精壮小伙上了,白发老人上了,红女绿婆也在工地往来穿梭。他们顶烈日,冒小雨,把战天斗地、意气风发的身姿展现在建筑工地。经过三个来月的紧张奋战,宽4.5米、全长17公里(包括8公里"油返砂"工程)的提升改造工程全面完工。到此督战的县交通局局长朱元地说:"3个月的工期实在太紧了,工人们战晴天、斗雨天,采取一切措施确保如期完工。如果说过去修路仅仅是解决通的问题,那么现在则是更要保证质量。"

驱车体验,只见沿途安全警示标志齐全,路基加宽后不仅可以轻松错车,还将紫阳燎原村、镇巴碾子村、汉阴双坪村串联起来,形成互联互通。

"现在大货车能进来了,我们可以直接从厂里发货,大大节省了运输费用,再也不怕客户跑了。"雷新明的脸庞堆满了笑容。这笑容是投资商对紫阳交通人的一种褒奖。

"毛细血管网"形成,肌体的血脉才能畅通,肌体才能健康。

一条条便民路、产业路、园区路、旅游路、安置点连接路,缩短了贫困户和广大村民与外面世界的距离,实现村与村、镇与镇的交通内循环,浓墨重彩地谱写了交通脱贫的精彩华章。"毛细血管网"的生成和健康运行,给贫困户和广大村民带来了便利和福祉,受益群众交口称赞。

一条路可以改变一个家庭的命运,一条路可以改写一个村庄的历史,一条路可以通达日思梦想的小康生活,一条路可以打开一个多姿多彩的外面的世界……

第四章　"毛细血管"与"先行官"

村民手绘交通图

一张纯手工绘制的乡村交通图，令人惊异和深思。图上最醒目的是一条弯弯曲曲的公路。沿线，村民姓名、乡村院落、产业园、饮水工程、电力设施、油坊、滑坡点等零星分布、清晰标注。

这是紫阳县城关镇富家村党支部书记、安康市人大代表王德开所绘。它折射出村民对村组公路的渴望和积极作为。

"印刷品地图可没有我这个好！我这个，哪儿有产业、哪儿有景点、谁家贫困程度咋样，我心里都有一本账。再说，外面来的客商考察投资、观光旅游，我也好方便介绍。"提起这张"富家村交通示意图"，王德开一下打开了话匣子。

富家村，也算名副其实。作为城关镇产业大村，有茶园 3100 亩，人均达 3 亩，此外还有 150 亩猕猴桃、300 亩脆红李、38 家个体户、1 个茶叶龙头企业。"但是交通问题不解决，其他啥都是闲的。"王德开深有感触地说，"以前是土路，车进不来，一下雨就陷进去了。"

决战贫困，交通先行。修筑城关镇塘么子沟至营梁村这条 23 公里

的产业路已迫在眉睫,提上县委、县政府议事日程。县领导多次到该村现场调研,定措施、解难题、鼓干劲、督进度。

拆迁时,村民朱盛富的叔叔因患有精神疾病,赖在屋里死活不走,在西安打工的朱盛富先后三次回家好言相劝,最后只好以给他理发为借口,总算把人哄出来了。动工后,大量的渣土将朱盛富母亲和祖母的坟给掩埋了,他既没有抱怨,更没有找政府讨价还价,而是自己花了一万多元进行清理维护。

"只要一说到修路,老百姓的积极性都很高,记得2017年腊月二十八大寒那天,全村38座坟全部迁完。"王德开回忆说。工程建设期间协调处理各类矛盾纠纷15起,历时两年建成的这条路,路面宽度达到6.5米。它的贯通有效激活了城关、向阳、焕古三镇的产业发展。

"毛细血管"的畅通,也是王德开及王德开们支持、参与、奉献的结果。

第五章
"一龙带九蛟"与"百企帮百村"

传统产业焕发青春

民企同唱"爱的奉献"

"一龙带九蛟"是紫阳民间的一句俗语。龙是比蛟高一等的动物，龙舞动起来，就会带动蛟的舞动。在大品牌、龙头企业的带动下，新产品、新业态就能竞相出现。紫阳茶叶产业的发展壮大就是最好的注脚。

产业扶贫是覆盖面最广、带动人口最多、可持续性最强的扶贫举措。紫阳县茶业发展中心（原县茶业局）认真履行规划、指导、管理、技术推广与培训等职能，高举"中国名茶之乡"的金字招牌一路斩关夺隘。众多民营企业通过与贫困村结对共建、精准对接、分类帮扶，采取发展产业、培训技能、吸纳就业、产品销售、捐资助贫等多种方式，把民营企业资金、技术、市场等优势与贫困村土地、劳动力、特色资源等有机结合起来，在"百企帮百村"的方阵中共同唱响"爱的奉献"。

第五章 "一龙带九蛟"与"百企帮百村"

传统产业焕发青春

紫阳县海拔高差达 2200 多米,气候温润,雨量丰沛。立体的气候环境孕育了丰富的物产,茶叶便是其中的佼佼者。

唐代,紫阳茶"每岁充贡";清代,"陕南唯紫阳茶有名",紫阳毛尖成为当时全国十大名茶之一。清代著名诗人叶世倬游历汉江写下佳句赞誉:"桃花未尽开菜花,夹岸黄金照落霞。自昔关南春独早,清明已煮紫阳茶。"紫阳县是中国第一条茶马古道——"陕甘茶马古道"的源头之一,境内的北五省会馆,见证了茶马古道上水运码头文化和茶叶贸易的辉煌与荣光。1965 年,"紫阳种"成为全国第一批 21 个地方推广良种之一。1989 年,紫阳茶在北京中国预防医学科学院通过了由国内著名食品、茶叶、营养、医学等多学科专家组成的专家委员会科学鉴定,成为国内第一个通过科学鉴定的天然富硒茶,具有抗衰老、防癌、抗癌、抗辐射和提高人体免疫力等作用。著名营养学家于若木为紫阳富硒茶题词"紫阳茶富硒抗癌色香味俱佳系茶中珍品",习仲勋同志曾为紫阳富硒茶题词"健康佳品驰誉神州"。

在脱贫攻坚战期间，紫阳县以茶叶产业为重点，坚持"一业突破多业兴，多措并举促增收"的产业扶贫之路，把培育富民产业作为实现稳定脱贫的治本之策，以"三变"改革为抓手，大力推行"主导产业+龙头企业+合作社+贫困户"模式，通过"抓产业、抓主体、抓技术、强联结、强品牌、强营销"促进农业产业转型升级，并完善利益联结机制，带动贫困户增收脱贫。特别是以"三品一标"为重点持续推进茶产业"四大体系"和"八大创新工程"建设，使传统的茶叶产业焕发青春，实现质的飞跃，在产业增收中发挥了"一龙带九蛟"的重大作用。

1. 传统茶企与时俱进

2021年元宵节前，我们在紫阳县城关镇和平村看到，山坡上苍翠的茶园生发出点点新绿。这是全县现在历史最悠久的茶叶企业的生产基地。

和平茶厂是伴随改革开放成长起来的一家老牌茶叶企业。厂长曾朝和有5年军旅生涯，1977年退伍回乡，看到乡亲们连基本的温饱问题都无法解决，他下决心要大规模发展茶产业，兴茶富民，不断地钻研学习。凭借着刻苦努力，1984年他担任了集体股份制企业——和平茶厂的厂长。正当曾朝和甩开膀子大干时，茶厂受到了茶叶市场不稳定因素的冲击，连续两年都处于亏损状态，几个合伙人陆续撤出。曾朝和承担起全部债务，和平茶厂从此进入发展新阶段。

二十年前，在首届中国紫阳县茶文化节上，由中国顶尖专家团队进行评审，和平茶叶被评为质量第一名，紫阳历史上第一位"茶王"诞生。从此，和平茶厂开始腾飞。

2002年，和平茶厂分别在紫阳县城、安康城区开设和平茶业专卖店。2014年，在负责营销的曾红梅主导下，公司启动网上销售与推广平台，在西安建立网络运营中心，开设和平茶业天猫、京东旗舰店。到2020年底，和平茶业专卖店及茶楼已达24家，年销售收入3500余万元。

2018年，位于和平村的新建厂房3条自动化生产线建成，日加工鲜叶可超1万公斤。和平茶厂（陕西省紫阳县和平茶厂有限公司）现已发展成为一家集茶叶种植、收购、加工、销售于一体的标杆茶叶企业。公司产品相继通过了SC质量认证、ISO9001质量管理体系认证、有机认证等一系列质量认证，产品先后荣获"中茶杯"特等奖、世界茶联合会"第六届国际名茶评比金奖"等奖项，企业先后荣膺三秦质量标杆企业、陕西省优秀民营企业、省级园区、"中国绿色品牌"等荣誉。总经理曾朝和也被授予陕西省第二批非物质文化遗产"紫阳毛尖茶传统制作技艺项目"传承人。

公司在自身发展的同时，不忘履行社会责任，积极参与产业脱贫，带动贫困户140户539人。采用订单收购、鲜叶奖补、物资奖补、园区务工、技能培训、土地流转、收益分红等方式，带动贫困户年人均增收2400元。

2. 招引企业各具特色

紫阳县一方面扶强扶壮本土茶叶企业，一方面加大招商引资力度，引进一批茶叶企业入驻紫阳县。新的资金、技术、人才、先进管理经验等生产要素向紫阳县流动，有力地推进了全县茶叶产业蓬勃发展。

20世纪80年代，而立之年的陈国卿成为紫阳县洄水茶厂厂长，茶厂年销售额数十万元。随后的一起合同诈骗，让陈国卿跌入人生谷底，茶厂被迫破产，他还背负50多万元外债。他被迫来到西安，含辛茹苦，卖茶还债。由于讲信用，善打拼，为人处事旷达而细致，他在关中道上结下好人缘。摸爬滚打十多年，终于偿还了早年经营茶厂欠下的外债。

2014年，陈国卿带着积累下的数百万元资金，回到紫阳县双桥镇解放村修建茶厂，创办了紫阳县康硒天茗茶业有限公司。

紫阳县传统企业大多是先建生产端再建销售端，康硒天茗反弹琵琶，先构建成熟稳定的销售渠道和具备一定知名度的品牌优势，再到紫阳县投资建厂。虽然公司投产时间短，但是生产效益和带贫成效显著。

"必须坚持高标准建园，确保茶园观赏性和示范性。"陈国卿高薪聘请福建技术人员负责茶园管理。茶园坚持因土配肥，先后向茶园施进200多吨有机肥料。经过三年努力，康硒天茗产业园区全面建成投产。共建标准化车间1500平方米，附属车间1200平方米，职工住宿楼480平方米，晾晒场、停车场2000多平方米，综合办公楼1590平方米，绿茶、红茶、白茶三条清洁化生产线全面建成。公司通过ISO 9001质量管理体系认证，先后被县、市两级食药局授予食品安全示范企业;"康硒天茗"产品通过绿色食品认证,产品荣获"中绿杯"银奖、西安茶博会金奖。同时,公司设立扶贫办公室,与141户建档立卡贫困户结对帮扶。通过土地流转、带园入股等方式,带动贫困户户均增收1万元以上。2018年,该公司被评为紫阳县产业扶贫先进企业,陈国卿被授予安康市脱贫攻坚优秀企业家、陕西省脱贫致富带头人。

紫阳县道通天下生物科技有限公司的引进,则填补了紫阳县茯茶生产的空白。

这家公司于2019在紫阳县蒿坪镇建成750吨生产线两条。主打陕西官茶、丝路茯香、老茶头茯茶等产品,主要与各大中城市的高端酒店、餐饮业、旅游景区合作。

公司负责人张留涛雄心勃勃,决心与紫阳县各茶叶专业合作社合作,争取在三至五年时间内,把全县夏秋茶利用率提升到50%以上。至2020年末,公司通过订单收购,带动130余户贫困户增收,带动130余个贫困劳动力务工。

除了上述两家企业,闽秦、秦巴山、焕古庄园、秦巴紫硒、神农等招商引资企业,都呈现出各自特色,让"紫阳富硒茶"大家族更显丰富多彩,带贫益贫能力不断增强。

3. 产业集群百花齐放

2020年7月3日,紫阳富硒茶交易中心正式对外运营。以茶闻名的紫阳县有了一个与其知名度相匹配的"会客茶室"。交易中心的投

入使用,标志着紫阳茶产业迈向标准化、集约化、精品化、一体化发展的新阶段。

在最显紫阳人热情的"到屋喝茶"标牌引导下,你可从交易中心的一楼走到三楼。其间统一的新中式风格茶叶门店,显现出不同的布局和情调。在琳琅满目的产品中,球形的金钱橘茶最为特别。

"一个新产品可奖励3万至5万元。"紫阳县茶业发展中心主任李尤学介绍,县上出台政策,鼓励茶叶新产品开发。紫阳县益品源茶业公司总经理唐必彩正是在政策激励之下,将紫阳金钱橘皮的果香与富硒红茶的茶香完美融合,制作出独具紫阳特色的金钱橘茶。早在唐代,紫阳金钱橘就有其生产、收购及调运的记载。这种橘子似古铜钱般大小,色泽亮丽,黄里透红,故名金钱橘。中医认为,金钱橘味甘、酸、辛,性微温,具有止咳化痰、理气治郁的功效。开发这款茶时,唐必彩进行了反复尝试,确保洗果、开孔、挖瓤、填茶等关键步骤拥有稳定的生产工艺,随后试产。"本来想压一年再卖,橘香和茶香能更好糅合,结果被想尝鲜的客户都买走了。今年我会在县上多收购一些金钱橘来加工。"唐必彩说。

西头的"茶小二"门店并不显眼,店主代仲琴却是大名鼎鼎的"网红"。她以网上销售"跑步鸡"而出名,后来将经营范围扩展到茶叶销售上,直播平台粉丝众多,直播泡茶、品茶、讲紫阳茶故事,几乎成了她的日常。2020年,她通过网上销售产品收入过百万元。

在"龙"——"紫阳富硒茶"母品牌和和平茶业、闽秦茶业等龙头企业的带动下,"蛟"——紫阳富硒红茶、白茶、茯茶、调味茶以及"半亩茶园"等新产品、新业态竞相出现，丰富了紫阳富硒茶品类，拓宽了销售方式，增强了带贫能力。

2016年后，紫阳县按照中央、省有劳动能力的建档立卡贫困户中长期产业全覆盖的要求，推出一系列产业扶持政策。特别是2020年疫情期间，县委、县政府出台46项稳岗就业和产业发展的激励措施，确保有劳动能力的建档立卡贫困户都有一项中长期产业。2018年后，县财政向175个村集体股份经济合作社注入资产收益扶贫资金3.35亿元；注入村成立股份经济合作社资产收益扶贫资金1.61亿元，313个经营主体承接使用，通过入股分红、劳动务工、土地流转、订单销售、技术帮扶、托养代管等方式，共带动10451户贫困户增收，村集体股份经济合作社获固定收益2000.07万元，覆盖23685户80750人次的贫困人口。投资7673.3万元实施茶产业创新转型升级提质增效扶持政策，做大做强紫阳富硒茶产业，带动贫困户发展。采取"农户+基地+合作社"模式，强化技术培训指导，积极推动现代农业园区创建。投资4590万元，建成现代园区86个，培育龙头企业96家；投资184万元，累计培训7.1万人次，31625户享受了技术服务，确保有劳动能力的贫困户掌握一项农村实用技术。

2020年底，紫阳富硒茶产量达到8805吨，实现鲜叶产值21.09亿元（其中贫困户增收9.93亿元）。"紫阳富硒茶"商标扶贫模式入选商标富农和运用地理标志商标精准扶贫"十大典型案例"，品牌价值达62.22亿元。全县茶叶、畜禽、特色产业总收入30.53亿万元，农村常住居民人均可支配收入10861元，比上年增长7.6%。

民企同唱"爱的奉献"

有一股力量推动紫阳县贫困村实现蝶变——"百企帮百村"。这股力量就是众多民营企业的扶贫行动。

根据全国工商联、国务院扶贫办、中国光彩会发起的"万企帮万村"行动方案,紫阳县启动"百企帮百村"精准扶贫行动,广泛动员县内外商(协)会、民营企业家参与脱贫攻坚战。在县委统战部、县工商联的引导、组织下,紫阳县广大民营企业家热情参与精准扶贫行动,通过与贫困村结对共建、精准对接、分类帮扶,采取发展产业、培训技能、吸纳就业、产品销售、捐资助贫等多种方式,把民营企业资金、技术、市场等优势与贫困村土地、劳动力、特色资源等有机结合起来,村企共建、优势互补。

1. 不仅仅敲响开场锣鼓

2017年1月19日,紫阳县"百企帮百村"社会扶贫动员会召开。县委书记赵立根、县人大常委会主任张教志、县长陈莲、县政协主席康树民出席会议。县委副书记陈佳斌代表县委、县政府致辞,呼吁在外创业的企业家,参与到紫阳县的精准扶贫工作中,用实际行动回报故乡。西安市安康商会执行会长、陕西安商投资有限公司执行总裁唐明亮,西安市紫阳商会名誉会长、紫阳天地天然板石有限公司董事长雷星明,西安市紫阳商会会长、天目集团董事长汪义坤,西安市紫阳商会监事长、紫阳县华荣实业有限公司董事长龚孝华,西安市紫阳商会秘书长、陕西汉姆实业有限公司董事长王清玲,西安市紫阳商会常务副会长、陕西省富硒农业开发有限公司董事长贾耀权等200多位紫阳籍企业家参加会议。

这次会议敲响了民营企业帮扶贫困村、贫困户的开场锣鼓。

继而,县委十五届二次全会、县十七届二次人代会、县政协十二届二次会议相继对"百企帮百村"精准扶贫工作进行安排部署。成立了以县委常委、统战部部长龚颖任组长的社会扶贫行动工作领导小组,由县委统战部和县工商联组织实施,明确了县委统战部、县工商联、县委组织部、县委宣传部、县扶贫局、县水利局、县住建局、县搬迁办等各成员单位工作职责。各镇明确副书记为"百企帮百村"社会扶贫专项工作的责任领导。

经过动员、摸底,2017年3月24日,紫阳县"百企帮百村"社会扶贫行动推进会召开。县"百企帮百村"社会扶贫行动领导小组成员和来自县内外80余名参与此项行动的企业负责人、35名2017年出列村村支部书记参加会议。会上,通报了《紫阳县"百企帮百村"社会扶贫实施方案》;各帮扶企业与帮扶村签订了《"百企帮百村"社

会扶贫帮扶协议》；县工商联、扶贫局、组织部以及镇、村、帮扶企业代表分别作了发言。

"百企帮百村"社会扶贫行动推进会的召开，标志着全县此项工作进入实质性推进阶段。

于是，一个个"亲戚"走进了穷乡僻壤，一双双温暖的手握住了贫困户，一股股大爱的溪流涌向村镇，一沓沓人民币投给了惠民项目。

"兴一个产业，富一方百姓"。产业扶贫具有企村双赢性和可持续性的特点，是"百企帮百村"行动大力提倡和重点推广的模式，也是拔穷根的治本之策。发展产业是受益面最广的帮扶措施。紫阳县积极引导民营企业支持、参与贫困村产业发展，紧紧围绕县域主导产业做文章，把贫困户镶嵌在产业发展的链条上，通过"企业＋基地＋贫困户"的路子带动群众增收。

2. 爱心企业的大合唱

陕西睿智环保建材有限公司2015年9月开始投入巨资，在紫阳县恒紫循环产业园区创办安康市第一家环保建材企业，利用当地固废资源生产环保绿色节能新型建材产品，填补紫阳新型环保工业空白，并成为工业园区健康稳步发展的旗帜企业，年产值将达到4.8亿元，利税1.6亿元，解决劳动就业400余人，产业链带动3000余人脱贫增收，有力促进地方就业和经济发展。董事长刘志军致富不忘回馈家乡投资兴业，先后投资36万元，扎实开展帮扶和参与慈善公益活动，签订

第五章 "一龙带九蛟"与"百企帮百村"

520万元订购协议助力农特产品消费扶贫,用实际行动诠释了企业"有责有情有为"。

紫阳县龙腾富硒茶业有限公司在城关镇双坪村建有茶厂。2018年12月,双坪村集体经济股份合作社向龙腾茶厂入股50万元。这一下就使两家的关系更密切了。两年来,龙腾公司每年按照6%比例向村集体经济股份合作社分红,并通过订单收购、奖补返利、技术培训等方式,帮扶带动45户建档立卡贫困户增收,取得显著成效。

订单收购"定心"。双坪村有茶园5200亩,茶叶加工企业11家。龙腾公司是规模最大、效益最好的茶企,帮扶的45户贫困户,90%以上都有茶园。公司与贫困户签订帮扶协议,在同等条件下优先收购鲜叶。双坪村四组朱高学是龙腾公司帮扶对象,有3亩茶园,夫妻俩从春茶采到夏茶,能挣8000元上下。公司董事长张霞到他家走访时,发现他家门前就是别人撂荒的茶园,就鼓励流转过来。于是,他将离家不远、举家外出的4户人的茶园全部流转过来。2020年,朱高学投入1.5万元,以每天100~140元的工资从外村请了十多人帮忙采茶。当年,鲜叶收入6.2万多元,纯收入4万元以上。因为鲜叶价格每天都在变化,龙腾公司无法向茶农做出价格承诺。如何做到既不损害茶农利益,又让公司保持合理的盈利区间?公司把定价权交给茶农,由收购人员与第一批卖茶的茶农议定当天收购价格。公道的价格让贫困群众更加放心大胆地发展茶叶产业。45户建档立卡贫困户共销售鲜叶62.2万元,户均增收约1.4万元。

奖补返利"酬勤"。为了激励帮扶对象把茶园管理好、采摘好，龙腾公司在年底按照销售总额的5%进行奖补返利。双坪村一组贫困户车志安原有12亩茶园，在龙腾公司的奖补激励下，不仅把自家茶园打理得井井有条，而且流转了13亩茶园。2020年，车志安共向龙腾公司销售鲜叶获得7.8万多元，并获得3000多元奖补资金。公司还将修建冷库、盖大屋顶、机械维修这些活都承包给车志安，帮他增收10余万元。双坪村八组陈厚强等6户贫困户离茶厂很远，大多是留守在家的老人，卖茶很困难。张霞委托车志安负责运送茶叶，并按照每斤3～5元支付运费。如今，车志安从一个贫困群众变成种茶增收大户，还成为龙腾公司的扶贫助手。每到年底，龙腾公司都要举行集中奖补返利活动，按照茶叶销售总额的5%一一兑现给村民。其中，2020年兑付奖补返利资金3万余元。张霞道出心声："扶贫政策好，我们企业也要用好。把事情做实做好，政府省心，茶农有劲，公司也有劲。"

互利互惠"共赢"。前几年，双坪村茶农习惯按照老方法管茶、采茶，效益难以提高。龙腾公司每年邀请专家到双坪村开展技术培训，手把手地教茶农茶园管理和茶叶采摘。还组织专业修剪队对茶园进行规范化修剪，为提高产量和鲜叶质量奠定基础。2020年，合作社提取10%的公积金和公益金后，按照向未脱贫户、收入监测户、收入边缘户和受疫情影响户4类对象侧重的原则，将2.7万元分红资金差异化分配给36户建档立卡贫困户。建档立卡贫困户彭元福一家有8口人，获得1440元的最高分配额度。在帮扶村民的过程中，龙腾公司也实现了

第五章 "一龙带九蛟"与"百企帮百村"

发展壮大，公司产值达 1020 万元，较上年度增长 20%。

秦巴山富硒茶有限公司是 2014 年落户紫阳县焕古镇的茶叶龙头企业。在参与"百企帮百村"精准扶贫行动中，公司成立脱贫攻坚办公室，制定政企联手帮扶贫困户产业脱贫增收及措施，先后与村上近 500 户贫困户签订帮扶项目合同，与近 1000 户村民签订茶叶收购合同，通过延长茶叶采摘时间和提高鲜叶收购价，帮助茶农每年实现增收三成左右。

紫阳县开源富硒科技发展有限公司的做法也是可圈可点的。公司立足资源优势，以发展循环农业、生态农业为导向，聘请资深专家学者深入调研、科学规划，在高桥镇龙潭村通过流转土地建设核心示范农业园区 500 亩，带动全镇种植玉米面积达 4 万亩。园区实行"支部＋公司＋合作社＋农户"经营模式，一种是流转农户土地由合作社统一经营，一种是实行"订单农业"，贫困农户种植，公司按高于市场价 50% 的价格收购。并在园区附近建有大型养猪场，养猪场繁育仔猪赊售给贫困群众，公司免费提供技术指导、疫病防治等服务，育肥的成猪公司按保护价回收。因扩大产能，开源公司帮扶群众范围逐步向全县辐射，先后结对帮扶贫困群众涉及 8 个镇 18 个村共 2843 户。其中，在帮扶高桥镇、麻柳镇过程中，利用"一区一策""一户一法"专项资金让贫困户带资入股到公司，享受年底的收益的分配，户均增收 3000 元以上。

除了发展茶叶、玉米，花椒、中药材、大蒜等产业也是紫阳县民营

企业引领群众增收的重要产业。紫润农业发展有限公司、神农富硒生态农业发展有限公司在全县11个镇24个村建立花椒专业合作社，流转土地发展花椒1.08万亩，吸引周边村民到园区务工。

天和药业、绿康天龙、斌杰恒农业综合开发3家企业积极发展中药材种植，辐射6个镇10个村。绿安现代农业发展有限公司在紫阳县11个村发展大蒜种植1600余亩，采取保底收购、股份分红、利润返还等方式，使试点贫困户户均年综合收益达到4900元。

"授之以渔"就要加强技能培训，使百姓掌握一项就业本领。针对一些贫困人口思想观念保守、文化素质不高、就业技能缺乏、就业渠道不宽的问题，紫阳县瞄准市场用工需求趋向，积极引导企业借助自身优势，向帮扶村群众教授实用技术，培养致富带头人，帮助结对村群众更新生产生活观念，提高生产技能和生活质量，带领贫困群众发掘优势、创业致富。从而实现"学一门技术，富一个家庭"的扶贫目标。

就业是民生之本。一人就业，全家脱贫，增加就业，是最有效、最直接的脱贫方式。紫阳县充分运用各项创业扶持政策，兑现奖励补贴等，吸引、鼓励创业成功人士和各类企业到紫阳创办新型社区工厂，吸纳、带动贫困劳动力稳定就业，增收脱贫致富。

紫阳县钜源鞋服有限公司利用设备、技术、市场等优势，在红椿镇移民集中安置点建社区工厂，以当地贫困家庭为主要对象，通过培训、单个帮教，招用他们到企业从事鞋类生产加工。公司在福建总厂和红椿分厂共发展职工近千人，每年钜源红椿分厂稳定招用当地劳动用工

第五章 "一龙带九蛟"与"百企帮百村"

300多人,工人月平均工资都在3000元左右,技术熟练工月工资可达6000元以上,仅工资收入一项,进厂员工实现年总收入1000多万元,每户平均增收3万多元。同时,采用"企业+扶贫车间+贫困户"模式,在多个贫困村建立小型厂房车间,就近吸纳当地村民进行制鞋技能培训,让贫困户在家门口上班挣钱。公司荣获2017年度安康市"万企帮万村"精准扶贫行动"先进单位"、2017年度助力脱贫攻坚行动"先进企业"称号;并被人力资源社会保障部办公厅、国务院扶贫办综合司评为"全国就业扶贫基地"。

脱贫攻坚期间,"归雁"不仅带回资金和技术,而且带回发展新理念、新模式、新业态,有力地推动了地方脱贫进程。

高滩镇在外创业成功人士何远江,回乡成立紫阳县鑫合富硒食用菌开发有限公司,在高滩镇百坝村流转土地120余亩,总投资300余万元,将大棚免费提供给贫困户使用,公司保底收购、统一销售,每个大棚年收入可达4万元以上,同时吸纳62名贫困户到公司务工,每人每年务工收入可达5000元以上。

界岭镇在外创业成功人士万世凯,在界岭镇斑桃村流转土地3000多亩,建立以农业、乡村旅游、田园旅游地产为一体的农业园区。在园区建设与管理中,将流转涉及22户的土地资源整合成资产,政府扶持资金估价折合入股,实现共赢,除农户享有流转补偿外,还享有一定的股份,参与收益分红。成立了茶叶、核桃、板栗3个农业合作社,新建核桃园,改造低产茶、板栗园,间种油料作物。通过流转土地、

入股分红、企业务工等途经,帮助100户贫困户实现就近就业增收。

网络代销扶贫和捐资扶危济困办实事,也成为紫阳县"百企帮百村"的亮点,商(协)会及爱心企业唱响了一曲曲企业帮扶的"爱的奉献"。

在企业扶贫爱心传递中,有的相距千山万水,有的伸出援手却不留名……这些善举点燃希望明灯,犹如雪中送炭。

随着"百企帮百村"的深入开展,紫阳县涌现出一大批先进典型:

远元集团荣获2017年全国"万企帮万村"精准扶贫行动先进民营企业,董事长郑远元荣获2017年全国脱贫攻坚奉献奖;

紫阳县开源富硒科技发展有限公司荣获2018年全省"万企帮万村"助力脱贫攻坚"三秦帮扶善星"荣誉称号;

思兰商贸有限公司总经理王思兰荣获2019年度陕西省脱贫攻坚奉献奖……

第六章
给你一把"金钥匙"

"紫阳模式"成为"全球减贫最佳案例"

"金钥匙"果然能打开财富之门

让幼苗都享有阳光雨露

在纳西族神话传说中，钥匙是取财和战胜艰难险阻的法宝，只有大家最崇敬、最信任的人，才能传承钥匙，得到最美好的祝福。在我们的生活中，常常用金钥匙比喻解决问题的好办法，窍门。

紫阳县人多地少，自然条件差。贫困人口在本地就业增收，受到很大制约。贫困人口缺本领，无资本。境内劳动力大多从事一些无技能或低技能的传统种养业，产出率低。输送出去的劳动力大多从事采矿、建筑等繁重而危险的劳动，收入偏低。很多人想从事技术含量较高、收益较高的行业，却缺乏基本技能和专长，不适应用工方的要求。大部分人口长期处于贫困状态，外出投资创业缺乏必要的资本。脱贫攻坚，迫切需要从增强劳动技能入手，组织从事适应性强的劳动密集型行业。转移就业也遇到新情况、新问题。近二三十年，紫阳县每年约8万人外出务工，大多数从事采矿、建筑、烧窑等一些传统危重行业，就业不稳定，安全事故多，一些青壮劳动力因工致亡致残，或因年龄过大没法外出打工，便再度陷入贫困的泥沼。特别是随着经济转型、产业结构调整升级，传统的劳务输出转移就业模式遭遇"瓶颈"，已不能适应劳动力结构性变化和市场用工需求。

摆脱贫困，一个也不能少！紫阳县慷慨地把"金钥匙"送给每个贫困户和普通劳动者，让他们用知识鼓起命运的风帆，用技能掌握脱贫致富的法宝。2014年至2020年底，紫阳县累计举办各类培训班647余期，培训学员3.7万余人，其中培训在册贫困劳动力1.8万余人，仅修脚师培训就达3万余人，家政月嫂、特色烹饪、电子商务、建筑劳务等专业培训 7000 余人。培训后的就业率高达 70% 以上，仅修脚师培训一项就解决 1.9 万余学员就业，帮助 3 万余群众实现脱贫增收，成为富余劳动力就业的主渠道。

如今，全县已初步实现"培训一人、脱贫一家、带动一片"的目标。

——紫阳县脱贫攻坚纪事

"紫阳模式"成为"全球减贫最佳案例"

从车里下来的采访对象余开成,三十多岁,中等身材,微胖,黑发浓密,西装笔挺,热情开朗,充满自信。噢,这就是那个远元集团上海区经理、年薪250万元的老板?没错!而五年前,他还是中国西部秦巴山区里的一个在册贫困户,连媳妇也找不到呢!

彻底改变余开成命运的,是紫阳县技能扶贫工作模式——"紫阳模式"。它将包括许多贫困人口在内的普通劳动力变成有致富本领的修脚师和其他具有一技之长的人,走出大山,走向全国,改变家庭和地方的贫困面貌。

何为"紫阳模式"?概括地说就是:紫阳县以增强自我脱贫能力为主旨,以职业技能培训为核心,以培训+就业全程免费为手段,以订单就业+收入保底为保障,采取政企合作、资源整合、协同推进的办法,探索形成的"党政主导+龙头带动+基地培训+定向就业"的技能扶贫模式。

可别小看了以修脚技术为主成就的这个事儿,它可是站在高山吹喇叭——名（鸣）声远扬了！"紫阳模式"不仅被评为"全国优秀扶贫案例"，而且成为"全球减贫最佳案例"！

1. 发轫于一位行业领军人

"紫阳模式"，发轫于一位紫阳籍全国修脚行业领军人创业故事的传播。

高桥镇铁佛村是紫阳县一个非常偏远的山村，自然环境十分恶劣。迫于家庭贫困、上学路途遥远，家住这里的刚上初中二年级的郑远元14岁就辍学外出闯荡，到四川达县投奔姨夫，跟着姨夫学习杂技和中医。随后做过厨师，在工厂做过工人。最后选定摆地摊修脚。在一位善良而有见识的顾客的点拨下，2005年，他在陕西汉中开起了修脚门店。2007年，修脚店开到西安，注册成立了"陕西郑远元专业修脚服务连锁有限公司"。到2014年春，公司在全国16个省、自治区、直辖市拥有500余家修脚店，从紫阳县带出4000多人打工（其中200多人已是"小老板"），成为全国同行业领军企业的掌门人。

对郑远元这个外出创业成功年轻人的事迹，紫阳政府自然是知情的，也是充分肯定的，曾经将他评为"第五届紫阳县十大杰出青年""紫阳县优秀中国特色社会主义事业建设者"。2014年初，县委、县政府邀请郑远元参加"紫阳县外出创业成功人士座谈会"。会上，郑远元介绍了本公司的现状、发展前景以及对劳动力的巨大吸纳能力，困难主要是零星招工很困难，满足不了企业发展的需要，希望家乡政府协

助他办一所免费的修脚师培训学校,培训后的人员由他任董事长的公司负责全部安排就业,带领乡亲脱贫致富。

这对紫阳县委、县政府是一个很大的触动和启示。这不是瞌睡碰着枕头么!

紫阳脱贫的三个劣势和困境必须正视:人多地少,自然条件差;贫困人口缺本领,无资本;转移就业遇到新情况、新问题。若要依靠转移就业增加收入,必须依托劳动密集型、技术容易学、进入门槛低、效益相对好、安全有保障的热门服务业,对接市场精准培训,依托企业定向输出。

就业是民生之本,而以往存在技能培训与市场需求"两张皮"问题。现在有针对性地开展技能培训,不就能促进技能培训和精准扶贫的有机结合,使有限的政府资源发挥"催化剂"作用吗?

国家的有关政策也为创业、就业提供了温床。

紫阳县技能扶贫工作模式,既符合本地实际,也符合《国务院关于大力推进大众创业万众创新若干政策措施的意见》精神。这个《意见》要求,尊重创业创新规律,坚持以人为本,切实解决创业者面临的资金需求、市场信息、政策扶持、技术支撑、公共服务等瓶颈问题,最大限度释放各类市场主体创业创新活力,开辟就业新空间,拓展发展新天地,解放和发展生产力。

解决贫困人口就业,发展适合他们的产业,是脱贫攻坚的根本措施,必须把减少贫困与供给侧结构性改革结合起来,以产业结构升级促进就业创业，以传统产业就业为主向服务业就业为主转型，以就业为主向就业与创业相结合转型，以体力型劳动就业为主向智力和技能型劳动就业为主转型。

根据上级出台的政策措施，在总结本县上年探索开展修脚师技能培训工作的基础上，2015年3月，紫阳县政府印发了《紫阳县2015年农民工转移就业培训工作实施方案》，从依托企业、资金支持、生源组织、就业保证、跟踪监督等方面提出了具体规定和要求。2016年1月，县委、县政府印发的《紫阳县打赢脱贫攻坚战实施方案》，专门就"实施技能培训工程"作出安排和要求。

通过精心论证遴选，紫阳县政府确定与陕西郑远元专业修脚服务有限公司合作，开展扶贫技能培训。这样，以草根出身而已成为实力雄厚的旗舰型企业掌门人郑远元为榜样，让他现身说法，教育、引导和鼓励广大群众，可以使农村富余劳动力特别是贫困户便捷地选择从事修脚业——它风险低、投资小、见效快，对性别、年龄、文化程度要求不高，只要有志气愿意干、有气力能够干，即可"零投资"实现脱贫以至致富。

2."三要素"和"三方法"

"紫阳模式"由政府、企业、劳动力三个基本要素构成一个有机整体。

政府。县政府发挥主导作用，把修脚产业作为减贫的重要抓手，予以强力推动,负责宣传动员,组织学员,提供培训场所,大部分培训教师、培训资金,根据企业需要制订培训计划和课程设置。

企业。远元集团参与技能培训,负责安排修脚技师上好专业课。负责为培训合格的修脚师提供就业机会,并保证就业人员较高的薪资水平。

劳动力。参加培训的人员基本都是农村普通富余劳动力,其中一部分属于贫困人口,年龄在18至55岁,多为初中、高中文化程度,他们只需遵守培训纪律,专心致志学习过硬本领。

实施技能扶贫的三个基本方法,均堪称实招、妙招。

其一,政企合作实施大规模技能培训。

县政府在对远元集团经营情况和修脚行业深入调研、全面了解的基础上,结合市场用工需求和县域劳动力结构特点,采取"政府主导＋龙头企业＋基地培训＋定向就业"的扶贫工作模式,与远元集团合作开展修脚技师技能培训。

县政府负责提供硬件和资金支持,把新建的紫阳县职业教育中心作为由政府主导的修脚技师培训基地。技能扶贫政策最吸引人、最让人放心的,是对参加培训人员实行"三包两免一补",即包吃、包住、包就业,免教材学杂费、免必要生活费,补贴培训合格者50元交通费。一个人命运的改变往往在一念之间,也许就因为缺乏或不愿掏几百元的学费、生活费,就永远端不上谋生的"金饭碗"。政府在资金上的巨大投入,消除了参训人员增加额外花销的后顾之忧。

第六章　给你一把"金钥匙"

远元集团负责提供修脚专业课技能培训师资，按照企业要求和行业规范标准进行严格培训，并就岗位安置、工资核算、保底金额、食宿安排、职务晋升、创业扶持、绩效奖励等作出承诺，为参训人员提供最为关切的就业保障。

紫阳县技能培训项目，除了修脚师之外，还有特色烹饪、职业茶农、家政月嫂、建筑劳务、电子商务、早点小吃、焊接工等。参训人员根据自己的兴趣爱好和条件自主选择所学劳动技能。参加修脚师培训的人数最多。培训课程分公共课、专业课两大部分。修脚师培训内容，包括紫阳文化、紫阳民歌、服务礼仪、沟通技巧、销售技巧、行业价值观，以及修脚、按摩、治脚病的理论和技术等内容。修脚师培训时间，每期12天，实行封闭式住校管理。通过定单式精准培训，总体培训就业率达到70%以上。

其二，建立保障机制，做实做优培训。其间有许多"奥秘"。

——加强领导，落实责任。县上成立技能脱贫工作领导小组，建立县级分管领导和职能部门包抓机制，明确责任分工。2014年以来，紫阳县政府办公室每年给各镇下达修脚师培训生源任务，由镇、村及驻村扶贫工作队组织参加培训的生源。2015年，将免费技能培训纳入全县20项重点工作和20件民生实事之中，并向社会公开；2月，召开全县修脚行业创业人士座谈会，协调解决创业企业和人士面临的困难问题。2016年2月，召开修脚产业技能脱贫暨远元集团"千城万店"战略启动大会，并签订5年1万人的用工协议。县政府还将技能培训任务完成情况纳入各镇和县级部门年度目标责任考核。

生源组织最大的困难是村民观念转变。修脚属于新兴行业，很多人对其认识还不全面，存有偏见或歧视，认为这是脏累活儿、下贱职业，怕人讥笑，不愿干。针对这个问题，各级干部教育群众打破传统习俗，树立成才不问出处、创业不分贵贱、勤劳能够致富的观念，教育和引导他们诚实劳动、守法经营，靠手艺吃饭，凭技能致富。观念不变原地转，观念一变天地宽。

——建立台账，精准管理。由县扶贫局、驻村工作队会同县人社局、县就业培训中心，建立在册贫困劳动力参训台账，实行培训一人、销号一人、就业一人、脱贫一户，确保全县在册适龄劳动力有序参加职业技能培训。

——整合资金，保障培训。县财政每年预算安排300万元技能培训专项资金，整合县人社局免费技能培训、扶贫局"雨露工程"、农业局"阳光工程"、教体局"人人技能工程"等各类项目资金每年1000万元，为技能培训提供充足的资金保障，同时减轻参训人员经济负担。

——跟踪维权，服务就业。县就业培训中心、劳动监察部门监督企业及时与就业学员签订劳动合同，县就业培训中心每月了解学员就业情况，每季度采取电话、短信、微信等方式对就业学员进行回访，每半年到门店检查一次，形成"培训+输出+就业+维权"全程服务机制，坚持把稳定就业落到实处。

——奖励扶持，扩大就业。对吸纳在册贫困劳动力就业的重点企业，按每人500元人民币奖励，鼓励企业多用工、多用本地贫困工。对通过培训进入企业稳定就业的在册贫困劳动力，比照相关产业奖扶标准奖励到户，鼓励贫困人员主动培训提升技能积极就业；鼓励培训结业在册贫困劳动力自主创业，从县专项创业贷款担保基金中给予首次创业者8～10万元贷款担保或贴息。

其三，服务企业发展，实现互利多赢。

紫阳县政府不仅在用工上大力支持企业，而且为企业在拓展业务、化解纠纷、营造环境等方面提供便利。除了上面介绍到的营造良好的政策环境、人文环境之外，还营造良好的舆论环境。我将郑远元自强不息、开拓创新、回报社会的先进事迹，创作成短篇报告文学《一位修脚工的创业梦》，这篇作品荣获安康市重大现实题材文艺创作大赛一等奖；继而创作出长篇报告文学《路在脚上——陕西郑远元专业修脚服务连锁有限公司董事长的传奇》，由西安出版社出版发行；近8万字的报告文学《脚上有路——一个修脚工的中国梦》，被《中国作家》杂志2015年第3期头条发表后，文艺报社、中国作家杂志社联合在北京现代文学馆举行作品研讨会，使修脚这个"下贱职业"和修脚师这个以往被轻贱的群体登上大雅之堂。随即，《人民日报》《中国青年报》等中央级主流媒体进行专题报道。于是，地方广播、电视、报纸、网络等媒体也加大宣传力度，从而大大提高了郑远元和修脚业的知名度、美誉度，极大地鼓舞了远元集团员工。2017年，远元集团被表彰为"全国万企帮万村精准扶贫行动先进民营企业"，董事长郑远元被授予"全

国脱贫攻坚奉献奖"。多种形式的宣传,扩大了紫阳修脚师的影响力,提升了修脚行业的荣誉感,国家级荣誉则深刻地教育和启发了广大村民,特别是贫困户。

这样,实现了多赢目标——企业发展壮大及市场需求增大,员工稳定就业获得较好收入,政府尽到帮贫扶困、减少贫困人口的职责。

3. 脚上蹚出致富路

"紫阳模式"促进了较高质量就业,带动1.2万贫困劳动力实现增收,为贫困人口创造了一条风险低、脱贫快的路子。紫阳人开办在全国各地的近8000家修脚店,工作环境都在室内,不像矿井、建筑工地务工出苦力,消除了工作伤病残的威胁。截至2020年,紫阳县从事修脚行业的人数超过3万人,2020年实现产值80亿元,人均年收入5万元以上,年薪50万元至100万元的有近千人。不少贫困人口实现了"一年脱贫、两年建房、三年买车"的目标。

郑远元老家所在的"修脚第一村"——铁佛村,90%以上的劳动力都在外从事修脚行业,创造了巨大财富,存款100万元以上的修脚"小老板"200多户,成为远近闻名的富裕村。建起小洋楼或在城里买房定居的务工者、"小老板"姑且不说,全村仅小轿车就有200多辆。春节的村口,"奔驰""宝马""奥迪"等品牌小轿车排成长龙,煞是壮观。要知道,此前,这里很多村民都是贫困户,连自行车也买不起呢!

前边提到的余开成,是紫阳县洞河镇香炉村人,初中学历,原来缺

第六章 给你一把"金钥匙"

乏致富技能，曾经在外漂泊，因打架斗殴被判刑入狱，出狱后找不到合适的伴侣。2014年秋，参加紫阳县第8期修脚师培训班结业后，他进入远元集团西安市场直营店当修脚师。上岗后不到三个月升任为凤城一路直营店店长。因工作能力突出，被派到上海开拓市场，2015年11月被提拔为上海市区经理。他在店长岗位上每月工资都在8000元以上，最高达到10000元。2017年，年收入达到250万元，已实现"四有"——有妻、有钱、有房、有车。

紫阳县城关镇天星村村民王华银，只有小学文化程度，身有残疾，走路明显腿瘸，家境贫寒，与年迈母亲相依为命，孑然一身，2014年春参加紫阳县第1期修脚师培训班之前，浑浑噩噩，无所事事。培训结业后，进入远元集团西安金泰直营店任修脚师。由于他为人诚实热情，勤奋学习，刻苦钻研，两年多后具备了治疗脚病的功夫，主要做治疗脚病的技术工作，每月工资都在6000元以上。过去熟知他的人现在见到他，都说"变了一个人"。

"如果有人问你：人没了腿还能向前奔跑吗？我想通过我的故事告诉你：只要给一双翅膀，即使没有了腿，也一样可以自由飞翔！"这是饶和成2020年1月在"紫阳县修脚产业技能脱贫暨远元集团脱贫攻坚工作会"上激动演讲的开头语。34岁的他是紫阳县一个寒门子弟，父亲因病早逝，母亲含辛茹苦把兄弟俩拉扯大。2015年，饶和成右腿因病截肢。由于腿残，找工作屡屡被拒。经过培训，他成为远元集团广西分公司某店员工，2019年平均月工资达到7000元以上。他由此看到了一个残疾人的价值，信心满满，不仅把外债还了一半，而且让家人的生活有了很大改善。

技能扶贫模式，打造了县域可持续发展的支柱产业。截至2020年底，紫阳人在全国各地开办修脚企业或者公开使用门头品牌的有130多家。主要企业有陕西郑远元修脚保健服务集团公司、陕西护康修脚健康产业有限公司、吴氏修脚保健服务有限公司、广州市富足源修脚服务公司、广州市益足健修脚连锁有限公司、重庆市柒星修脚服务有限公司等10余家。主要品牌有郑远元、护康、创新足、吴氏、富足源、满足里、驿足康、拾加壹、紫康、永杰、大众等。至2019年底，仅远元集团店面达6241家，从业人数达56169人，营业收入达76.1亿元。4年时间，这三项指标增长9倍左右，远元集团在全国多个贫困县区创办免费培训学校达19所。修脚业已经成为紫阳县解决城乡劳动就业、增加农民收入、富民强县的支柱产业。

与修脚服务配套的相关产业方兴未艾。远元集团、创新足公司分别创办了配套消治药品生产企业，上市产品50余款，年产值超过1000万元。一次性修脚刀片生产企业也应运而生，年产刀片1亿只以上，产值3000余万元。部分企业针对修脚行业需求，陆续开发生产修脚技师工服、鞋垫袜子、艾草泡脚包、茶疗泡脚包等系列产品，目前都已初具规模。紫阳县华会实业有限公司瞄准泡脚药包的庞大市场，实施艾草种植加工项目。紫阳县早期劳务经济虽然已占到全县经济的半壁江山，但输出渠道单一，缺乏发展后劲。修脚产业的发展，真正为外向型发展打开了通道。

"紫阳修脚师"身怀"脚"技闯天下,成为全县引领劳动力培训、就业、脱贫的当家产业,以及产业经济、农村经济、县域经济的一大亮点,成为膺冠全国就业品牌和就业脱贫的一面旗帜。

4. 紫阳为世界贡献中国方案

2019年,"紫阳模式"火遍全国,技能扶贫工作受到国务院扶贫办、九三学社中央的充分肯定和高度评价,40多个县区借鉴推行这一模式,获得的荣誉达到了登峰造极的地步。

3月26日,全国"人社领域精准扶贫典型案例"研讨会在重庆召开,由紫阳县人社局报送的"修脚刀下断穷根、洗脚盆里溢财富"一文被列为全国人社领域精准扶贫20个典型案例之一受到表彰,并在大会上作典型发言。由中国劳动保障报社主办的2018年"人社领域精准扶贫典型案例征集展示活动",共征集到全国人社系统同志投来的200多个人社扶贫案例,最终通过案例初选、微信点赞、专家评审及社会扶贫效果等环节,评出20个"人社领域精准扶贫典型案例",紫阳入列其中。

4月25日,"第二届(2018)中国优秀扶贫案例报告会"在人民日报社隆重举行。由国务院扶贫办与人民日报社指导,人民网与中国扶贫杂志社主办的第二届(2018)中国优秀扶贫案例揭晓,紫阳县报送的《陕西紫阳:提升职业技能实现稳定就业》被评为"中国优秀扶贫案例",位列扶贫与扶志类之首。来自国家有关部委和政府相关部

门领导、基层一线帮扶干部、成功脱贫群众代表、积极践行扶贫事业的社会扶贫企业一同参会。报告会通过东西协作与定点扶贫、扶志与扶智、社会扶贫、最美人物、健康扶贫、产业扶贫六大类优秀案例代表演讲和视频展示等环节,为全社会提供优秀扶贫案例参考,为脱贫攻坚加油鼓劲。县委常委、副县长殷贵军代表紫阳县参加会议接受表彰。

5月15日,"2019全球减贫伙伴研讨会"在意大利罗马举行。会上公布了"全球减贫案例征集活动"评选结果,紫阳县报送的《通过职业技能培训让贫困劳动者摆脱贫困》被评为"全球减贫最佳案例"(共110个)。"全球减贫案例征集活动"由世界银行、联合国粮农组织、国际农业发展基金、联合国世界粮食计划署、亚洲开发银行、中国国际扶贫中心和中国互联网新闻中心联合发起,2018年5月23日正式启动,面向全球关心扶贫的组织和个人征集原创优秀减贫案例,旨在以案例为载体,推广分享世界减贫成功实践。

驰誉中外的"紫阳模式",是上级领导关心支持的结果,更是紫阳县干部群众,尤其是县委、县政府及人社部门,特别是劳动就业培训中心勇于探索、开拓创新的结果,是他们智慧和汗水的结晶。

"紫阳模式"是亘古未有的创新之举、中国故事,为解决全球贫困问题贡献了中国智慧和中国方案。脱贫攻坚之前,紫阳置县500余年以来,因工作成绩和工作经验在国家级舞台上也没有亮相过几次,现在居然光荣地登上世界舞台!

这可是破天荒的大事件!这是何其不易的成果、何其巨大的贡献啊!

第六章　给你一把"金钥匙"

"金钥匙"果然能打开财富之门

常言道:"家有良田万顷,不如薄技在身"。脱贫攻坚必须立足于贫困人口,既重"输血"更重"造血",把增强贫困群众的技能作为快脱贫、不返贫的根本措施,使贫困人群有一门以上致富本领,增强自我发展能力,从根本上摆脱贫困,使扶贫工作更加有效,也更长效。

紫阳县通过技能培训,让修脚业成为全县第一大产业,让群众通过网络把山货特产销往全国各地,且可坐在家里看"云"做生意;实现了让茶叶增值、蜜蜂生财、残疾人奋起……

初秋时节,暑气未消。天刚蒙蒙亮,蒿坪镇茶山就飘来时高时低的民歌小调。"七月采茶七月七,牛郎织女两夫妻……九月采茶是重阳,菊花造酒满缸香……"趁着清晨的凉意,茶农们已早早上山开始采摘秋茶。山上雾气缭绕,片片茶叶托着细碎的露珠,显得格外青翠,正应了古人所说的"秋茶垂露细",这恰是制作红茶、白茶、茯茶的上好原料。

虽然紫阳茶歌中常唱"七月采茶""八月采茶""九月采茶",但

以前茶企和茶农只看重春茶，过了五月，茶山便静了，茶农也闲了。

夏秋茶鲜叶收购价格相对较低，茶农大多不愿采摘。2020年8月初，紫阳县茶业发展中心在蒿坪镇蒿坪村茶叶机采技术培训现场，为30余位茶农提供培训，技术员手把手教授茶农机采技术要点，旨在通过推广夏秋茶机械化采收技术，降低人工采摘劳动成本。且不说此前年年培训，仅这一年，类似的培训就在全县举办过8场，累计培训茶农400余人。据悉，每台采茶机每天可采鲜叶300斤，日采摘量是人工的5至8倍。

机采茶叶卖给谁？卖给以生产茯茶为重点的紫阳县道通天下生物科技有限公司。这是一家2019年5月落户的科技型企业，离蒿坪集镇不远，是设计年产750吨富硒茯茶的茶行业示范企业。

村民根据培训掌握的技能，将这些鲜叶进行杀青、揉捻、渥堆、干燥，制作成压制茯茶的初级原料——黑毛茶。那些习惯于揉捻春茶的双手，经过培训已经熟练掌握制作黑毛茶的工艺，无论对于工人还是厂方，都新增一项工艺，也就新增了一项收入，意味着今后在春季紧张的繁忙过后，不至于过得太"寡淡"。蒿坪镇蒿坪村茶农晏定安说："茯茶企业落户蒿坪后，现在夏秋茶有人要了，茶叶一直能采到九月份，收入能增加不少。以前就忙春茶一个多月，收入也就指着那一个多月。"

东木镇麦坪村是紫阳县总工会所包联的深度贫困村。在县总工会的帮扶下，三组贫困户胡远朝和刘乾奎分别养蜂20箱，半年户均增收7000元。对于他们这些地处深山的贫困户来说，养蜂是一项非常合适的脱贫项目。

工会组织利用广泛联系职工群众的优势,强化培训服务工作,为职工群众搭建助推产业发展的"大舞台"。2019年5月,经调研摸底,紫阳县总工会发出《关于扶持贫困户发展中蜂养殖产业的通知》,采取"工会+企业+合作社+蜂农"模式,在全县确定了8个深度贫困村及两个一般贫困村,将省总工会支持的深度贫困村帮扶专项资金30万元,按每村3万元下拨,通过镇政府向村委会注资,作为每个村发展中蜂养殖产业专项扶持资金,循环使用。同时,县总工会与紫阳县兰草蜂业公司协作,按照户、村以点带面方式推进,每村至少培植10个贫困户为养蜂户,按每个农户发展20箱中蜂签订发展收购合同,全程技术指导跟踪,每村最低发展200箱中蜂。中蜂养殖已成为深度贫困村和贫困户稳定增收的短平快产业项目。

县总工会还与县茶业中心等部门一起,长期开展茶叶技术培训。县人大常委会副主任、县总工会主席李龙安是茶叶专业出身的,多年来对全县茶业发展不遗余力,特别重视茶叶技术培训。县总工会副主席邱红英是实战型茶叶专家,为了让贫困户成为茶叶生产加工的行家里手,充分发挥茶叶产业助推脱贫攻坚作用,常年奔波在各镇、村、企业、农户之中,特别是每年春茶上市季节,白天在茶园培训茶企、茶农春茶生产技术和茶叶规范采摘方法,晚上示范加工,每天休息不到五个小时。怎么把复杂的茶树修剪技术转化为简单易行的操作方式,是她琢磨的一个难点,终于想出一个简单方法——把各种修剪尺度刻在竹

巨 变
——紫阳县脱贫攻坚纪事

竿上，让农民照着做，比着修剪，一学就会。以普及茶叶技术为主旨的微信公众号"青梅煮茶"，是她的"移动课堂"，茶农提出的问题都能得到及时回答，因为"邱专家"全天候关注！

在2020年3月初瓦滩村的茶叶技术培训会场，王洪德穿着一身干净的西装，戴着口罩，专心地聆听茶叶技术人员讲解，精气神十足。疫情当前，很多人为收入犯愁，王洪德的心里却很踏实，他有7亩茶园，很快就到春茶采摘季了，绿叶即将变成"金叶"。

四十开外的王洪德是毛坝镇瓦滩村的建档立卡贫困户，因为缺技术致贫。6年前一家6口人还住在破烂的土坯房里，年近古稀的父亲身体不好，母亲有精神残疾，两个孩子在当地中学上学，加上日常生活开支，一家人的生活压力很大，而这些重担也全部压在他和妻子覃培琴身上。那时家里虽有5亩茶园，但因缺乏技术、疏于管理，茶叶收入微薄。

"那时候产业发展信心不足，收入靠打零工，生活别提多难了。"尽管王洪德夫妇每天起早贪黑地辛勤劳作，也很难改变生活的现状。

2014年，瓦滩村将像王洪德一样的330户1166人纳入建档立卡贫困人口进行帮扶，村里建议他家发展茶叶产业。但王洪德不情愿，因为此前发展茶业增收甚微。"家里两个学生等着用钱，发展茶业见效慢还不如出门打工呢！"镇村干部通知他去参加镇、村茶叶技术培训，他嘴上答应实际上却并不肯参加。有那闲工夫，还不如下地忙点其他农活！

2016年茶叶采摘季，王洪德发现没参加茶叶技术培训"吃亏"了。

村里其他规范管理的茶园明显比他家茶园长得好,鲜叶售价也比他家高出好几倍。第二年,夫妇俩便主动去参加镇村组织的茶叶技术培训,潜心学习茶叶种植、管护、采摘技巧,对自家5亩茶园进行科学化管理,当年便增收5000元。

为了解决鲜叶销售问题,瓦滩村新建了两个茶叶加工厂,到了采茶季,王洪德可以就近将鲜叶卖到厂里。尝到了科学化管理茶园的"甜头",王洪德除了管好自家5亩茶园,又多种了2亩。

经过精细化管理,王洪德家2019年仅茶叶一项就收入2万元。打零工还能挣2万余元,再加上享受国家的优抚补助、高龄补助、残疾人补助、产业奖补等各项奖补1.4万元,收入早已达到脱贫标准。大儿子培训后在福建省福清市从事修脚足浴工作,年收入有4万余元,小儿子在陕西咸阳一所高校就读,家里还盖起了新房。

因为掌握了"金钥匙",王洪德不仅摘掉穷帽,而且打开了致富之门!

让幼苗都享有阳光雨露

扶贫先扶志,扶贫要固基。"教育奠基"任何时候都不过时。

孩子像春天的幼苗,需要阳光雨露,最好再施一点"底肥"。

知识改变命运。让农村所有的孩子特别是贫困家庭的孩子从小接受良好教育能使他们不输在起跑线上,用知识"金钥匙"打开幸福之门。

紫阳县为此付出了巨大努力。"十三五"期间,共投资6.98亿元,实施143个教育建设项目,全县学校面貌发生里程碑式的巨大变化,办学条件得到极大改善。2020年新建6个后扶补短板项目,共增加1570个学位,基本满足搬迁贫困学生入学需求。

全县教师补充渠道进一步拓宽。五年累计补充新任教师896人。推行校长公开选聘和教师全员聘任制,防止教师无序流动,全县教师总量缺编、农村师资力量薄弱等问题基本得到解决。通过"国培计划""名师大篷车"等项目,集中培训教师超过16000人次,培养省市级教学能手100余人。

教育惠民政策精准落实。13年免费教育政策和义务教育阶段"营养改善计划"的实施,实现了"不让一个学生因家庭经济困难而失学"的工作目标,学生资助实现了"六个规范"。五年间,全县累计资助学生13.8万人次9449万元,办理大学生生源地信用助学贷款10628人次7338.12万元。义务教育阶段营养改善计划实现全覆盖。2018年,紫阳学生资助工作受到省教育厅表彰,教育脱贫工作被市教育局认定为优秀等次。2020年,县学生资助中心被授予全市"脱贫攻坚先进集体",3名同志荣获"脱贫攻坚贡献奖"。

守住控辍保学底线。严格落实控辍保学"双线七长"责任制和"九条措施",汇集政府、家庭、社会和学校多方合力,竭力劝返辍学学生,确保了全县建档立卡贫困家庭及边缘户家庭义务教育阶段无辍学学生。2017年,全县启动"三秦教师结对帮扶贫困学生"工作,2700余名教师与2万余名贫困学生结成帮扶对子,对学生学习、生活、心理、行为等给予全方位的关爱和帮扶。

在政府不遗余力地开展教育扶贫的同时,民间组织和乡村教师也发挥了重要的拾遗补阙的作用。

在这里不得不提到丽姐助学基金和紫阳县茉莉爱心公益联合会及其志愿者。

2015年10月,紫阳县茉莉爱心公益联合会在县民政局注册。宗旨为:传递爱心,传播希望。毛坝中学亢钧老师任会长,所在学校及县域内大部分党员教师都积极参与其中。

这个组织主要开展"一对一"精准资助的助学项目,以及围绕公

益助学开展系列公益活动,还开展公益夏令营、山村体验研学营等,以及在当地开展体育角、图书室、修操场、建水窖、电教室、微机室、学生奖学金、校园维修、暖冬物资派送等多个帮贫扶困项目。其助学项目,主要由紫阳县各个片区负责人收集学生资料,志愿者进行实地调查走访,掌握第一手真实资料。公益组织为符合资助条件学生寻找资助人,联系发放助学款,并对受助学生开展学习帮扶、生活关爱和心理援助等活动。

通过读书改变自己的命运,这更是亢钧等农村老师的初心。受自己家庭影响,亢钧在把主要精力投入到教育教学工作的同时,还将自己的闲暇时间几乎全部用在了帮扶紫阳的贫困孩子和弱势群体上。

赠人玫瑰,手留余香,帮助别人的同时,其实更是成全自己。2014年3月,家住深山沟的7岁孩子朱兴炜突然被病魔击倒,先后辗转县医院、西安西京医院和唐都医院,最终被确诊为脑积水并伴有脑肿瘤。短短一年时间就花掉通过多方筹借和贷款的30余万元,后续10余万元的化疗费实在难住了这个山沟沟里的农村家庭。2015年5月15日,孩子生命危在旦夕,家人却只能在家干着急。得知情况后,亢钧和志愿者们第一时间赶到朱兴炜家中了解和核实情况,紧急商讨救助方案,最终决定通过网络和现场两种形式发起募捐,短短两天时间就募集善款10万余元。当孩子的父母用颤抖的双手接过善款时,泪流满面,"噗通"一声跪在地上。黄天不负善心人,孩子最终完全康复!

"劳务输出大,留守儿童多"。对留守儿童的关心不仅在于经济上的满足，更在于心理上的关怀。为此，紫阳县茉莉爱心公益联合会主动承担这份社会责任。2016年至2019年连续4年暑假，开展4次"公益夏令营"活动，组织80多名贫困留守儿童走出大山，走进他们梦想的大都市和未知的斑斓世界。2017年至2020年"六一"儿童节期间，紫阳县茉莉爱心公益联合会与江苏省常州市新北区群团组织合作，定时开展为紫阳县境内500个留守困难孩子送去500个"微心愿"礼物项目，帮助2000余名困难留守儿童实现了微小心愿，项目折合人民币30余万元。

当人们在陪同自己的家人开心地优哉游哉时，亢钧等志愿者却跋涉在紫阳的大山深处；当人们围着火炉与家人享受天伦之乐时，他却坐在电脑前苦心孤诣地为孩子们寻找一对一助学金；当深夜人们进入梦乡时，他才刚刚备完课，撰写着下一个公益项目活动方案……亢钧也有很多机会离开大山，走进城市，然而他没有，因为他的根深扎在这片大山里，他的情深系在这片故土。

至2020年底，紫阳县茉莉爱心公益联合会助学范围覆盖紫阳县10余个镇。2016年至2020年，共资助学生3781人，发放助学款217.582万元。

一系列精准资助，犹如雪中送炭、春雨润物，给众多困难家庭以时帮助，让很多孩子圆了上大学的梦想。

"金钥匙"，正在被越来越多的紫阳人所掌握。它打开的，是知识之门、智慧之门、财富之门……

第七章
电商联通大世界

培训、孵化与电商发展生态打造

三生有幸,三生万物

思兰商贸,物流龙头

始于淘宝,植根乡村

因艾而生艾香飘荡

如今,"电商"已然成为国家精准扶贫的重要手段之一,让在传统市场环境中缺乏竞争力的贫困群体获得了脱贫增收的机会。

淘宝网就像报春的红梅,中国的电子商务迅速呈现出百花盛开的喜人局面,京东购物、腾讯拍拍、当当网、苏宁易购等电子商务平台如雨后春笋般地涌现出来。后来,更是有了微信支付、支付宝。借助这两个支付工具,人们几乎可以应对一切需要支付的场合,可以不带现金出门了。这种现代化的生活方式,对城里人来说已是家常便饭,但是,在农村地区,尤其是对身处偏远落后的紫阳县的中老年人来说,听起来仍像是天方夜谭。

在解决了贫困户安全住房、通路、通电、通水这些基本保障后,如何增强其"造血"功能,使其有更多的途径致富呢?电子商务进农村应运而生了。借助电子商务,可以让有学习能力、有营销意识、有特色产品的农户,将劳动成果销往全国各地,尤其是城市里。

第七章 电商联通大世界

培训、孵化与电商发展生态打造

推广一个新生的技术含量高的事物,必须经过培训。培训班就是"孵化器",就是电商人才成长的摇篮。"培训+孵化"能把电商种子播撒到各个镇村,提供电商成长的温床。

为此,紫阳县邀请西安金途电子商务有限公司运营总监、视觉营销专家赵琳宽,金途公司特级讲师、金牌运营张宁波前来授课。2014年11月18日,由共青团紫阳县委、紫阳县人社局联合举办的紫阳县首期"电子商务"培训班在县委党校举行,分别就电子商务、网络零售、基于淘宝平台的建店、网店工具管理、网店运营、网店设计与图片处理、网店营销、电子商务物流等内容进行专题培训。来自全县各镇的茶叶企业职工代表、未就业高校毕业生、大学生村官以及从事电子商务的创业人员共计85人参加了培训。授课一开始,学员们就被老师妙语连珠的新鲜词汇、精彩绝伦的授课内容吸引了,电子商务、淘宝、作图等,此前虽有耳闻,却没想到这些简单的名词后面有那么多的名堂,那么深奥的学问。他们眼界大开,只恨自己没有早一点踏进这个"神秘

之门"。

少数人的"头脑风暴"也可以推动巨轮的航行。

2015年初,电子商务被列入县委、县政府七项重点工作之中,成立了由县委书记挂帅的电子商务领导小组,出台了《关于加快发展电子商务工作的实施意见》,通过借力"互联网+"手段营销紫阳,提升紫阳地域品牌影响力,倾力打造全网首个"富硒名县"。9月24日,紫阳县电子商务服务(孵化)中心正式挂牌,面向全县网商和电商服务商提供相关服务,办理相关业务。县委书记王晓江、县长赵立根出席挂牌仪式并为中心揭牌。中心总面积800余平方米,分为综合展示区、人才培训区、电商孵化区、中心办公区四大区域,为全县电商创业者提供"平台建设、人才培训、仓储物流、产品组织、金融信贷"等一体化服务,使其成为电商追梦者的摇篮。

借着时代的东风,2016年,紫阳县被列为第三批国家电子商务进农村综合示范县。县委、县政府结合实际,明确将发展电子商务作为弯道取直、后发赶超的战略选择,将农村电子商务作为紫阳县攻克深度贫困的重要抓手,打造县域电商发展生态,为更多电商主体提供坚强保障。

县政府"一把手"亲自上网作电商推销紫阳特产,为大家学电商、用电商起到了很大的助推作用。"美女县长"陈莲2020年3月8日化身"主播","喊麦"一档叫"微视抗疫助农,女县长们来了"的直播节目。在直播活动现场,陈莲洒脱大方地面对镜头向广大网友推介紫阳富硒茶:"紫阳是南水北调重要水源涵养地和国家重点生态功能区,是最适宜茶叶生长的地方之一,我们的茶树都生长在海拔600~800米的中高山上……茶中含有珍贵的硒元素,是国内首个经过科学界、营养学界、医学界认定的富硒保健茶。"加上热情互动,这档节目获得全国各地100余万网友的关注点赞,并转化了超过13万人次的购买和互动。

各种电商培训,有专门举行的,也有"搭便车"举行的;有综合性的,也有专题性的;有在县城举行的,也有在镇上举行的。2020年12月14日至12月16日,由县经贸局、县妇联、团县委主办的紫阳县2020电商直播培训班,当是最近的一次较大规模培训。来自各镇的创业青年、社区女性青年、电商从业人员等近60人参加,全部顺利结业。培训内容丰富、形式新颖,包含了短视频制作、短视频平台运营技巧、直播带货全攻略等课程,既有理论高度,又有实战操练,旨在进一步引导和鼓励紫阳农村创业青年顺应数字化发展潮流,抢抓机遇在新业态、新领域创业创新,激发互联网全面融合新经济带来的乡村振兴活力,带动更多农村青年创业创新和就业增收。这次培训极大地激发了参训学员对电商创业的兴趣和热情。

县电商服务(孵化)中心免费为电商创业者提供办公场所和办公设备,并提供食品经营许可证办理、小额创业贷款等服务,建立指标引领和考核奖惩机制,鼓励支持广大青年,尤其是贫困青年从事电商创业。针对专业人才短缺,电商成长"动力"不足问题,采取"流水

席式"培训人才,建立"培训+孵化"的电商成才机制。县电商服务中心主任李占伟说,人才培训主要包括典型案例教授、保姆式电商辅导等,比较容易被接受。政府搭建电商营销服务体系,先后与京东(西安华讯得贸易有限公司)、中国邮政、中国网库等机构达成项目相关战略合作框架协议。线上建立京东·中国特产紫阳馆、淘宝·特色中国紫阳馆,作为紫阳富硒特产集中网销平台和渠道。线下组织年货节、电商购物节、青年电商发展峰会、富硒产品博览会、爱心义卖等活动,促进紫阳富硒农特产品销售。

一套体系筑基础、两个重点促发展、三个精准保实效、四种资源做保障、五项举措助增收的"12345"的顶层设计,将需要深入扎根农村、投资额较大、需长期服务且不能改变用途的物流、村级电商服务站点、电商产品供应链、网红基地等项目,以股权投资的方式进行建设,走出了一条符合贫困山区实际、促进贫困群众增收的电商扶贫新路子。全县形成了人人知晓电商、支持电商、参与电商的良好社会氛围,同时成功推出"美味山灵""紫阳乡源"等企业自主品牌。

在跨入 2021 年的时间节点,回眸全县电子商务工作走过的历程,可圈可点之处很多:建成 1 个县级电子商务服务中心、16 个镇级电商服务站、167 个村级电商服务点,覆盖率 94.9%;建成 1 个县级物流中心,集中入驻了 9 家物流快递公司,整合形成了覆盖全县的 6 条物流干线,降低了物流成本,快递价格由原先的每公斤 10 元降低到全国 3 公斤以内 5 元,有效解决了农村电商"最后一公里"问题;建成 1 个县级网

第七章 电商联通大世界

货供应中心，农产品网上销售品种从2016年的13种增加到2020年的66种；全县股权投资方式使用项目资金1300万元，建设项目11个，带动社会投资3000多万元，资金使用安全高效；建成京东·中国紫阳特产馆，利用脱贫攻坚和东西部协作政策机遇，在832平台、建行善融商务、淘常州等平台开展紫阳电商扶贫产品专项活动；对63家茶叶、魔芋等富硒食饮品进行质量追溯，同时对50家大型茶叶生产基地建立可视化溯源，有力促进了网上销售量；开展电商培训13803人次，培育发展各类网店2600多家，登记注册电商企业177家，电商从业人员11000余人，农产品网上销售额从2016年的0.2亿元，增长到2020年的1.2亿元，年均增长40%以上，远高于全国平均水平；累计带动4132户贫困户、户均增收879元，助推了全县脱贫攻坚进程。

电商既给众多青年人提供了创业就业的门径，也使世世代代居住在大山皱褶里的农民与大时代、大世界相通相连，使偏远落后的乡村成为人们向往的美丽田园。

原来想都不敢想的事情，在脱贫攻坚中实现了从无到有，乃至称誉全国的历史性飞跃。紫阳作为全省唯一贫困县分别参加全国电商工作会、第四届中国西部国际电子商务大会暨农村电商精准扶贫大会，交流电商扶贫的做法和经验。

有人感慨，这简直像孙大圣吹毫毛——变得真快！

三生有幸，三生万物

电商的种子像原子核实现了裂变。

播撒种子的，除了政府，还有一批踔厉风发、开拓创新的电商精英。紫阳三生网络科技有限公司及其法定代表人林红梅便是一个典型。

林红梅是四川人，上中学时随经商的父母来到紫阳，并在紫阳出落成一个商界精英。虽然她是中国青年电商联盟理事、中国妇女第十二次全国代表大会代表、紫阳县电子商务行业协会会长，紫阳青年创业协会秘书长，但她的"根"在"三生"，主业在"三生"。

2007年，大学毕业不久的林红梅入职上海飞利浦公司，担任行政助理。在知名品牌大企业当"白领"，是一份令许多大学生羡慕不已的工作，如果坚持下去，前途无量。然而，一年后的林红梅给疑惑不解的众人留下了辞职离去的背影。多年后，她把自己的职业生涯规划的调整总结为"放虎归山"——她生肖属虎，回到山区紫阳。林红梅很快入职紫阳联通公司。她从最基层的话务员干起，很快当上了集团客户经理，后来又担任行业客户经理。热情细致的服务，使她的

第七章 电商联通大世界

业绩一路攀升,先后荣获陕西联通优秀员工和全国优秀客户经理等荣誉。

供职联通的7年,是她职业生涯中历练最大的一个阶段,给了她改行自立门户的"底气"。

2015年,紫阳县将电子商务列为重点扶持的项目,成立了紫阳县电子商务服务(孵化)中心,从技术培训到企业入驻,给予一系列优惠政策。目光敏锐的林红梅看到了商机,果断调整自己的职业生涯,又一次在众人不解的目光中放弃高薪,当年8月注册成立紫阳三生网络科技有限公司,自任董事长兼总经理。就像给自己孩子起名一样,为了给新公司起个好商号,那段日子里她苦思冥想,想起"紫阳真人"张伯端曾在此面壁悟道,撰成著名的《悟真篇》。悠久的人文历史,使林红梅想起老子《道德经》中的名句:"道生一,一生二,二生三,三生万物。"此为老子的宇宙生成论,揭示"道"创生万物从少到多、由简至繁的过程。联想到这些,林红梅眼前一亮,就叫"三生"吧,创业的过程,不就是由小到大、由单一到多元的过程吗。还有,我们在这样一个伟大的新时代创业,不是"三生有幸"吗!

做电商早期面临三大瓶颈:一是产品没有食品生产许可认证(SC认证),二是团队基本都不懂电商,三是网络平台运营没有经验。林红梅手头那点启动资金,把员工工资一发就没钱了。不得已,悄悄地把结婚项链卖给金店,换回6000元钱作为公司开销。

这就是创业?这就是老板?林红梅怀疑过自己的选择和决定。但是,接下来开展活动收到的成效,又坚定了她做电商的信心。

林红梅策划举办的"紫阳县首届电商产品展销会"，2015年11月11日亮相山城，17家企业及个体商户积极参展，各类特色产品当日销量突破10万元。三生公司组织网民投票，选出9名美丽的"硒女郎"在展销会上登台走秀，宣传紫阳富硒产品的同时，首次向社会各界展现紫阳电商企业和电商从业者的精神风貌。展销会于林红梅而言，是"首秀"；对于三生公司来说，更是具有里程碑意义。紫阳许多群众正是从那场活动开始，了解了电商的运营流程，学会了如何利用电商平台销售紫阳特产。许多在外务工的紫阳青年也是通过那场活动，获取了家乡的新信息，萌发了回乡创业的念头。当然，活动成功，肯定离不开政府部门的大力扶持和诸多农户的信任。

　　除了线下组织展销，线上销售更是取得了"开门红"。2015年"双十一"天猫购物节，三生公司销售额突破100万大关。当年"双十二"，三生公司销售额突破70万元。

　　毕竟在上海这样的国际化大都市学习和工作过，林红梅的眼光远远高于其他同龄人，认为大山深处的富硒农产品，既要有让消费者永远都能记住的味道，又要有新奇别致的名字和包装。她和三生公司的年轻创业者一起经常加班加点，在一起给洋芋起名字，探讨方案，设计包装。最后定案的卡通形象标识颇具创意，使"青春洋芋"在同类产品中有更高的辨识度，更有卖相。

　　最不起眼的廉价的洋芋似乎变成了金蛋蛋。紫阳电商模式"青春洋芋"入选第二届中国"互联网+农业"大会标杆案例，并在第五届"创青春"电商创业创新大赛中荣获三等奖！

第七章　电商联通大世界

"青春洋芋"能有今天,是摔了很多"跟斗"换来的。创业让林红梅明白了什么叫"头三脚难踢"。

由于曾在联通公司推广业务,经常走乡串户,林红梅见识了山村的贫困,也看到了潜在的商机。大山之外电商如火如荼,山里守着好东西却静悄悄的,到处堆放着洋芋,却没人当回事。于是,林红梅开始做电商洋芋业务。但是,很快她就挨了当头一棒:无标志、无厂家、无日期——她卖的是"三无"产品,三生公司被投诉了!

品牌意识由此激发出来。三生公司随即注册了"美味山灵"商标,包括洋芋在内的紫阳富硒特产从此有了专属身份。

可是随后又有了麻烦事。农民一看不起眼的洋芋能卖大钱,索性不论大小好坏一股脑儿都拿来卖。洋芋很娇气,坏一个,其他的也跟着坏,如此就有了质量问题。甚至还有农户往洋芋里掺石头,以假乱真,"这不是砸自己的牌子吗?"林红梅很生气,甚至后悔创业。

开弓没有回头箭,还是得给自己打气鼓劲。"先要培养农民的契约精神。"林红梅想到了两级联保:村、镇干部分别做各自村镇的质检员,责任得到了层层传递。信誉好的,继续合作;信誉差的,拒收产品。不到一年就把程序理顺了,没人不守规矩了。

创业之初的投诉事件给了林红梅一个提示:陌生客户对产品不信任。那么换成熟人呢?可能就不一样了。

紫阳县有8万人左右在外务工,这是潜在的紫阳山货消费群。在林红梅的建议下,各村镇建起了"老乡微信群",由村第一书记作群主,把家乡变化及时发到群里,引起大家的关注。"随即,我们再发一些温情的小广告,譬如:还记得小时候吃过的玉米吗?还有魔芋……待勾起回忆和食欲,再趁热卖产品,结果头三天就卖了30万元。"

林红梅觉得这条路走对了。接着她又开始打"情怀牌":"作为家乡人,是否也要为家乡出把力呢?"她号召大家都来做微商,既助力家乡建设,也能兼职赚钱。为此专门设立了微创商学院社群,每月定期邀请国内电商成功人士进行线上交流指导。"粉丝"核聚变式地发展,使她摇身一变成为"十万微商大军"的统帅。

2016年,林红梅采取"公司+基地+农户"的模式,以东木镇麦坪村为中心,将洋芋种植扩展到麦坪村、燎原村、纪家沟村、庙坝村等4个镇7个行政村,建立标准化洋芋种植示范基地;在蒿坪镇工业园区建设洋芋深加工厂,生产薯条、薯片、粉条……提高产品附加值。这一年,三生公司借助朋友圈、公众号、众筹网等平台,一个月时间销售紫阳"青春洋芋"30万斤,而且价格比过去增长了几倍,最高每斤卖到5元。特别是帮助麦坪村19户村民销售洋芋19万斤,直接获利37万元。过去这些洋芋吃不完卖不掉,或喂猪或腐烂,现在却这么快都变成了钞票!村民们眼界大开。"还是年轻娃娃们厉害啊!"

通过卖洋芋赚了钱的村民们提起林红梅,无不竖起大拇指。而他们没想到的还在后面。2017年,三生公司70天销售"青春洋芋"150万斤;2018年7月,借助建行善融平台和苏陕协作淘常州平台,不到10天线上销售"青春洋芋"15000单!

三生公司还在2017年请来专业厨师开发洋芋宴,并与电视台合作,把洋芋宴变成美食节目——《看我七十二变》。不起眼的洋芋竟能做

第七章 电商联通大世界

出72道菜！许多人看完节目都说"开眼界了"。接着，三生公司又在旅游景点摆起洋芋宴，把"舌尖上的美味"推广给更多的食客。

苏陕协作常州定点帮扶小组到紫阳做扶贫调研，了解"青春洋芋"的故事后，甚是赞赏，同时提出建议：产品要注入文化元素，这样就有了灵魂，可以传播得更远。于是，由常州市新北区委宣传统战部、紫阳县委宣传部、江苏美利隆文化传媒有限公司联合在紫阳县实景拍摄微电影《奔跑的土豆》（陕西省首部苏陕扶贫题材微电影），微电影中的演员就是电商，这些年轻人随"青春洋芋"一起走出大山，奔向世界。

以前洋芋只在收获时卖一季。突击销售，量大价低，不划算。洋芋还容易发芽，需要在冷库里保存，这就要投入成本。而在紫阳当地农村，许多农户都有地窖，洋芋在地窖里保鲜，不用加任何防腐剂。借助这种天然储藏室，林红梅改变销售策略，洋芋一过季便下架，其余的只对会员以包年的方式销售——既保量又保价，还延长了产销互动周期，增加了客户黏性。洋芋包装箱里，还有农户的信息介绍及征求客户意见的话语。如此细心周到，是想让客户感受到这是一款有温度的产品。

2019年公司虽然也搞促销，却并不打折了。因为林红梅发现，以往打折没有为公司锁定更多客户，许多客户下单只是图便宜。而每次打折搞活动，厂家要让利，农户也不赚钱，费力不讨好。她把"双十一购物节"变为"双十一网红节"，邀请"网红"现场直播，就像电视购物，通过视频让外界既能了解山里的风土人情，又能了解作物的生长过程。眼见为实，消费者心里更踏实了，因而利润大大增长。

为什么起名"青春洋芋"？可能许多人问过林红梅这个问题。我也

好奇地求证。

"我们的创业团队是一群朝气蓬勃、观念超前、活力四射的年轻人,我们想凭借自己身上这股活力,激发紫阳大山里最贫穷的农民伯伯的动力,用年轻人的思维和理念包装他们种出来的优质洋芋,再通过互联网平台销售,帮助更多贫困户走上致富路。"林红梅如是回答。

林红梅践行"大众创业、万众创新"的要求,利用"电商企业+生产企业+合作社+贫困户"的合作模式,先后开发电商产品"私房茶""茶言蜜语""青春洋芋""寻味紫阳"等12款热销农产品。她带领着电商团队,有效地联接起农村与城市。2500人实现就近就业,人均月增收近千元;35个城市设立洋芋分销店,月赢利2万元……

荣誉接踵而至。紫阳三生网络科技有限公司被评为"安康市共青团助力脱贫攻坚示范基地""紫阳县优秀电商创业企业"。林红梅获得陕西省首届新农人与青年电商选秀大赛三等奖、安康市创新创业大赛一等奖、安康市"脱贫攻坚先进个人"、紫阳县"十大青年创业之星",还当选中国"青年电商联盟理事"。

最让林红梅激动的是,2018年8月23日,陕西省妇联召开第十三届二次执委会,以无记名的方式差额选举产生38名出席中国妇女第十二次全国代表大会的代表,林红梅名列其中,成为安康市出席全国妇代会的两名代表之一,也是陕西省出席全国妇代会代表中年龄最小的一位。要去北京人民大会堂参加全国妇代会,她激动得热泪盈眶。在创业的日子里,笑过、郁闷过、困惑过、痛苦过,但从来没有哭过,因为她知道,创业不相信眼泪。而这一次,要去北京了,林红梅不由自主地流下了激动的泪水。

在北京开会期间，曾经走南闯北的林红梅，又一次长了见识，同时也进一步明确了自己的定位。和各行各业的巾帼英雄相比，自己的那一点成绩其实不算什么。于是，一闲下来，心就飞进毛坝镇瓦滩村何奶奶的茶园，飞到蒿坪镇森林村赵大叔的洋芋地头，飞回三生公司承办的电子商务培训班……

国庆小长假，对于许多人来说，是一个与家人团聚的美好假期。创业以来，如果没有家人的大力支持，真不敢保证自己能撑下来。2019年9月，林红梅盘算着带孩子出去转转，利用假期陪陪家人。可是临近假期，一项活动策划打乱了她的计划，又一次放弃假期，带领团队投入到紧张的筹备当中。国庆节当天，林红梅高挑干练的身影出现在西安大唐通易坊。一场由陕西省妇联指导，紫阳三生网络科技有限公司承办的"巾帼助力，消费扶贫"——陕南文化及原产地产品快闪活动在这里隆重举行。紫阳茶叶、黑蒜、黑木耳、"青春洋芋"、魔芋制品等几十种陕南特产展现在西安市民和游客眼前。人们体验陕南美食，欣赏陕南民歌，观看传统的手工炒茶工艺……

三生万物。五年时间，紫阳三生网络科技有限公司便从创业初期的"三无"（无品牌、无包装、无渠道），成长为如今电商行业的翘楚和典范。她顽强地从崎岖山路上走了出来，而且越走路越宽。

思兰商贸,物流龙头

在紫阳,无论你到哪个镇村,都可以看到醒目的"思兰商贸"字样。这是紫阳县思兰商贸有限公司的"腿"。思兰商贸既是全县的商贸龙头,也是全县物流龙头。这龙头现在承接着两个国家级项目。

电商离不开物流。因为电子商务本身就是现代化物流和信息技术发展的产物,物流是电子商务的重要组成部分,同时物流服务于商流,是实现电子商务的保证,是实现以"顾客为中心"理念的根本保证。广义的电子商务包括物流电子化过程,电子化的对象是整个交易过程,不仅包括信息流、商流、资金流,还包括物流。

说起紫阳电商,就不能不说执掌"思兰商贸"、智慧物流中心(网货供应中心)的王思兰。

这个商界大佬,过去也是贫困户。从昔日贫困户到今朝扶贫人,从实现自身小康到托起乡亲们的致富梦,紫阳县思兰商贸有限公司总经理王思兰靠奋斗实现了人生的"逆袭"。

紫阳县电子商务队伍基本都是年轻的创业者,"奔六"的王思兰算是比较另类的。只不过,她每天的主要工作不是上网、刷微信,而是以自己公司的庞大体量和经济实力为电商提供承载和依托。从这个意义上讲,说她是紫阳县电商行业的老前辈,一点也不为过。这不仅仅是因为她年长,更重要的是她的贡献。

小时候因家境贫寒,她只读到初中毕业,17岁便只身从洞河乡村到紫阳县城闯荡,扛过沙袋,背过水泥,东奔西跑地当小贩,苦活累活干过不少,就像饭桌上的抹布——尝尽了酸甜苦辣。"过够了穷日子,深知其中滋味,在有生之年,能力所及范围内,我能帮的就一定要帮,这是我的梦想。"王思兰说,"那时候,我就给自己暗自定下目标,将来一定要成为对社会有用的人,帮助更多的人摆脱穷困。"

在瞅准批发零售行业后,王思兰就用自己省吃俭用攒下的全部积蓄在县城街边搭建了一处小货棚,经营一些烟酒副食和日杂百货。从摆地摊到成立公司,随着生意越做越大,如今的"思兰商贸"已把触角延伸到紫阳的各个镇村。

多年诚信经营的"商海女杰"声誉,加上长期扶贫济困的口碑,使王思兰的名字在紫阳几乎家喻户晓。事业成功后的王思兰,没有忘记自己当初的诺言。

2016年,紫阳县正式被确定为国家电子商务进农村综合示范县。王思兰及时抓住这一重大机遇,利用思兰商贸作为紫阳县电子商务进农村项目定点龙头实施企业这一优势,投资建设紫阳县、镇、村三级物流体系,打通了农村快递物流的"最后一公里",吸纳340余人就业。

县城西郊桑树沟，有一个物流中心，是"思兰商贸"在县政府的支持下于2017年2月建成的。2020年"双十一"，我到此采访，首先映入眼帘的是大门口并排悬挂的招牌：陕西供销电子商务集团紫阳县供销思兰电子商务有限公司、紫阳县思兰电子商务有限公司、紫阳县网购供应中心……副总经理陈华友介绍说，这是一个以紫阳县物流中心立项的"多功能厅"，投资5900万元，总面积1.1万平方米，集仓储、运输、配送、信息交流、商贸流通、电子商务等相关配套服务于一体，彻底改写了紫阳过去物流业务零星分散的历史。

走进一楼门口，就看到堆放的"和平茶业"包装箱，有20多件。我熟悉紫阳县"和平茶业"，它是全县当今历史最悠久的茶叶企业，集生产、加工、销售于一体，在西安、安康等地设有20多家"和平茶业"专卖店，一般都是厂部用自己的货车送货。怎么也在这里发货？陈华友说，从这里发货便宜。细问得知，2015年，紫阳县城快递收费是每斤15元，而现在，由于有了智慧物流中心，有了配套服务，有了规模效益，收费标准降低为3公斤4元（邮政等），最快的顺丰快递，收费也才2公斤6元。

我不禁感叹，智慧物流中心既给贫困户和广大农村带来了便利，也为众多厂家、商家和消费者带来了实惠。透过这个"点"，就可以窥见紫阳商贸、物流发生的历史性巨变，可以感知王思兰以一己之力作出的巨大贡献。

是的，王思兰的贡献和影响起码是全县性的。她的企业外引安康秦

第七章 电商联通大世界

和商贸、泸康酒业、伊利、康师傅等商家，内联紫阳开源实业新科技（系列玉米营养餐）、富硒粮油食品及本地农副土特产品，通过"外引内联"销售模式，采取"电商平台销售、订单农业合作社、新零售战略辅助"，有力拓展了紫阳本地特色富硒农副土特产品销售渠道。线下百货商品进村入户、线上农副产品出山进城，"一根线两条路""城乡对流"，"思兰商贸"+电商，带动一方脱贫致富。

向阳镇瓦房村李仕秀过去靠做小生意养家，因建新房欠下一大笔外债，做生意已经没有本钱。王思兰得知，主动给她赊了8万多元的货物，并给她配送了价值3000元的货架和收银台，让她开办当地最大的"思兰商贸"超市，成为全镇贫困户第一个脱贫奔小康的主儿。

"乡亲们要脱贫，不但要创造外在条件，关键还是要激发内生动力。"由于曾长期生活在农村，与众多农民接触，王思兰深刻认识到扶贫工作变"输血"为"造血"的重要性。她说，多数贫困户受自身和外在等条件限制，外出务工难度大，要真正拔掉穷根，就要因地制宜发展产业，实现家门口的脱贫致富。

她为此殚精竭虑。在"百企帮百村"社会扶贫公益行动中，王思兰带领公司在所包联的毛坝镇腰庄村、瓦滩村、染沟村、新桃村组建"思兰硒源合作社"和"开心农场"，发展生猪、药材、茶园、香椿、蜂蜜、观光桃园等项目，依托产业带动周边群众就业增收。她所包联的349户在册贫困户，户均增收2550元，辐射带动周边4000余人在家门口就业。

教育扶贫也是王思兰帮扶工作的重点。据统计,截至2020年底,她共捐款51万多元,帮助103名贫困家庭大学生圆梦大学。"山里的孩子想要飞出大山变身金凤凰,学习是唯一的捷径,只有不断接受更好的教育,才能更好地回报家乡、回报社会。"王思兰以无私的付出为下一代成长提供能量。

按说,王思兰现在是大老板,是著名企业家了,不知情的人可能以为她平时坐在宽大、豪华的董事长或总经理办公室,主要用电话来指挥下属、安排工作。但是,如果有事需要见面问她"在哪儿找你"时,十有八九她会回答"您来思兰商贸超市"。也许是忙惯了,喜欢熙来攘往的消费者,喜欢与尊敬她的员工零距离相处,她放心地让一位副总在智慧物流中心里坐镇,自己则在县城紫府路思兰商贸超市"蹲点"。超市里的柜台常常是她的办公室,也常常是她这位市政协委员的"履职工作室"。

低调务实的王思兰,本来"不求闻达于诸侯",只想为群众、为社会、为国家做些实实在在的好事,可是,由于她的突出表现和贡献,2019年被授予"陕西省脱贫攻坚奉献奖",2020年荣获安康市脱贫攻坚"突出贡献"奖,思兰商贸荣获紫阳县"百企帮百村"精准扶贫行动先进企业、脱贫攻坚工作"优秀帮扶企业"称号。

王思兰就像一簇幽兰,在山间静静地绽放,散发出幽幽的清香。清香里,和着传统美德、扶贫情怀和电商幽光……

第七章　电商联通大世界

始于淘宝，植根乡村

做电商的人，大多是思维敏捷、好学上进的年轻人。陈华友就是这样一位青年。

他中等个头，文静稳健，毕业于河北理工大学矿物加工工程专业。四年大学生涯，他学的是工业，却偏偏热爱土地，喜欢观看各种植物从土壤长出来的样子，希望在土地上实现自己的创业梦想，现在把主要精力放在种植香椿、林下养鸡上。这令我有点不解，因为搞种养业，辛苦且不说，还见效慢、风险大，不如在工厂或矿山发展。

不同于常人的选择，缘于不同于常人的家庭与情怀。陈华友出生在瓦庙镇海拔1200米的庙坝村。这里山大沟深，地质灾害多，一遇洪水学校就放假。上小学五六年级时，学校离家15里（7.5千米）路，又没有住校条件，冬天两头摸黑，自己做饭吃罢以后，就打着火把上学去。家庭氛围传统而和睦。当山里人被打工潮席卷的时候，他的父母为守护年迈的爷爷、奶奶而坚守农村，一年四季在土地上勤扒苦做。陈华友放学回家，不是吃剩饭，就是冰锅冷灶，饿着肚子还得给一家人做饭。

——紫阳县脱贫攻坚纪事

也许是天生多愁善感，陈华友小小年纪就思考：怎样才能让家里人过上吃不愁、穿不愁、花钱不愁的好日子。所以，尽管上学条件非常艰苦，他依然坚持刻苦学习，直到考上大学。

穷家的孩子得自强。上大学期间，节假日他四处打零工挣学费，发传单、将报废的旧自行车买来修理之后再卖出去。上4年学花费5万多元，他只在家里拿了1万多元，其余费用都是自己勤工俭学挣下的。还获得"三好学生""国家励志奖学金"。学业也非常精进。为了锻炼口才，他坚持练习演讲。学校8点上课，他与三四个伙伴相约，6点前起床，教室一开门就进去练习。苦难的生活使他早早地接触了社会，学到了为人处世的方法，磨砺了刚强坚韧的性格。

所以，当他大学毕业后在汉中西乡矿业公司就业的时候，就表现出了全方位的才干：新组建的公司，既没有工程师也没有技术员，他这个技术负责人和生产厂长就把制图方、监管方一肩挑起来，居然做得有声有色。但他总觉得心里不踏实。多少个夜晚，他遥望着家乡紫阳的方向，想象着那生活在大山皱褶里的家人和乡亲们，他们生活得怎么样呢？何时才能改变贫穷的命运？

心灵的无数次召唤，终于使他下定决心：回紫阳去创业！2015年10月，他辞职回到紫阳，注册成立紫阳县锌硒粮农业综合开发有限公司，开始做电子商务。

理想很丰满，现实很骨感。创业之初，他面临着"六无"：无资金——仅有一万元，不够哪一头；无产品——要啥有啥，要啥没啥；无经验——

上了许多当,每次不一样;无方向——到底该怎么运营;无资源——社会、市场、信息;无人懂——悄悄地躲着干活。

两个月后,他在瓦庙镇租了个门面开淘宝店,自己关起门来刷墙、装修。开店一般都要搞庆典、做活动。而他只有一万元本钱,不敢铺排,所以开业冷冷清清。当天下雪,他关门回家。走到半路上,忽然看见茫茫白雪中,两个"黑点"正慢慢地相向而来。那是爸妈来给他送货的。他的眼泪夺眶而出,暗暗发誓:一定要把电商做大做强,不说别的,起码要对得起父母!

圆梦之路怎么走?第一步是销售。他骑着摩托车翻山越岭到农户家里收购土特产。摩托车不能抵达的地方,就用背篓背。在山沟野凹里,一天又一天,记不清跑了多少路。收回来的产品标准不统一,品质差别大,比如土豆片,从农家零星收购,存在厚薄不均、颜色不一、大小不匀问题,他就自己挑选搭配。快递费用也太高。晚上在网上卖货,白天在店里发货,很是辛苦。但是他经受过艰难困苦的磨炼,具有大山般的坚强不屈,再苦再累也不放弃。

如果说,来自父母的支持给他注入了创业的激情和动力的话,那么,来自党和政府的支持则使他感受到了社会的巨大力量。虽然他自己认为电商做得不理想,需要实行重点突破,但对全县刚刚兴起的电商行业而言,他那个小小的公司却像东方黑蒙蒙的天幕里透射出来的一缕晨曦。

2016年就是陈华友红火的一年。1月,他的紫阳县锌硒粮农业综合开发有限公司被县电子商务工作领导小组办公室、县电子商务行业协会评为"紫阳县优秀电商创业企业"。带着这份荣誉，他回到瓦庙镇庙坝村组建合作社，宣告农民："你们负责种养，我负责销售。"他把公司业务重心下移到乡村，实实在在地带领农民脱贫致富的事迹，引起宣传部门的重视，5月，县电视台对他做了专题采访报道。一时间，陈华友成为人们热议的新闻人物，农民对他的信任度大大增强。6月，吸纳村里71家贫困户255人入股公司。7月，把工作重点转到交通较为便利的毛坝镇，在镇党委和政府的支持下，建起全县第一个镇级电商服务站，组建合作社9个，开发40亩农业技术服务基地1个。8月，县政府要求全县各镇向毛坝和瓦庙学习建设镇级电商服务站。

2017年，应紫阳县电子商务进农村项目之需，他协助思兰商贸承接供销电商惠农工程，并打造一个集百货、快递、农产品为一体的电商物流产业园，项目经过验收，获得国家商务部和省商务厅的高度评价，吸引全国各地前来考察。

根据县领导的要求，陈华友到全县各镇指导，依托思兰商贸，把毛坝模式复制到全县各镇。后来，县上要求电商进村，他又按照瓦庙模式，在每个行政村建起了电商服务站。

接下来，就要指导和引导全县这些电商服务站如何赚钱。全县抱团做生意，所有网点共同销售，带动农民种香椿、养黑猪、种药材、兴茶园、养土鸡……2018年，紫阳县锌硒粮农业综合开发有限公司建起直播团队、企业商城，销售本地特产43款、贫困户腊肉40000斤，带领农户种植香椿2000余亩。

陈华友的企业带动了71户贫困户，承诺农副产品收入每年必须在

3500元以上，股金保底分红6%。他的出发点绝对无可非议，但实际上压力很大。因为农业不可控因素太多，受制于自然灾害、天气因素等。比如，有个农户种乌药，因天旱收成不好，就要求赔偿，说是公司引进的，叫他种的。每当遇到这种情况，他就感到，公司的责任不仅是引导贫困户寻找致富的门路，还要引导他们转变观念、提高素质。

作为紫阳县电子商务的开拓者和传播人，做事踏实的陈华友注意工作的针对性、准确性。他在自家的承包地里试种香椿，在此基础上扩展基地120亩，帮助700户贫困户种植香椿400亩。春芽既可外销，也可在他任职副总经理的思兰商贸消化——这儿建有香椿酱菜加工厂。"要稳定地做好电商业务，必须有产品生产基地，否则就没法保证产品质量。"在这个问题上，他有经验，也有教训。

基于这种认识，2020年他把主要精力放在了基地建设上，打造了一个香椿林下散养土鸡示范家庭农场，开发富硒香椿和富硒土鸡蛋。"人生价值在于为社会做贡献，做成做不成不重要，关键是一定要做。下一步，我想在香椿林下养鸡的旗帜下，带出二百个左右家庭农场，让更多农民致富奔小康。"对未来，他满怀憧憬。

人品好，作为大，境界高！我不禁对这个小伙儿更加敬佩起来。

采访将毕时，我好奇地问他成家没有，他略显腼腆地回答："还没有呢，34岁啦，可是没有时间谈恋爱呀！等事业有成，找个情投意合的姑娘结婚，让父母安心。"

"噢，一定会找个好姑娘的！你若盛开，蝴蝶自来！"我从心底里表示祝愿和期待。

因艾而生艾香飘荡

冬阳高照的2020年"双十一",我去毛坝镇观音村采访一个电商人物,走近位于这里的紫阳县华会实业有限公司大门,巨石上"因艾而生"四个大字便映入眼帘。"艾"为绿色,稍大,其他三字为红色。给人的第一感觉,不仅仅是知道该公司的主业是艾草加工与销售,而且联想到读音相同的"爱"——这是一个有爱心的人创办的有爱心的企业。

厂区很整洁,崭新的生产车间正面,一条醒目的红色标语横在上部,彰显着企业的理念和目标:"以质量求生存,以诚信谋发展,推进艾草产业,助力人类健康。"

公司董事长王华热情地接待了我们,首先带我们参观。空阔整洁的车间里,工人们正在劳动,将粉碎得细绒绒的艾草装袋。面对码垛整齐的一堆艾草,王华说那要明年才能加工,艾草越陈越好。展厅里,数十种艾草保健系列产品琳琅满目,让人大开眼界。听着王华对艾草产品养生保健作用的介绍,仿佛闻到了一股悠悠艾草的香味在弥漫,看到了那些因使用艾草产品而解除疾苦的人们脸上绽放的笑容。

第七章　电商联通大世界

32岁的王华是土生土长的毛坝人，相貌堂堂，帅气儒雅，像是戏剧里的英俊小生，说话不疾不徐。一番交谈便让我觉得，这是一个把电子商务和产业发展、农民就业紧密联系在一起的好典型。

"我的电商与县经贸局的支持密不可分。"王华感慨不已。中学毕业后，王华只身到山西做酒水销售。激烈的酒水市场，缺乏足够的周转资金，生意十分难做。两年后他回到家乡毛坝镇，在集镇先办起KTV。不久，KTV又开始萧条。不服气的王华，又开办了一个规模不大的火锅店和一家煤气站，一年下来，起早贪黑辛苦不说，除了维持一家人的生计，挣钱也不多。2016年一次偶然的机会，他认识了县经贸局电商办的工作人员。交谈中，他全面了解到电商有关政策和发展方向。在经贸局电商办的建议和支持下，他决定关停火锅店和煤气站，在集镇一门心思办起了电商服务站。

通过培训，脑瓜活络的王华迅速提高了电商业务知识和专业技术水平。昔日那些农户只当普通菜的农副产品通过线上销售，让王华和农户都得到实实在在的经济收入。

2017年，王华在下乡收山货特产的途中，偶然发现中药材艾草生命力强，耐旱耐涝，成本低、见效快，一年可收三四茬，具有散寒除湿、温经止血、缓解肩周颈椎痛、预防和缓解寒湿性腰痛等功效，市场前景非常好。

慎重考虑后，王华决定"小试牛刀"，在毛坝镇腰庄村流转土地23亩试种艾草。当年长势很好，试种成功，除去土地流转、劳动用工、

巨 变
——紫阳县脱贫攻坚纪事

种苗等开销外，净赚2万余元。

把艾草作为一个产业来做，在紫阳县属于新鲜事儿。王华注意学习相关知识，搜集艾草产业信息。当地小叶艾草产量低，他就到河南引进大叶艾草，并在不同海拔的3个村试种。结果都长得旺盛，一亩地每年最低可收入2100元。

听说王华种艾草赚了钱，周边几个村的农户纷纷前来"取经"，也想种植艾草。真是瞌睡遇到枕头——求之不得！王华当然欢迎啦，大气地说："你们只管栽种，技术、种苗和收购算我的！"为了让贫困户放心发展，王华采用订单农业，每年召开收购会，制定收购标准、价格，签订收购协议并上门收购。

若想艾草产业长远发展，必须建设一个规模以上的艾草加工厂。王华的想法很快得到镇、村领导的大力支持，积极主动帮助选址、协调场地、申请资金。经过8个月的筹建，2019年7月，王华的艾草厂建成投产，生产基地位于观音村，占地10余亩，包含提绒车间、生产车间及综合仓库，拥有各种生产设备百余台。

工厂建好了，需要大量工人来厂里干活。瓦滩村建档立卡贫困户邢万义第一个报了名。随即，附近70余人在华会实业有限公司艾草加工厂上班。邢万义高兴地说："艾草厂上班近，老板对人好，月工资达4000元，最重要的是在家门口上班能照顾家里，以前想都不敢想。"

市场需要什么，厂里就生产什么。现已开发出艾条、艾柱、艾绒、足浴包、艾枕、艾贴及各种灸具等50余个系列产品，产品远销上海、深圳、北京等国内各大城市，艾草产品基本不愁销路。王华的公司还与多家商贸公司及艾草生产、艾产品加工产业链公司合作。艾草布艺产品在秦巴地区商品文艺会上被抢购一空，足疗包与紫阳足浴店联营，供不应求，艾柱通过电商平台销往全国各地。

如今，毛坝镇4个村200余户村民与紫阳县华会实业有限公司签订收购协议，其中有贫困户80户，共栽植艾草近1000亩。这些艾草是村民增收致富的希望，也是王华发展壮大企业的底气。

2020年新冠肺炎疫情防控关键时期，王华在网上得知艾条燃烧产生的艾烟对杀灭空气中的病菌有一定效果，立即将厂里仅有的价值1万余元的艾条捐赠给紫阳县红十字会用于疫情防控，彰显了企业的爱心和担当。实体店受冲击，正好看"云"做生意，"山货"成网红"尖货"。

王华虽然年纪轻轻，但是已在商海扑腾多年，尤其是有一股开拓进取的精神，有妻子董会和全体员工的大力支持，底气和后劲是不缺的。谈及未来，他信心十足："公司计划五年内发展到种植3000亩艾草，基地覆盖全县，继续采用'公司+基地+合作社+农户'模式，带动艾草产业向规模化、产业化、标准化方向发展，使更多农户增收致富。"他说："创业虽然又苦又累，但能为脱贫攻坚贡献力量，就觉得很值，有成就感。"

王华可能是个因艾而生的年轻人。他的志向不仅仅是个人发财，而是推进艾草产业发展，让乡亲们因艾致富。衷心地祝愿他美梦成真！也真诚地希望乡亲们因艾致富，让紫阳艾香在中华大地上飘荡！

第八章
保住这个"1"

"五个一机制"和"五师共管"

"三个从无到有"和"三个由弱变强"

"政策红利"和"紫阳经验"

当好"健康守门人"

"大病拖,小病扛,实在不行就倒床。"

"中病输掉一头牛,大病卖掉一栋楼。"

"辛辛苦苦几十年,一病回到解放前。"

"十年努力奔小康,一场大病全泡汤。"

这些来自农村的民谣,在几年前,尤其是十几年前最为流行。它是一种民情民声,从一个侧面反映了农村医疗现状,也说明了健康的重要。

疾病非常可怕,健康极为重要。幸福的首要条件在于健康。

正如一副对联所言:"爱妻,爱子,爱家庭,不爱身体等于零;有钱,有权,有成功,没有健康一场空。"

也正如一句名言所说:"健康好比数字1,事业、家庭、地位、钱财都是0;有了1,后面的0越多就越富有,反之,没有1则一切皆无。"

这个"1"千万丢不得!

看病贵、看病难,是许多人的切肤之痛而又无可奈何。长期以来,因病致贫、因病返贫已成为农村贫困地区突出的社会问题和顽疾。对许多群众来说,病魔就如同藤蔓,拴住了他们脱贫致富、奔向小康的脚步。

小康不小康,关键看老乡。没有全民健康,就没有全面小康。

健康扶贫虽然不像建房、修路、办厂那样成绩彰显,却是最实惠的根本性措施,为广大贫困户减轻了经济负担,给予了心灵慰藉。

如果说紫阳县脱贫攻坚是一个精彩乐章的话,那么健康扶贫就是一个深情、温柔的乐段。

第八章 保住这个"1"

"五个一机制"和"五师共管"

"一手抓精准施治减存量,一手抓疾病预防控增量。"这是紫阳县贯彻落实健康扶贫政策的工作思路。

"看得起病,看得上病,看得好病。"这是紫阳县确定的健康扶贫工作目标。

循着这个思路、瞅着这个目标,他们在脱贫攻坚中探索并实行了健康扶贫"五个一"长效机制。

"一号":在县卫生健康局设置固定电话号码4428665,对贫困户进行电话随访抽查,对抽查中发现的问题以红黄蓝"三单制"限时督办整改;

"一卡":统一印制健康扶贫政策明白卡,张贴到贫困户家中,让健康扶贫政策家喻户晓;

"一包":为贫困户统一定制每人每年151元免费健康体检服务包;

"一巡诊":县级医疗机构组建健康扶贫工作专家团队,下沉优质医疗资源,深入村组开展巡回义诊,为贫困村群众宣讲健康扶贫政策,提供健康检查，疾病诊疗，询医送药，健康教育，慢性病鉴定，政策宣传等服务；

"一活动"：每季度对全县所有行政村贫困户开展一次卫健干部"村村到、户户大走访"活动，活动涵盖了全县所有行政村全部建档立卡贫困户。

紫阳县首创的"五个一"机制，确保了健康扶贫惠民政策落地生根，同时为安康市兄弟县区健康扶贫提供了样板和借鉴。

卫健系统不乏"师"——医师、护师，这是一种独特的人力资源。然而，怎么将其科学地组织起来，齐心协力保住群众健康这个"1"，却是需要较强的创新能力和过硬的执行力的。

为了充分发挥镇村两级在基本医疗和基本公共卫生服务等领域的职能职责，紫阳县把开展家庭医生签约服务作为健康扶贫的重要举措，调整充实团队力量，创新签约服务方式，创新打造"五师共管"家庭医生签约团队服务新模式，强化基层医疗卫生服务网络功能。组建由镇卫生院的全科医师、责任护师、公共卫生医师、健康教育医师和乡村医师共5人组成的责任医师团队。

其分工和职责是：

全科医师：主要针对签约对象疾病情况开展日常诊疗和提出分级诊疗建议；

责任护师：主要为签约对象提供疾病的愈后及家庭养护指导；

公共卫生医师：主要提供基本的防病知识公共卫生服务；

健康教育医师：主要负责对签约对象进行健康教育知识的宣传和普及，并提供健康教育处方；

乡村医师：主要负责掌握签约对象的健康状况和基本健康需求，以及配合团队日常随访等工作。

各"师"既分工又协作，主攻、助攻、策应，因人而异，因时而变，集团作战，互相配合。

"五师共管"，紫阳县形成群众看病就医新格局，使广大贫困群众在家门口就能享受到便捷、高效、优质的家庭医生服务。

巨 变
——紫阳县脱贫攻坚纪事

"三个从无到有"和"三个由弱变强"

在蒿坪镇金石村采访时,我特别留意了崭新的村卫生室。它是两层砖混结构房屋,建筑面积160平方米,医疗用房与生活住房各得其所。一层为医疗服务区,含诊断室、治疗室、公共卫生服务室、药房和观察室,配备卫生间,做到"五室分开"。二层为村医生活区,由村医自用。村医张开发高兴地说:"现在是鸟枪换炮了!"

这是全县176个标准化村卫生室之一。也就是说,无论你走到其中哪个村,都可以看到这样的"标配"。

五年中,全县卫生健康系统最大的变化,可以概括为"三个从无到有",村卫生室位列第一。

此前,全县各村虽有卫生室,却基本上都是开在村医家里,或者村医租用的简陋门面。而贫困村卫生室建设,是脱贫工作的重要指标,是衡量贫困村能否脱贫退出的"七条标准"之一。健康扶贫开展以后,紫阳县利用苏陕扶贫资金,加上本地政府的配套资金,对全县176个行政村中的152个卫生室进行新建。另外24个村卫生室,利用以奖代补资金,将其与村委会修在一起,面积达到60平方米以上。

在搞好村卫生室阵地建设的同时,县卫生健康部门对乡村医生人员资质、执业状况等实施监管,统一配置诊断床、药品柜、电脑等常用医疗设备。严把"一次建设到位,不重复建设"原则,实施"统一规划设计,统一安排资金,统一完成时限,统一使用权限,统一验收标准"(即"五个统一"),以合理配置卫生资源、方便群众为原则进行选址,从而为实现贫困村民"小病不出村,有病能医治"目标提供坚实医疗保障基础。

第二个"从无到有"是县级医院等级创建。五年中,县人民医院、县中医医院先后创建为二级甲等医院。原来,由于软件、硬件(特别是基础设施、设备)差距都较大,想上等级是可望而不可即的。

第三个"从无到有"是创建了全国中医药工作先进单位。那是2016年获得的殊荣,此前紫阳县卫生系统没有哪个集体登上"国字号"荣誉榜单。

"由弱变强"主要指服务能力的不断增强。

其一,专业技术力量得到充实。原来对乡镇卫生院没有分配过高级职称名额,其从业人员自然不能评定高级职称。脱贫攻坚开始后,政策向基层倾斜,一切为群众特别是贫困户着想。2020年底,全县拥有高级职称者52人,其中镇级8人。专业技术人员招录也有历史性突破,五年间从具有大专以上学历人员中招录295人,大部分充实到镇级卫生院。

其二，医疗设备得到更新升级。村卫生室只有"老三件"（血压计、听诊器、体温计）的状况，早已过去。镇级卫生院均已配备高性能的设备，看病能力显著增强。

其三，规范化管理和综合服务能力提升。县卫生健康局建立和坚持镇卫生院月例会、月督导、季考核、半年小结、全年总结制度，对基本公共卫生项目服务规范进行培训，组织责任医师团队对辖区村卫生室基本公共卫生服务项目等工作进行督导，对辖区村卫生室的整体工作进行考评，对辖区村卫生室公共卫生工作完成的数量、质量进行小结，对村卫生室基本公共卫生及其他工作完成情况进行考核和总结。从而为贫困人口如期脱贫提供了全方位的健康保障。

第八章 保住这个"1"

"政策红利"和"紫阳经验"

"有地方看病"是提高贫困人群的医疗综合保障水平,"看得起病"是贫困人群享受惠民政策带来的"获得感"。既满足"有地方看病"的便利,又享受"看得起病"的实惠,让紫阳县同步筑牢健康扶贫"底线"。

医疗报销提标扩面,使广大贫困户享受到惠民政策的"红利",是紫阳县健康扶贫最大的亮点。从2016年开始,全县从新农合基金中提取500万元,对参合贫困人群进行重点帮扶,将贫困参合患者在省市县定点医疗机构住院补助比例分别提升5个百分点,年度累计住院自负费用在5000元以上的贫困参合患者,全部纳入贫困人口最低医疗保障范围,农村参合贫困人口新农合基本报销完成后,符合大病保险的进入大病保险范围,起付线降低50%。高滩镇万兴村村民谢漂成介绍说,他以在册贫困户名义住院7天治疗腰椎间疾病,花费医疗费用2667.90元,除去医疗报销2401.11元,个人自付不足300元。这极大地减轻了贫困户的经济负担。

在对贫困农户进行重点帮扶的同时，紫阳县还启动《新农合"光明工程"实施方案》，帮助参合农民实施眼科疾病专项救治。由县人民医院组织医务人员入村定期举行接诊活动，并免费对全县参合农民进行眼科疾病筛查。对县内实施单眼囊外摘除＋人工晶体植入手术的救助对象，享受单病种包干，单眼手术每例新农合支出3500元，县人民医院为每例白内障手术患者减免500元。其他眼科疾病导致视力障碍，在省内各级定点医疗机构住院治疗的，新农合补偿提高5个百分点。对安排手术治疗和术后随访的患者，确保县域白内障患者出现一例、建档一例，手术一例、复明一例。

由县卫生健康局负责牵头实施，县医保局给予政策支持，整合县级医院、镇卫生院、村卫生室，实施分级诊疗服务。抽调全县17个镇卫生院根据所包联片区，逐户发放《健康扶贫保障证》，并签订医疗服务协议。17个镇级医疗服务团队将辖区因病致贫人员按照病种轻重缓急分类，依托分级诊疗制度加以管理，实行服务团体成员"一对一""点对点"；3个县级健康扶贫医师团队由县直医疗单位的医疗专家分时段定期到133个精准扶贫村开展巡回义诊活动，不断夯实"镇卫生院＋县医师服务队"帮扶模式，直接将医疗服务触角延伸到群众家门口，不断释放健康扶贫的"虹吸"效应。

2016年推行的老百姓享受家门口的优质医疗服务，为群众提供了极大便利。推进健康扶贫与提升医疗卫生机构服务能力相结合，抓好县镇村三级卫生医疗机构建设，实行乡村医生到镇卫生院轮训学习制度和医生签约服务,推动镇村医疗服务一体化;推进与医保制度相互衔接,实行"先诊疗后付费""住院零押金""出院一站式"结算诊疗模式;推行与公共卫生服务相结合,落实"预防为主",加强重大公共卫生服务项目的实施,开展贫困人口健康干预,提升群众健康水平;推行与分级诊疗相结合,实行"基层首诊、急慢分治、双向转诊"制度,构建分工明确、上下畅通的协作机制;推行与医患结对帮扶相结合,落实"百名医师去义诊,千名医生进农户"活动取得实效;推行与对口援建相结合,推进市三级医院支援县级、县级支援镇级、镇级支援村级卫生室梯级专业人才队伍建设,确保"服务百姓健康行动"和巡回医疗获好评;推行医疗资源整合,建立"镇卫生院全科医师+公卫医师+村医"健康促进团队,与患病贫困户提供签约服务;推行与爱国卫生活动相结合,推动县域"六进"活动扎实有效。

家住高滩镇文台村的孙江美一家就是分级诊疗政策的受益者。几年前,她患上支气管炎,迫于家庭经济压力,经常小痛则忍,实在忍受不了就在诊所买点消炎止咳药。每年仅吃药打针开销就将近1万元,除住院报销款项外,零星药费高达3000多元,压得她有些喘不过气来。2017年8月,孙江美由高滩镇中心卫生院转诊到紫阳县人民医院,被医生确诊为慢性阻塞性肺疾病急性加重期。越来越重的病情容不得耽搁,她凭着手中的《健康扶贫保障证》,不到三分钟就办完了住院手续,这让她放心就医吃了"定心丸"。"没想到不交押金就能住院,出院只需交清10%个人自付费用,医生还协助办理慢性病补助证,真是感谢

共产党的好政策……"孙江美办完出院手续,想到以后门诊看病拿药也能报销,心情顿时轻松了许多。

2017年9月,九三学社中央来紫阳调研,第一站就是东木镇。县卫生健康局分管健康扶贫的副局长柯康林陪同调研,发现相关的表、卡、册不齐全,没有原始的建档立卡贫困户资料,虽然医生到户为老百姓义诊、巡诊等做了不少好事实事,可是没有记载和数据,具体工作和成效体现不出来。

等表册下来,时间紧,任务重,来不及。怎么办?

柯康林会同局里扶贫办和相关股室的同志,紧急商讨和研究,制定出能够记录健康扶贫方面的表卡册《紫阳县建档立卡贫困户纪实手册》。它包含贫困户的基本信息、签约服务协议、服务频次纪实、疾病诊断证明、患者住院信息、以及住院报销结算单、体检通知单、体检反馈报告等。当时正是各项政策频繁出台的时候,究竟如何开展工作,结合上级文件要求,县卫生健康局反复开会探讨,按照上级文件要求,制定完善自己的文件。联合县扶贫局印发《紫阳县健康扶贫实施方案》《紫阳县"天使健康扶贫行动"实施方案》,制定《紫阳县新农合健康扶贫实施方案》。后来,又在实际工作和探索中出台一系列针对具体工作的通知和要求,如开展健康扶贫电话随访抽查工作;开展卫技人员村村到,户户大走访活动;开展对中央、省脱贫攻坚专项巡视反馈问题及健康扶贫存在问题整改检查验收等,并提出了具体要求。

到贫困户家中,尤其是慢性病患者家中面对面随访,究竟怎么进行？怎么记载？基层的同志都不是很清楚。柯康林就到两个镇卫生院去指导，和局扶贫办、卫生院的同志们一起探讨，如一起设计慢性病随访表卡册，按照患病种类，每一种疾病写一份样本，供大家参考。比如对糖尿病患者，从哪些方面为其提供服务，将时间、地点、人物、事件（健康教育、医疗救治等）一整套程序走完，并全面记载。这种纪实很全面，留给户上备查。

"在战争中学习战争"。健康扶贫的方式方法越来越完善，特别是降低贫困群众看病费用，局长周礼伟经常与同志们一起逐项进行分析，对涉及健康贫困户的整改，经常进行研判。对村卫生室的管理，此前虽然也算规范，但在调研中发现总有些地方不到位。局里研究决定，对村卫生室设备的配置查漏补缺，填平补齐人员的配备，药品达到80至100种以上。局里制定的卫生室督导提纲下发后，局机关干部下到各村，围绕提纲查漏补缺。通过这些措施，全县176个村卫生室，从内部的科室设置，设备药品配置，村医配备，规章制度、流程，及其管理规范等，全部达标，得到省卫健委、市卫健委的高度评价。

2020年11月，伴着初冬的瑞雪，一个来自北京的喜讯翩翩飞来。紫阳县卫生健康局付出智慧和汗水的同志们都感到非常欣慰。国家卫生健康委员会组织开展的基层健康扶贫典型经验挖掘与总结研究，经过对所征集案例进行多轮筛查、修改和编辑，最终从全国选出40个典型案例汇编成《基层健康扶贫典型案例》，其中由紫阳县报送的《健康扶贫除疾苦多重保障拔穷根》入选。

"紫阳经验"上国榜，健康扶贫有"干货"！

当好"健康守门人"

紫阳县基层群众防病抗病能力弱,医疗卫生与健康保健知识缺乏。贫困人口因经济拮据,长期走不出因病致贫、因病返贫的怪圈,加之居住环境和交通条件制约,许多人小病拖成大病,大病耽误抢救,无病又不知道防病。心脑血管、糖尿病等慢性病在农村相当普遍,且得不到规范治疗。

这既需要从机制、制度、政策层面进行健康扶贫,也需要帮扶干部通过细致入微的工作,将党和政府的阳光雨露洒向每一位患者、每一个贫困户,为他们当好"健康守门人"。

1. 特色医院显身手

紫阳县中医医院依托行业优势,发挥中医药在防病保健方面的作用,帮助农村贫困群众解决"看病难、看病贵"等问题。遵照县卫生健康局的统一安排,4年里共组织医务人员一千多人次,对全县44个村进行健康扶贫巡诊。其间,为村民开展中医药健康知识科普讲座,以通俗易懂的语言,为村民讲解常见病、多发病的预防和治疗等中医养生保健知识,增加村民对中医养生知识的了解,提高村民的自我养生意识。发放高血压、糖尿病防治知识等各类健康教育处方及健康扶贫宣传手册、免费药品,免费测量血压,为贫困户家庭慢性病人现场进行集中慢性病鉴定。

为了普及基本急救知识,县中医医院巡诊医师团队以镇卫生院、村卫生室、村委会为阵地,集中对驻村第一书记、驻村工作队员、村两委班子成员、村医、镇卫生院包村责任医师团队以及村民开展"心肺复苏"基本知识操作培训,在培训中,不但讲解基本理论,还手把手耐心示范"心肺复苏"全过程,并让参加人员现场操作。参加培训者人数众多。

还对脱贫退出村开展"幸福呼吸"免费筛查工作,医院巡诊团队每到一个村都为村民讲解"慢阻肺"的症状、诱发因素以及日常生活中"慢阻肺"的自我管理,使村民认识到肺功能筛查的重要性,提高村民参与防控"慢阻肺"自觉性。

这些活动,使广大群众了解了中医药文化科普知识,掌握了中医药治病理念和养生保健基本方法,真正感受到中医药健康服务"简、便、验、廉"的特色和优势,也使因病致贫的村民在家门口能够得到救治。

包村联户中,他们依然注重发挥行业优势,院长陈龙顺、副院长陈琴、驻村第一书记张国菊、队员杨祖会等在进村入户完成脱贫攻坚"规定动作"的同时,着力推进健康扶贫。

焕古镇刘家河村88岁的村民金某,因患病痛苦不已,因家庭贫困在住院治疗期间,县中医医院除减免医药费、悉心照料外,医院和包联干部还给她送上千余元生活补助。出院时她激动地说:"党的政策真是好啊,中医院的医生护士比我的亲生儿女还亲!"

村民冉某已届六旬,身患癌症,手术后经济十分困难,包联干部想方设法给他家争取救助,村里也给其儿子申请了公益岗位,帮助他们渡过经济上的难关。

大学在读的女孩程某某,母亲患精神病还未治愈,爸爸又患上了同样的病,这对家庭经济本来就十分困难的孩子来说是天大的灾难。在孩子面临失学的时候,县中医医院联系"丽姐助学"基金会,争取到助学基金5000元送到孩子手中,捐款人承诺一直资助到孩子大学毕业。

2. "天使"来了

紫阳县高桥镇深磨村是一个偏远的深度贫困村,居住在这里的人们大多过着"日出而作,日入而息"的简单生活。年逾六旬的苟开乾年轻时被石头压断了腿,落下终身残疾,总算老天眷顾,还是娶了媳妇,有了孩子。近年来,他除了腿伤在阴雨天疼痛以外,还越来越频繁地出现胸闷、头痛、四肢麻木等症状,几乎从事不了体力劳动。村里有见识的人说,这是得了高血压。祸不单行,老伴儿的身体也是一天不如一天。有人劝他们去县城医院看看。他们何尝不知道该去医院呢?可是哪儿有钱呢?

一家人被阴霾笼罩着,久久不散。

第八章 保住这个"1"

2017年夏季的一天早上,天清气朗,凉风习习,阳光温柔地洒向大地。苟开乾站在屋前空地上漫无目的地望着远方,山下通往他家的那条唯一的羊肠小道上出现的一行人引起了他的注意。那行人共有5人,身着白衣服。走在最前面的那个人背着一个背篓,不知里面装的什么东西,后面有人挎着箱子,有人手里拿着文件夹……等到他们的身影越来越近,这才猛然醒悟过来——他们是来我家的!

到了门口,领头的年轻人把背篓放了下来,抬起右胳膊擦了一把脸上的汗水,便上前用两手紧紧握住苟开乾那布满老茧的右手,兴奋地说:"苟大叔,你好啊!"

苟开乾愣在那里没有说话,眼睛直勾勾地盯着面前的年轻人端详起来:高高的个头,椭圆的脸庞,黝黑的肤色,三四十岁,给人的感觉很精干。年轻人看出了他的疑惑,忙解释说:"大叔,我们是镇卫生院的,给你送药来了,治高血压的药。"

苟开乾摇了摇脑袋,以为自己听错了。在这里住了几十年了,哪有医生来过,而且是主动跑来给自己送药?天下哪有这么好的事情?愣了一会儿,老苟谨慎地问道:"医生,这药贵不?"

"哈哈,免费的!大叔,来,我们给你做个身体检查!"年轻人说完,就和同行的人忙活起来,血压计、血糖仪、听诊器等五花八门的器械从背篓里拿了出来。这些宝贝物件,着实让老苟开了眼。

这时他才想起来还没招呼客人进屋,赶忙说:"请到屋里坐,我给你们烧水喝!"

"不用啦，坐在台阶上就行，外面凉快。来，你也坐着！"年轻人不等老苟反应过来，就一屁股坐在门口的土台阶上。老苟赶紧顺从地坐下，任凭医生们在自己身上操作诊断。一个女医生在他胳膊上缠了一条带子，一下一下地捏着那椭圆形的小皮囊，胳膊上被缠着的地方就一会儿紧一会儿松，感觉有点紧张。还有一位医生给他听诊，圆圆的亮晃晃的铁饼贴到自己胸口，冰凉冰凉的。几分钟后检查完毕，领头的年轻人舒了一口气，笑着说："大叔，你身体好着呢，平时不要太劳累。"继而转头从身后的箱子里拿出一个扎口的塑料袋，里面是几个叠在一起的药盒子。"这是降血压的药，一天一粒，能吃一个月，下个月这个时候我们来给你送。"

老苟坐不住了，紧张地用双手握住这位年轻人的手，颤抖着说："医生啊，我这庄稼人见识少，这到底是怎么回事儿啊？你给我说说，不然我心里不踏实啊！"

"好！我简单地解释一下。"年轻人顿了顿，"咱们国家正在进行脱贫攻坚，你们家被识别为因病致贫的贫困户，那么健康扶贫就和你扯上了。高血压属于国家认定的慢性病，随后，我们会给你们办一个慢性病医疗本，以后吃药直接到镇上卫生院去取，你自己只需要负担很少的钱，而且以后万一生病住院，合疗会给你报销一大部分，如果是很严重的病，合疗报不完的，国家还有大病保险政策来兜底。以后不会让你再为看病吃药发愁了！总之呢，希望您一直健健康康的，万一以后有了病，有国家管！就这么简单。"老苟听得津津有味，泪花盈满了眼眶。

这不是天使吗，天使真的到家里了！老苟激动的泪水倾泻而出，爬满了沟壑纵横的面庞。

随后，他知道了这个领头的年轻人叫周呈高。周呈高是镇卫生院院长，而且是"全国优秀卫生院院长"，他和同事们每月上门为苟开乾送医送药，三年没有间断。

3. 一院之长的担当

陈国军 2016 年调入紫阳县高滩镇中心卫生院任院长。此前的高滩镇只有 8 个村和 1 个居委会，1.4 万多人。2017 年撤乡合并后，变成了 18 个村、1 个居委会、3 万多人，人口规模仅次于城关镇。全镇共有建档立卡贫困户 4488 户 15880 人，因病致贫 208 户 798 人，因病致贫率 4.63%。不言而喻，他这个"一院之长"担子很重。但是，里里外外他都担当了起来。

他视病人如亲人，以帮助他们解除痛苦为己任。在进村入户开展健康扶贫的过程中，他发现很多慢性病人的痛苦无法根除，便在现有医疗保障的基础上，创造性地开展中医理疗的救治工作。投资新建中医馆，成立中医科，开展针灸、拔罐和热敷等理疗项目。开设"健康小屋"之家，用于群众自助测量身高、体重指数、血压及中医体质辨识等，使患者能够方便了解自己的体质状况。投入使用的大型检查设备 DR 数字化 X 线摄影系统，大幅度提升了检查的准确率和阳性率，为群众带去了极大的便捷，为临床诊断提供保障。

针对疫苗安全事件频发的情况，为从源头上堵住事故隐患，陈国军下决心在院里建立数字化预防接种门诊，哪怕背负巨额债务也要建起预防接种门诊，最终投入20余万元建起了紫阳县第一家规范化数字接种门诊，开展集中预防接种工作试点，增强疫苗的冷链运输安全、疫苗接种安全双检测。此举引来许多兄弟单位观摩学习。

通过包联医生帮扶，2019年12月，全镇因病致贫户下降至19户45人，因病致贫率下降至0.42%。

如何让贫困群众有医生看病和看得起病？陈国军时刻思考和牵挂着。

家住三坪村三组的曾化桂，患有胆管结石、梗阻性黄疸等多种疾病，先后辗转西安、安康等地住院治疗十几次，花掉家里全部积蓄，生计难以维持。陈国军主动与她联系，多次驱车奔波于县城、卫生院、患者家之间，帮助她申报办理慢性病种、报销医疗费用等手续，并利用休息时间到她家里免费为她检查，宣讲健康知识，做心理疏导。曾化桂患病以来花费18万元，除去新农合报销11万元外，大病统筹兜底保障累计报销5万余元，自付仅1.6万元。陈国军实实在在地帮她解了燃眉之急，重新点燃了她生活的希望之火。

百坝村村民简庭凯患有高血压病，常年服药；孙女聋哑，孙子先天性心脏病，都由爷爷奶奶抚养；儿子简云贵于2014年因股骨头坏死术后无法从事重体力劳动，常年外出务工也无法满足家庭开支，妻子离他而去。陈国军了解情况后，翻山越岭同包村医生一起入户签约，宣

第八章 保住这个"1"

传政策，指导服药，协助简廷凯办理《慢性病补助证》，冬天还为两个小孩送上棉靴。

万兴村村民娄道翠高位截瘫，常年靠轮椅代步，2019年5月煮饭时，左腿不慎被开水烫伤，因怕花钱未住院治疗。其儿媳外出务工8年有余至今未归。陈国军知道后，主动联系上门了解情况，开展签约服务，指导老人康复训练，并自掏腰包购买烫伤药上门换药。老人烫伤很快得到康复。第四季度入户走访时，陈国军得知其儿子何云兴10月因脑出血在浙江住院治疗花费10万余元，老人为此愁肠百结，便立即电话联系何云兴，询问治疗愈后情况及费用情况，在电话里指导康复训练，让其把病历、发票等复印件寄回本地协助其报销。老人激动地说："没想到在外省住院也能报销，莫不是天上掉馅饼？"

2017年8月，正值全县健康扶贫攻坚的关键时期，而此刻，陈国军的妻子刚刚分娩，一时间让这个中年汉子感到了从未有过的压力。作为院长和丈夫，虽然家里需要他，可院里也需要他，贫困户更需要他，他把照顾妻儿的眷念悄悄抛在脑后，埋头扎进工作一干就是数月，让虚弱的妻子独自照顾着襁褓中的婴儿，默默承受着妻子的埋怨。

有一次家里两位老人都生病了，因为本院医生紧缺，门诊岗位上不能没人，他通过电话简单询问老人病情后，找人带药给双亲，而自己坚持在一线岗位上。

用责任筑牢健康扶贫的篱笆，用忠诚当好群众的"健康守门人"。陈国军做到了。

4. "暖男"的温暖

2018年6月,在健康扶贫的火线上,盛伟被提拔为城关镇中心卫生院副院长,主要分管健康扶贫及公共卫生工作。这位被称为"暖男"的帅气小伙子,以春风般的温暖、火焰般的热情,全身心地投身到健康扶贫工作中,做了很多温暖人心的事情。

城关镇中心卫生院下辖13个村卫生室。盛伟在主抓健康扶贫工作中发现,原有村卫生室底子薄、环境差,其中11个均为借用的私有房屋,加之市场经济竞争和个人利益冲击,村卫生室似乎患了"渐冻症"。

"连村民小病不出村的要求都没有保障,怎能做到健康扶贫?"盛伟感到了问题的严重和肩头责任的沉重,立即上手标准化村卫生室的建设。为方便群众就近就医,他将村卫生室的建设尽量设置在各村安置点,诸如塘么子沟、大力滩、新桃、西门河、富家村等,绝大多数村民从此看病不再爬山翻梁、隔河渡水。就医方便、药品齐全、报销便捷,服务好、态度好、环境好,是如今当地群众普遍对村卫生室的评价和赞誉。

一些村医的消极怠工,是最让他头疼的问题。为了改变这种局面,盛伟一边耐心给村医做思想工作,一边开展每月村医例会培训,提高村医的综合素质。为了提高村医工作积极性,他把提高公卫服务经费作为激励手段,每季度严格落实考核,消除他们的后顾之忧,让村医可以更好地为老百姓服务。被树为全县先进典型的富家村卫生室,在充分保障公共卫生服务、健全居民健康档案的同时，还努力提供中医适宜技术服务，譬如针灸、艾灸、拔罐、推拿等中华传统医术。

心脑血管、肾衰竭等慢性疾病，是长期困扰贫困户的难题。城关镇各村究竟有多少患这类慢性病的人，又有多少符合慢性病补助报销的对象，镇卫生院一直没有这方面的准确数据。

2019年6月，盛伟主动联系县中医医院康复科薛主任，两人冒着酷暑，进村入户走访调查。步行数里山路，首先来到双坪村70岁的姜胜周家，得知这位老人长期患有高血压病，且为脑梗后遗症，行动不便，老伴儿视力残疾，儿女靠在外打零工度日，自顾不暇。他们当场作了慢性病鉴定，还帮其申请到了慢性病补助。姜老汉从来都没想到的事变为了现实，令他感动不已。

全安村47岁的刘全成，身患肾癌，曾经在省人民医院住院做手术，因缺乏沟通，对医保政策了解不透彻，自行在门诊采购抗癌药品价值近3万元，苦于报销无门。盛伟通过该村村医了解情况后，及时联系县医保局，磋商报销问题，对方表示"可以"，他这才如释重负。

有一天，他在青中村入户走访时，接到新田村包联医生打来电话，反馈一名贲门癌患者刚在市中心医院做完手术出院。听到消息，他赶紧专门到这名患者家中去了解情况，依据健康扶贫相关政策收集患者资料，协助其办理了慢性病补助。当患者拿到慢性病证时，满怀感激地说："现在党的政策好啊，现在的医生也好啊！亲自上门为百姓服务，减轻了我们既花钱又跑路的负担。"

城关镇地域广、贫困人口多、村卫生室底子薄,健康扶贫任务重,盛伟要分析问题、梳理工作思路,要一步一步推进自己主管的健康扶贫工作和公共卫生工作,废寝忘食,白天下村入户,晚上经常加班到凌晨,甚至是通宵达旦。他给家里打电话,则不时听到妻子和儿子的埋怨:"加班!加班!你就知道没完没了地加班!"他总是报以苦笑,歉疚地说:"医者仁心呐,何况我……"

家人的抱怨也不无道理。工作14年了,盛伟总是把时间和心思倾注在工作上,对家人照顾很少。特别是进入脱贫攻坚阶段,母亲肩关节骨折手术住院,父亲胆囊切除手术住院,他都没能在身边照顾一天,仅是加完班后才到医院看望;儿子7岁了,他陪在儿子身边的时间却屈指可数。2019年8月,他在报送材料的路途中,骑车不慎摔倒,左手腕跌伤撕裂疼痛难忍。因忙于工作,一直没有时间去大医院检查、治疗,靠自己用点儿膏药贴敷,手腕至今不能负重。

第九章
让文明乡风树起来

宣传,不仅仅在道德讲堂

让大办红白喜事成为往事

在搬迁社区种文化

评优树模民风淳

精神脱贫与物质脱贫双赢，是脱贫攻坚战的终极目标。

毋庸讳言，由于社会加快转型和深刻变革、多元思想文化和外部环境影响，一些低俗陋习依然盛行，农村基层攀比奢侈、失信不孝、自私缠访、迷信赌博、等靠争要等不良社会风气，以及贫困群众脱贫内生动力不足等现象，十分普遍。

古人云："求治之道，莫先于正风俗。"党的十八大以后，紫阳县委认真落实中央八项规定精神，狠刹"五股歪风"——干部打牌赌博、缺勤脱岗、公车私用、公款旅游吃喝、干部婚丧嫁娶大操大办的不良风气，全县党风政风有了好转。官风好了，就能为端正民风发挥表率作用。民风和官风相互感染，如果不能推动社会主义核心价值观转化为人们的思想认同和行为习惯，不花大力气移风易俗、改变民风，依靠强制措施使党风政风为之一新的局面也难以长久巩固。

良好的民风犹如阳光，能温暖人心，就像清泉，能润泽大地。一个地方的协调发展和全面进步，离不开文明乡风的助推和精神文化的涵育。坚持扶贫同扶志、扶智相结合，激发贫困地区和贫困群众脱贫致富的内生动力，激发改变贫困面貌的干劲和决心，教育和引导贫困群众靠自己的努力改变命运，方能为反贫困斗争提供源源不竭的强劲动力。

从2017年3月开始，根据中共安康市委的统一部署，紫阳县创造性地开展了以"诚孝俭勤和"为核心内容的新民风建设。坚持"脱穷身"与"去病根"并重，"输血"与"造血"并举，物质脱贫与精神脱贫并行,以摒弃陈规陋习、弘扬新风正气为突破口,着力引导贫困群众"自强莫自弃、苦干胜苦熬、依靠不依赖",振奋脱贫志气,增强内生动力,有效激发了广大群众勤劳为本拔穷根、创业为荣奔小康的信心和勇气。

节与时进,俗因时变。在经历了一年初见效、两年大变样、三年成新风之后,紫阳县取得了"把低俗陋习刹下去,让文明乡风树起来"的效果,实现了新民风成新风的目标。

宣传,不仅仅在道德讲堂

先看看一个村道德讲堂的核心内容《新民风乡约》:

诚

诚信是金记心上,以心换心坦荡荡。

实话实说得人心,欺世盗名丧天良。

扯白撂谎不可取,欺上瞒下更需防。

一诺千金讲诚信,人际交往路宽广。

以诚待人心无愧,以德报怨最高尚。

诚实劳动才可靠,遵纪守法免祸殃。

借人财物必偿还,虚报冒领不应当。

失信进入黑名单,贷款出行受影响。

网上散布假消息,当心追责进牢房。

积德行善种福田,诚信做人受敬仰。

第九章 让文明乡风树起来

孝

人生百行孝为先，行孝之人最荣光。

知恩感恩重情意，孝老爱亲尊师长。

乌鸦反哺羊跪乳，不如禽兽太荒唐。

忤逆不孝遭雷劈，世人唾弃喻豺狼。

父母年老手脚笨，侍奉三餐理应当。

端茶递水勤换洗，和颜悦色暖心房。

久病卧床尤需孝，耐烦细心问安详。

寂寞悲苦最难熬，多与老人拉家常。

厚养薄葬是常理，别在身后讲排场。

当好子女早行孝，以免到老悔断肠。

俭

奢靡浪费败家当，节俭之风应提倡。

无事当作有事防，有钱应作无钱想。

粗茶淡饭不偏食，肥吃海喝坏肚肠。

节水节电惜粮油，家有盈余心不慌。

人情份子量力行，婚丧嫁娶不铺张。

乔迁升学不宴请，生日满月把礼挡。

酒席不要多剩菜，光盘行动受赞扬。

服装器具先国货,经济耐用顶适当。
烟花爆竹不乱放,省钱环保又安康。
吃穿用度有控制,节约资源永世昌。

勤

勤劳之人早起床,叠被烧水扫厅堂。
四时节令随日转,辛勤耕耘地不荒。
房屋团转要收拾,整洁有序家业旺。
勤洗衣服勤理发,穿戴整齐精神爽。
好逸恶劳须摒弃,游手好闲也不当。
等靠缠要不可取,自己事业自己创。
成人爱岗求上进,小孩勤学惜时光。
高利集资要谨慎,一夜暴富别梦想。
不要赌博勤劳动,讲究卫生利健康。
幸福都是奋斗来,自立自强奔小康。

和

古今中外和为贵,和衷共济百业昌。
待人谦和讲礼貌,团结友爱人脉广。
和睦邻里多关照,一人有难八方帮。

第九章 让文明乡风树起来

换工打伙讲公平，互利共赢财源旺。

科学教子要端方，夫妻恩爱情绵长。

兄弟姐妹常勉励，妯娌之间要互谅。

不耍无赖滋事端，逞强霸道必遭殃。

口角诉讼应避免，打架斗殴进牢房。

遵守交规讲文明，和谐共处保安康。

爱党爱国有信仰，乡村振兴有希望！

这是2020年11月30日在洞水镇端垭村道德讲堂上，我应驻村第一书记张军邀请给到会的40多位村民发放并讲授的内容。自认为这篇顺口溜式的讲稿别具一格，其中有道理、有说教，更多的则是针对紫阳县民风民俗中的不良现象提出的村民日常行为规范。宣传教育效果不错，这从我用方言朗读时村民的专注神情和不时发出的会心笑声，就可以窥见一斑。

按照县委的部署和要求，紫阳县175个村（社区）都结合实际开展了类似的道德讲堂。干部讲，专家讲，乡贤讲，模范讲，各有千秋。

低俗陋习是群众奔向小康的羁绊和包袱，是脱贫攻坚战面对的"敌人"。

仅从一些村民争当贫困户的现象，就可以看出"诚""勤"的严重缺失。这固然与政策规定造成的贫困户与非贫困户之间享受的实惠有一定差距有关，但是群众心中潜藏的"等靠要"思想才是根源，才使他们那么"没志气"。

——紫阳县脱贫攻坚纪事

且看某次会议评选贫困户时村民争当贫困户的"发言集锦"。

张大娘:"我们老两口住在山顶上破败的老屋子里,土墙裂缝,成为危房,没有经济来源,两儿一女各自立户,不管我们了,我们是贫困户,请政府考虑。"(其实,大儿子是科级领导,小儿子在镇上教书,女儿在省城居住)

李大爷:"我儿子在外承包工程,去年亏本几十万,没有能力管我,我应该是贫困户。"(其实,李老板风光着呢,住着小洋楼,管着三个包工队)

吴老汉:"这两年,扶贫队就给我发了三十只鸭子、两个猪崽,五亩茶园的茶叶也没卖到多少钱,这就算脱贫了?我应该继续享受贫困户政策。"(其实,老人家还有两头耕牛、二十只羊待出售呢)

徐大伯:"要说贫困,大家都没有我贫困,一家人身体都不好,干不了重活,没有任何经济来源。"(其实,他好吃懒做,整天打牌喝酒,搬弄是非,无所事事,大家心知肚明)

散会后,仍不平静。

"我比他还穷呢,凭啥他是贫困户,我不是呢?"落选者心有不甘。

"嘿嘿,我终于把贫困户争到手了!"当选者一脸得意。

"财神爷要饭——装穷!"村民代表怒其不争。

我出身于农村,对形形色色的农民不乏观察与思考。总的说来,农民是勤劳、诚实、能忍耐、讲实际的群体,但是,有些农民好吃懒做,自私自利,目光短浅……实在不敢恭维。

第九章　让文明乡风树起来

贫穷不可怕，怕的是穷得心安理得，穷得理直气壮，怕的是思想和精神的贫困。只有激发出帮扶对象的积极性、主动性、创造性，才可能让"至贫"变致富。反之，如果扶贫变成了养懒人的政策，即使花很多精力和投入暂时脱贫了，也不能持久甚至还会陷入"越穷越要、越要越懒、越懒越穷"的恶性循环。对于贫困群众，扶贫先扶志。有了志气，"输血"才有作用，"造血"才有可能。在脱贫攻坚战中，如果说上级政策是牵引力，外部帮扶是推动力，那么贫困群众自身的脱贫志向就是不可或缺的内生动力。

脱贫攻坚战，上面战鼓咚咚、号角声声，而一些地方却是"干部在干，群众在看""干部着急，群众不急"，一些人以穷为荣……

农民，确实需要教育和引导！

搞好新民风建设，必须赢得广大干部群众的理解和支持，让他们参与其中接受教育，并进行自我教育。

于是，以"诚孝俭勤和"为核心内容的新民风宣传教育铺天盖地，像一股飓风吹遍了全县各个角落：县政府网站、县广播电视台、县文明网等媒体开设了新民风建设专栏；微信自媒体、发光二极管（LED）电子显屏等大力宣传移风易俗新风尚，每天定时播出新民风建设公益广告、动态信息、典型事迹；向全县群众发放《大力推进新民风建设倡议书》《人情新风"十劝歌"》《"八不"文明规范》《文明餐桌公约》，户户签订承诺书，人人发放告知书；各村（社区）建立道德讲堂，设立文化墙、公益广告、遵德守礼提示牌；新民风建设"文艺演出团"

和"乡贤能人宣讲报告团"巡回开展新民风主题文艺演出和专题宣讲；举办全县首届移风易俗集体婚礼；开展"孝行紫阳·敬老爱亲"主题活动……

冬日，在紫阳县蒿坪镇蒿坪村，放眼望去，新颖别致的"巴蜀新居"与黛青色茶园，构成了一幅美丽的乡村画卷。小青瓦、白粉墙，一栋栋徽派小楼错落有致；绿化带、路灯、供水供电配套设施等一应俱全；茶园、魔芋、农家乐等产业基地连成一片……

走进蒿坪村村委会，你就会被一种浓郁的新民风宣传氛围所笼罩。村规民约、道德评议红黑榜、村民议事等制度，整齐地张贴在宣传栏里；广场一侧的墙上，"筑牢信仰之基、补足精神之钙、把稳思想之舵""推动移风易俗、树立乡风文明"等标语十分醒目。

这样的景观，是蒿坪独有，而这样的宣传内容，则是各村都可见。因为这是县委的统一部署和要求。

县上充分发挥党建引领作用，把新民风建设纳入年度目标责任考核和脱贫攻坚考核，融入基层党建工作全过程，县委主要领导担任领导小组组长，县委宣传部牵头抓总，县、镇、村（社区）三级书记齐抓共管、层层推进。全县197个村（社区）党支部书记和133名驻村第一书记组织引导广大群众积极参与，各级党员干部以身作则、带头落实，推动新民风扎根农村、走进城镇、覆盖全县。

多种形式的宣传教育，加上强有力的组织保障，使群众在潜移默化中提高了认识，凝聚了群众相互监督的强大力量，确保了新民风建设，特别是移风易俗顺利、有效、持续推进。

第九章　让文明乡风树起来

让大办红白喜事成为往事

随着经济社会不断发展，紫阳县人民生活水平大幅提高，但是红白喜事大操大办愈演愈烈，其消费也在不断攀升。许多村把办丧事变成了争面子、比阔气、"拼实力"的竞技场，动辄花费上万元甚至几万元，"礼尚往来"掏瘪了许多人本就不鼓的"荷包"，这些不良"习惯"，加重了贫困群众的负担，成为脱贫攻坚的"包袱"。

20世纪90年代末以后，随着高校扩招，高考录取率上升，大学生数量有所增加，紫阳县"学酒"气氛越来越浓，"请吃"应接不暇，花费礼金越来越多。原来考上重点大学才办"学酒"，后来有些人不管是二本、三本还是大专、高职都要办。从7月中旬高考录取开始到8月中下旬录取收尾，举办"学酒"的请柬纷至沓来，群众苦不堪言。

紫阳县"学酒"礼金通常分三个等级：关系一般的单位同事、街坊邻居送礼金200元，关系要好的朋友送礼金四五百元，亲戚的礼金少则几百上千，多则几千元不等。老曾家住双桥镇东垭村，自己常年在外务工，妻子在家务农，辛苦一年全家收入只有三四万元。夫妻双方

家族大,亲戚朋友多,每到暑假,两口子就犯愁。如果亲戚朋友家孩子考大学的多,当月收入还不够赶"学酒"。妻子的人情簿详细记录了过去五年参加"学酒"的次数和送礼数额,最少一年送了12次,送出礼金3500元;最多一年25次,送出礼金6000元。

农村人挣钱不容易,花钱却如流水,变相的人情债和攀比风恶性循环,直接加重了农民负担。群众不堪重负,甚至出现借钱贷款赶"学酒"的现象。你来我往,送礼的不轻松,收礼的也只能高兴一时。"左手收钱,右手赶紧往出送,钱花在吃喝上了!"一位办过"学酒"的农村家长同样表现出无奈。农村很讲究礼尚往来,收礼的人总要"还情",而"还情"时往往还要加码,收得多,送得更多,礼金数额也越抬越高。

升学"红包"掏空群众钱包!

"办'学酒'说得直白一点,就是剥削亲戚朋友,没啥意思。"双桥镇取宝村的魏仁全对办"学酒"的风气很是反感。她家出了3个大学生,大女儿在西安工程大学上研究生,二女儿在西安财经学院上学,小儿子今年又考上了长安大学。家里经济条件一般,丈夫在外务工,自己在家务农,含辛茹苦供孩子上学,却坚持不办"学酒"。

"整治大操大办,仅凭一己之力、一村之力是难以奏效的,必须通过党委政府主导营造移风易俗的'大气候',才能解决根本问题。"省人大代表、高桥镇裴坝村党支部书记李兴卫感慨道。早在2013年,因为群众对红白喜事大操大办意见很大,想让村上"管一管"。李兴卫召集村组干部商量,在全县率先提出"只办婚丧两件事,送礼只送

第九章 让文明乡风树起来

一百元",并在全村推行。但周边镇村大操大办依然如故,裴坝村的老百姓办的事少,收的礼小,而送出去的礼金丝毫没有减少。推行一段时间后,李兴卫发现,他的"新政"不但没有减轻群众负担,反而给群众造成亏空。始料不及,势单力薄不行呀!

"穿袄提领子,牵牛牵鼻子。"新民风建设有道德评议、移风易俗、文化传播、文明创建、诚信建设、依法治理"六大载体"。县委认为关键得抓住"牛鼻子",选准突破口。

针对干部群众反映强烈的"人情风"太盛问题,紫阳县按照"纪律约束干部、民约管理百姓、活动教化群众"的思路,在全县范围内深入开展整治大操大办专项行动,取得了较好的效果。

县委、县政府出台《关于规范党员干部及国家公职人员操办婚丧嫁娶等事宜的规定》,对全县党员干部划设"红线",除婚礼、葬礼外,其他喜庆事宜,如生日、升学、参军、搬家、调动、小孩满月等,禁止党员干部、公职人员、村组干部利用职务之便,以任何方式邀请和接受亲属以外人员参加。县纪委狠抓提醒预防、查处问责和通报曝光,严防严查党员干部和国家公职人员违规操办"学酒"等不正之风。

规定给党员干部和公职人员戴上了"紧箍咒",禁了公务员,能禁住老百姓吗?毕竟老百姓操办"学酒"还是大头呢。县文明办制定《紫阳县人情新风八种喜事新办简办仪式》,明确了8种喜事新办简办流程,倡导喜事新办、丧事简办、小事不办。对结婚、丧葬、乔迁、开业、升学、祝寿、满月、参军八种红白喜事,广泛推行集中新办简办仪式。对群众有需求、规定不让办的人情喜事,由镇上牵头,以村(社区)为单位,采取茶话会、座谈会、文艺演出等方式举行。坚持政府主导和群众自治相结合的原则,以"一约四会"为抓手,建立健全村民自治组织,提倡红白喜事简办,推动移风易俗,树立文明新风。村规民约明确规定,操办红白喜事必须提前向村委会申请备案,说明事由、范围和规模,经村委会审批同意后方可操办。目前,全县90%以上的村都成立了红白理事会,引导群众"有约管事、有人理事、平台办事",实现群众自我管理、自我服务。

"婚丧嫁娶要从简,未经批准不可办。大吃大喝要忍点,铺张浪费不划算……"不久,紫阳县安银民俗文化传播有限公司在焕古镇红村举行"百场文艺进百村"专场演出,一段《大力推进新民风》的快板词,让在场的群众深受教育。

教化行则民风淳,教化废则民风败。紫阳县组织开展群众性文艺活动,发挥文化教化功能,教育和引导群众"破陋习、讲文明、树新风"。同时,利用短信、微信、微博等发布平台以及农村广播、主干道广告牌等,向群众宣传移风易俗新思想、新理念,引导群众自觉抵制陈规陋习,树立文明新风。

蒿坪镇广泛宣传发动,提早安排部署,引导学生家长响应号召,与镇党委、镇政府签订《新民风建设承诺书》,承诺喜事新办简办,自觉抵制大操大办。2017年8月2日晚,蒿坪镇蒿坪村广场隆重举行新民风建设表彰大会,同时为该镇大学新生举办集体升学礼,县委书记

第九章 让文明乡风树起来

赵立参加并给他们颁发奖品。至此,全镇13个村、2个社区均举办了以"励志成才,感恩社会"为主题的集体升学礼仪式,率先在全县实现集体升学礼全覆盖。

除开某些特殊情况,全县农村群众的人情项目由原来每年10余项减少到2020年的2项,年随礼金由2万元减少至2千元左右,结婚彩礼由5~10万元减至1万元左右,办丧事时间由5~7天减至3天以内。

时代是出卷人,我们是答卷人,群众是阅卷人。新民风建设得好不好,是否达到成新风要求,最终由群众说了算。

2020年9月11日,瓦庙镇新民村通过茶话会的形式,为村里11名准大学生举办了一场简单温馨的集体升学礼,备受好评。村民说:"这个集体升学礼活动非常好,既减轻了人情负担,对学子们来讲也很有教育意义。"

这一年,紫阳中学考生杨忠东被清华大学录取,原本是值得庆祝的事情,但是面对亲朋好友纷至沓来的祝贺,杨忠东一家婉言谢绝:"我们要带头抵制'升学宴',既不给别人添麻烦,也不增加自己的人情负担。心意领了,'学酒'就免了"。

紫阳县焕古镇东河村一组王先强、刘晏夫妇都已年过四旬,2017年8月初喜添一女,一家人都沉浸在喜悦中。已有一个儿子,二胎政策放开后就盼望再添一个女儿,现在愿望终于实现了!

王先强想在女儿满月时"热闹"一下。以前村上红白喜事都在办酒,自己送礼不少,借此机会大办一场"满月酒",就可"资金回笼"。于是,王先强找到东河村村支书周必才，想请他帮忙张罗"满月酒"事宜。不料村支书不但不帮忙张罗，还反对他办"满月酒"。"新民风建设有规定，不允许办'满月酒'，要办就得简办，只允许双方亲人参加，不得收礼！"村支书周必才给王先强的答复很明确。

王先强觉得很"失望"。通过村红白理事会多次给他做思想工作，终于理解了不办的好处：你不办，我不办，他不办，这样慢慢形成规矩和风气，沉重的人情负担不就减下来了么！"不办满月酒，我来带个头！"王先强当即与村委会签订了《新民风建设承诺书》。他是东河村第一个在《新民风建设承诺书》上签字的人，也是首个被评为村"道德模范"并入红榜公示表彰的人。

随着易地搬迁工程相继竣工，2020 年底全县将有 9600 多户群众搬入新居，为杜绝"搬家酒"，减轻贫困群众人情负担，县上发出倡树文明新风不办"搬家酒"参与集体"乔迁礼"的倡议。从 10 月开始，以镇村（社区）为单位集中新办简办"乔迁礼"，引导贫困群众文明节俭办事，自觉抵制陈规陋习。

紫阳县最大的移民搬迁点城关镇仁和社区，2020 年考入二本以上的大学生 31 人。社区 8 月举行大学生集体"升学礼"，与会家长现场签订《承诺书》，并进行拒绝升学酒的表态发言，引起与会群众强烈共鸣。社区居民说："有党组织号召要求、政府撑腰壮胆，没有谁怕别人说自己是'龟子怂'了！"

紫阳县源森酒店餐饮部负责人唐红回想起 4 年前热火朝天的"升

学宴"，记忆犹新，"4年前这个时候，预定'升学酒'的电话持续不断，我们酒店每天都是爆满。每年到了八九月份，几乎天天都有宴席，少则十来桌，多则二三十桌。"

原来，"份子钱"是人情往来的"枷锁"。新民风建设刮起的飓风，为人们解除了"枷锁"。"人情风、攀比风、奢侈风"等不良风气得到整治，讲排场、比阔气、铺张浪费等现象遏制住了，群众100%的拥护、支持和认可。群众放下了人情"面子"、拿起了精准脱贫的"里子"，"一约四会"成为推进移风易俗的前沿力量。

在搬迁社区种文化

别看安置到社区的有些村民住着别墅般的楼房，穿着也十分光鲜，但由于受过去生活环境影响较大，他们的思想空虚、精神贫乏、举止较为粗陋，"里子"并不厚实。不能说刚刚建起的新社区是一片文化沙漠，但其文化设施较少、居民文明素质偏低却是不争的事实。

庞大的易地搬迁群体，当初都居住在山里，文化水平不高，居住分散，靠山吃山，靠水吃水。如今搬迁到集中安置社区，十里八乡聚到一起，生活方式、生活习惯、人际交往等诸多方面都有一个适应过程。比如，在生活方式上，从"单家独院"到"楼房聚集"，从"出门就见庄稼地"到"钢筋水泥丛林里"，从"出门爬坡过坎"到"出门乘坐电梯"，从"犄角旮旯倒垃圾"到"生活垃圾定点弃"，从"农家大门常不闭"到"楼上楼下都是陌生的"……诸如此类，都是一个全新的开始。

搬迁群众对新社区的不适应，不仅给社区管理带来了不便，而且直接关系到全面打赢脱贫攻坚战的整体战果。如何让广大搬迁群众在新社区尽快融入新生活，更好地安居乐业，日子过得更好，生活质量更高？

第九章　让文明乡风树起来

必须给社区及社区居民种文化、养文化、送文化！

县委宣传部在充分调研的基础上，创新工作思路，以移民搬迁新建社区为重点，提出实施"三抓三提升"行动，即抓阵地建设，提升服务群众能力；抓活动组织，提升宣传教育效果；抓典型培树，提升示范引领效应。通过调动各方力量，整合资源，加强搬迁社区文化阵地建设，深入开展各类活动，选树表彰各类先进典型，力促搬迁群众转变思想观念、文明习惯、精神状态，尽快融入新环境、新生活。

县上制定下发《紫阳县新民风建设三年提升行动方案》《紫阳县新民风建设三年提升行动暨异地搬迁社区文化融入工作实施方案》等文件，成立以县委常委、宣传部部长任组长，县委组织部、县委宣传部、县文旅广电局等部门负责人为成员的紫阳县新民风建设三年提升行动暨易地扶贫搬迁社区文化融入工作领导小组，突出目标导向和问题导向，落实部门包抓责任和专项资金，着力系统谋划、精准推进全县易地扶贫搬迁安置点文化融入工作。落实县直部门包抓责任，采取基本公共文化服务项目、远程教育中心项目、整合已有资源等措施，在全县新批准成立的10个易地搬迁安置社区规划建设"五大类"项目，即标准化图书室、广播室、文体活动室、文化活动广场、文化长廊，统一规划配备图书、广播设施、文体活动器材、电子显示屏等，落实专（兼）职人员负责管理，每天按时开放。建立文化长廊，设置导向鲜明、群众喜爱的新民风、基层党建、家规家训、社会治理等公益广告。

在社区建立"实训空间"。放置电磁炉、电饭煲、洗衣机、防盗锁、电脑、智能手机等日常家用实物电器，录制使用视频循环播放，附漫画步骤指导，解决搬迁群众特别是搬迁留守老人生活技能代沟问题。鼓励支持有条件的社区，规划建设社区博物馆（村史馆）、家风馆、教育基地、非物质文化遗产传承基地等宣教阵地。结合社区实际，讨论制定《社区居民公约》，以乡贤能人、老教师、老党员、人大代表、政协委员、老干部为重点，成立社区红白理事会、道德评议会、居民议事会和禁毒禁赌会。

城关镇仁和社区、蒿坪镇红旗社区、红椿镇七里沟社区等3个社区规范化图书室、广播室、文体活动室率先建成。2020年以来，全县建设社区标准化图书室32个、广播室45个、文体活动中心55个、文化长廊35个、大型电子屏30个、大型户外公益广告125处。

"社区图书室的图书，与我们社区居民的生活息息相关，大家都非常喜欢。工作闲暇之余，我喜欢来这看会儿书，更喜欢把学到的知识与村民分享。"蒿坪镇红旗社区工作人员陈绪莲坦言。

在红旗社区图书室里，一本本图书被分类摆放上书架。这批书涵盖思想政治建设、国学经典、文学、法律常识、儿童读物、民间文艺、农业科技、技能培训等十多个门类，对于丰富群众精神文化生活，提升群众文化内涵具有重要作用。

新民风建设，既要教化群众，又要造福群众，更要依靠群众。这也决定了在新民风成新风的过程中，必须充分尊重群众的主体地位，让群众在新民风建设中拥有更多实实在在的获得感、幸福感、安全感。

第九章 让文明乡风树起来

紫阳县围绕"移风易俗树新风,扶贫扶志奔小康"主题,展示"新生活、新起点、新变化",以新时代文明实践活动为统揽,在全县175个村和32个社区(含10个新成立社区)持续开展科技文化卫生"三下乡"暨"新风惠民"村村行活动。由包联部门牵头,以活动为纽带,采取群众喜闻乐见的形式,把政策宣讲、法治教育、技能培训、文艺演出、志愿服务、先进表彰、爱心积分兑换、喜事新办简办、农村电影放映等内容融入活动中,深入推进政策、文化、科技、健康、法律"五项教育",使广大群众在聆听宣讲、道德积分兑换、环境整治、选优树模、观看文艺演出、移风易俗中获得教益、受到启发,增强群众获得感、幸福感。同时,每季度扎实开展道德评议,通过"红黑榜"及时对外公布评议结果,营造崇德向善、见贤思齐的良好氛围。以弘扬社会主义核心价值观和新民风建设为主线,广泛开展文明单位、文明社区、文明家庭创建活动,培育精神文明建设先进集体。引导更多的搬迁群众顺利完成了由"传统农民"到"社区居民"的角色转换。

县委宣传部报送的《紫阳县"三抓三提升"项目——探索搬迁社区文化融入新路径》,2020年12月被评为2020年度全省宣传思想文化工作创新竞赛二等奖。

评优树模民风淳

紫阳县还深入开展"劳动模范""道德模范""诚信先进个人""好媳妇、好婆婆""身边好人""致富标兵"和"文明家庭"等先进典型评选表彰活动,充分发挥先进典型的示范引领作用,激励人们见贤思齐、比学赶超。

紫阳县洄水镇团堡村黄金瑞办的养猪场,被2014年一场瘟疫袭击,200多头猪全部死亡,黄金瑞欠下近50万元外债,不得不外出打工。

2018年初,在外务工的黄金瑞找到驻村扶贫工作队,要求把他家评为贫困户。工作队长、镇人大主席罗勇耐心地给他做工作:"你的情况我们都了解,你们家里有公职人员,是不能进入贫困户系统的。"但是,不管怎么解释,黄金瑞执拗地认为:"我家欠账多,穷得媳妇都跟我离婚了,某某比我家经济条件好都是贫困户呢,我怎么不能当?"镇村两级得不到解决,他还多次到县、市两级上访。

罗勇和工作队员在与黄金瑞交流中了解到,黄金瑞想进入贫困户的目的,是想在发展产业上得到支持。村上茶叶、中药材种植和渔业养

第九章　让文明乡风树起来

殖搞得风生水起，黄金瑞因为养猪时的欠债没还，被银行拉进"黑名单"，无法获得信贷支持。得知黄金瑞有种植香菇的想法，工作队以身边道德模范、劳动模范为例鼓励他奋发图强，并承诺全力以赴支持他。工作队的态度给了他信心。"争当贫困户，是因为心里不平衡，我知道这不是什么光彩的事，不符合新民风精神嘛，我一个堂堂男子汉也不能让别人在背后指指戳戳！"黄金瑞放弃了当贫困户的念头，决定一门心思搞产业。

不懂种植技术，村党支部书记钟雅带着他到城关镇楠木村香菇种植企业学习。没有启动资金，钟雅以个人名义担保，赊下3.5万元的菌种；村互助资金协会向他借款1万元。没有种植场地，邻居孙福芝将半亩平地让给他无偿使用。

黄金瑞的香菇种植就这样五凑六合地"闹腾"起来了，当年10月底拉回8000袋菌种。最麻烦的活儿就是给菌种注水，不但劳动强度大，还会把水溅在身上。"那几天，从早到晚身上没一点儿不是湿透了的，但是我感到身上有使不完的劲儿，无论如何我都要把香菇种好。"黄金瑞说。

功夫不负有心人，刚满一个月，香菇就开始采收了，肥厚的香菇拿到市场，就被抢购一空。到2019年2月中旬，黄金瑞采收了两茬香菇，实现销售收入3万余元。全部采收完毕，实现纯利润2万元以上。

昔日难缠上访户，今朝产业带头人。黄金瑞香菇获得丰收，新女友看到他这么有志气、有能力，与他喜结良缘。

新民风建设，美了乡风、淳了民风。

2019年，紫阳县1人荣登"中国好人榜"，3人荣登"陕西好人榜"，100户家庭荣获陕西省"五好家庭"称号，800余人荣获"脱贫攻坚自强标兵"称号。

2020年，全县选树表彰各类先进典型650余人，其中，命名表彰市级文明社区3个，县级文明单位35个，县级文明社区5个，1人荣获"全国优秀共青团干部"，2人荣登"陕西好人"榜，5名青年被评为"安康好青年"，18人荣获"紫阳县劳动模范"，17人荣获"紫阳县先进工作者"荣誉称号。

一个个身边的榜样如同一颗颗钻石，闪烁着真善美的光芒，为农村广大群众树立了社会价值风向标，影响带动着紫阳人民自立自强、勤劳致富、尊老爱幼、夫妻和睦、邻里和谐。

风起云涌而又润物无声的新民风建设，在潜移默化中形成了"尚诚、重孝、倡俭、践勤、崇和"的价值理念，补齐了脱贫攻坚的"精神短板"。贫困的紫阳乡村不仅有了光鲜的"面子"，也有了厚实的"里子"。

第十章
"亲戚"助力

上级帮扶单位,情洒"穷亲"

苏陕协作,跨越千里的"握手"

《增广贤文》曰:"贫居闹市无人问,富在深山有远亲。"如今世道变了,贫在深山有远亲。

脱贫攻坚战打响以后,紫阳县众多贫困户迎来了"亲戚",却有很多从未谋面。他们是专门来"攀穷亲"的。其中有中央、省、市单位帮扶紫阳的干部,有来自江苏常州的干部和爱心人士……

用情用力,同心同向。一个个"亲戚"走进了穷乡僻壤,一双双温暖的手握住了贫困户,传递了党和政府的关怀和帮扶人员的大爱。他们除了嘘寒问暖,还捐款捐物给项目、扶志扶智送技术,不图任何回报,只求贫困户早日脱贫、贫困村早日退出。

对于一场彪炳史册的大决战来说,他们是顾全大局的友军,是积极策应的侧翼,是慷慨驰援的后勤。如果没有他们的助力,紫阳县脱贫攻坚战很难获得全面胜利。

第十章 "亲戚"助力

上级帮扶单位，情洒"穷亲"

脱贫攻坚战打响后的五年中，共有中央、省、市52家单位87名干部到紫阳县开展驻村帮扶工作，其中中央直属单位1个、省直属单位22个、市直属单位29个，帮扶48个贫困村，与众多贫困户"结亲"，既有干部长期驻扎，又有领导经常慰问加油、同志们助阵给力。他们用实际行动把真情洒向茶乡大地，唱响一曲曲动人的扶贫之歌。

为了充分凝聚攻坚合力，县上成立中央、省、市挂职干部联系服务工作协调小组，建立"中央、省、市单位在紫阳县挂职干部信息库"，县政府定期组织对接交流活动，安排挂职干部每年体检、学习培训等，加强与中央、省、市帮扶单位及挂职干部的密切联系，做好挂职干部的联络、服务、保障等工作。先后印发《加强中省市在紫阳县扶贫挂职干部联系服务工作方案》《关于明确紫阳县脱贫攻坚帮扶单位和帮扶干部工作职责的通知》《紫阳县单位包村、干部包户帮扶工作管理考核办法》《关于明确紫阳县脱贫攻坚帮扶单位和帮扶干部工作职责的通知》《关于动员全县社会力量参与贫困户结对帮扶的通知》等文件，不断推动与中央、省、市单位的深度合作，扩大帮扶成果。

1. 建行，不愧为"中字号"

在紫阳县定点扶贫的中央单位是中国建设银行(以下简称"建行")。建行在定点帮扶紫阳过程中，充分发挥自身资源优势、人才优势和科技优势，从党建扶贫、金融扶贫、电商扶贫和公益扶贫等方面入手，多角度、多维度探索扶贫新模式，有力助推了紫阳脱贫进程。特别是在金融、电商扶贫方面，通过创新推出特色信贷产品，支持小微企业发展壮大，开辟"善融商务"绿色通道，帮助拓宽农特产品销售渠道，为山区农民增收提供了保障。

建行经过实地走访贫困户、与相关企业座谈，明确通过建行"善融商务"作为平台为紫阳县各类特色产品搭建销售渠道的工作思路，确定"建行善融＋地方政府＋地方扶贫龙头企业＋贫困户"的定点扶贫模式，推进土特产品网上销售。

2016年，建行"善融商务"与紫阳三生网络科技有限公司一起策划了"青春洋芋"项目，以高于市场0.3元的价格向紫阳县17个乡镇的贫困户收购自种土豆，建行派驻干部帮扶，并给予电商推广支持。被低估的富硒土豆价值回归了，"小土豆"掀起"大浪潮"。

在推动紫阳富硒茶销售上，通过"半亩茶园"项目的实施，实现茶企、贫困人口与建行精准对接，提升紫阳富硒茶的知名度，降低了茶叶的物流成本，促进了贫困户增收。建行与中央电视台财经频道对接，向其推荐紫阳县优质农特产品，2017年成功推荐紫阳县成为该频道"双十一"电商扶贫活动中4个参加现场直播的贫困县之一，借助央视强势推介，紫阳富硒茶销售额超过1300万元，创历史新高。

为帮助紫阳农特产品打开销路，2018年春节前夕，建行组织紫阳县内企业创新出一款建行特供的"紫阳年货大礼包"产品，包含土豆、魔芋、粉丝等各类紫阳特色农产品。同时，建行还利用海外机构平台资源和客户资源，扩大地方特色产品销售，将紫阳县生产的毛绒玩具、茶叶等产品推广至马来西亚当地最大的超市，搭建起中马扶贫贸易桥梁。

对于紫阳县"飞地经济"园区和富硒生态产业园区标准化厂房新建，建行充分利用金融专业知识在可研报告、立项论证等多方面提供融智服务，创新性利用扶贫差异化政策设计申报方案。建行驻紫阳县扶贫工作组全力推进项目贷款申报过程中的各个环节，同时协助园区公司完善融资申报资料，积极争取贷款利率下浮和担保费率优惠。2018年8月，紫阳县园区发展投资开发有限公司标准化厂房一期项目1.5亿元长期扶贫贷款成功落地，贷款期限为16年，贷款利率下浮5%。

建行还"一条龙"式地帮扶包联的高桥镇权河村。捐资实施党群服务中心、村路灯照明、生活垃圾智能处理站和通村公路建设等项目，建立香椿、阳荷种植基地，通过惠农富硒贷等金融产品，支持紫阳县山野食品有限公司在权和村建立农副产品加工厂，并在善融商务APP平台扩大宣传力度，与其他分行内外联动，拓展产品销售渠道。

到底是家大业大力量大，建行对紫阳县的帮扶不愧为"中字号"。紫阳人民记得他们的深厚情谊和巨大付出！

2. 省直单位，不遗余力

从 2012 年起，由陕西省科技厅牵头，省安全厅、中科院西安分院、西北有色金属研究院、省石油化工研究设计院、中国重型机械研究院、中国启源工程设计研究院有限公司共 7 家单位组成省级扶贫团，在紫阳县开展扶贫工作，每个单位包联一个贫困村。

随着脱贫攻坚战全面打响，省上选派到紫阳的定点扶贫单位逐年增加。2017 年新增西安美术学院、中国能源建设集团西北电力建设工程公司 2 家帮扶单位；2018 年新增省科技交流中心、陕西科技资源统筹中心、省科技情报研究院、省航空工业管理局、省文联、省作家协会、省侨联、省法官法警教育培训中心、省杂交油菜研究中心、中国石油集团测井有限公司、大唐西北电力试验研究院、省红十字会、国家无线电频普管理研究所有限公司 13 家帮扶单位；2019 年新增铁塔陕西分公司、西安工程大学 2 家帮扶单位，新增西安市未央区、航空基地对口帮扶市区。截至 2019 年底，共有 22 家省级单位包抓紫阳县 21 个贫困村（其中深度贫困村 10 个），选派定点挂职副县长 1 人，选派驻村工作队员 31 人（其中第一书记 4 人），共筹集帮扶资金 2000 余万元。

作为省级驻紫阳县扶贫团的牵头单位，省科技厅定期召开扶贫团联席会议。通过联席会议，传达和学习中央和省委脱贫攻坚决策部署，交流工作经验，协调解决问题，既牵头抓总，又率先垂范。在帮扶城关镇双坪村过程中，积极探索创建"支部＋科技示范＋合作社＋贫困户"

产业发展新模式，发挥科技示范带动作用，通过村支部的组织引导和服务，把扶贫的政策、资金、人才和技术资源，无缝对接到贫困户家中。针对双坪村缺乏金钱橘种植技术的问题，向茶农、橘农推广茶橘园水肥一体化技术，使茶叶和橘子效益增长了一倍。成立合作社免费给养殖户提供鸡苗，聘请专家手把手教老百姓养殖技术，初步建成以"一站两园三基地"为主体的现代农业产业示范区。

为了发挥科技在产业发展中的支撑引领作用，2018年，省科技厅先后选派省级科技特派员茶产业技术服务团、生物农药产业服务团到紫阳，围绕茶、魔芋、中药材、金钱橘等特色产业，开展为期三年的产业技术帮扶，在产业规划、项目编报、技术培训等方面给予全方位服务，解决农业产业发展中的技术难题。

其他省级扶贫帮扶单位将驻村扶贫与部门单位工作同计划、同研究、同部署、同落实，并通过实施水电路、文教卫、广电讯等基础设施建设项目，给予定点村实实在在的帮扶。

省科技情报研究所包抓焕古镇苗溪村，重点在申报科技扶贫项目，建立现代产业科技示范园区方面下功夫，以围绕产业发展和农民增收为核心，加快新技术、新产品开发引进和示范推广，培育科技扶贫示范点，以点带面，以科技创新驱动县域经济发展。

中国石油集团测井有限公司包抓东木镇燎原村，投入资金240余万，帮助建设村基础设施，积极发展集体经济，先后帮助村上成立6个合作社，带领村集体合作社创收150万元，用实际行动带领贫困户脱贫致富。从繁华都市来到偏远的深度贫困村，从光鲜亮丽的工程师变身为浑身汗水泥土的驻村第一书记的李挺，用满腔真情带领贫困群众脱贫致富。驻村伊始，燎原村的贫穷与闭塞深深刺痛了他的心，因为没有可实现迅速增收的产业，他带领工作队成立农民专业合作社，动员群众养蜂、种植果树、改造茶园、改建茶叶加工厂，通过电商平台销售土特产，把村里的山货变成了炙手可热的俏货。他争取资金为村里建桥修路，为村小学捐赠图书和电教设备，购买投影设备给群众播放教育影片，把先进理念和科学技术传授给村民，带领群众搅活了"一池春水"，砸碎了贫穷枷锁。

省红十字会包抓瓦庙镇新华村，采取红十字会"生计金"模式，在新华村中药合作社投入24万元，支持贫困户参股，带动贫困户持续增收，捐赠紫阳县红十字会65万元物资，充实爱心超市物资，带动新民风建设。

省安全厅包抓汉王镇汉城村，省归国华侨联合会包抓城关镇大力滩村，省法官法警教育培训中心包抓高滩镇百坝村。通过他们引进项目资金，支持帮扶村基础设施建设，产业发展，村容村貌发生巨大变化。省石油化工研究设计院包抓焕古镇金塘村，西北有色金属研究院包抓焕古镇松河村。通过"消费扶贫"的形式，购买茶叶、食用菌、木耳等农产品，帮助贫困群众脱贫增收。

省文联包抓高滩镇白鹤村，省作协包抓毛坝镇染沟村。他们积极发挥单位自身优势，动员社会力量参与，分别开展"脱贫攻坚老区行"、"到人民中去"、文化助力脱贫攻坚惠民义演等系列活动，丰富贫困群众精神生活，产生了良好的社会效果。

西安市未央区和西安航空基地成立专项帮扶组，组织扶贫干部多次赴紫阳县调研，先后向紫阳县提供帮扶资金800万元，并积极引进社会力量进行产业帮扶，打出产业合作、就业扶贫、消费扶贫、宣传推介以及教育、文化、卫生等方面帮扶工作的"组合拳"。2019年，双方共交流互访10次。航空基地帮扶组注重生活、就业、教育等多个领域的帮扶工作，加强劳务需求信息对接和就业技能培训，探索建立新型劳务协作机制，以就业促脱贫、促增收、促发展。组织开展"爱心起飞·筑梦成长"爱心助学活动，向学校师生捐赠图书、学习用品、体育器材及航空飞机模型等教学用具。

这些省直单位"攀上"紫阳这个"穷亲戚"后，除派驻精干人员驻村帮扶外，还给钱、捐物、献智、出力、倾情……可谓真心实意、不遗余力、各显身手、战绩显赫！

3. 市直单位，慷慨的近亲

2016年，安康市10个市直单位在紫阳驻村扶贫共下派第一书记7人、派驻驻村干部95人，参与结对帮扶干部301人。全年单位直接投入（含无偿和有偿）资金279.1万元，用于基础设施、产业开发和文化教育。帮助引进项目8个、各类资金68万元，举办各类培训班13期，培训技术人员、致富带头人、农村劳动力共735人次，组织劳务输出452人次，实施帮扶项目23个。

——紫阳县脱贫攻坚纪事

2017年,市委、市政府增派市中级人民法院、市总工会、市统计局、团市委、中国移动安康分公司、安康水电联合实业有限责任公司6个市直单位到紫阳县开展驻村帮扶工作。他们人到、心到、情到、点子到、物资到、资金到……

2018年,市委、市政府增派22个市直单位到紫阳县开展驻村扶贫工作。市政府办公室为牵头单位,充分发挥牵头单位作用,坚持"整体联动、全员参与、强化落实、突出实效",激发动力、聚集合力。整合市派紫阳县帮扶部门、紫阳县(镇)机关单位和市政府办公室力量,成立政府办公室扶贫工作团,市政府秘书长任团长,副秘书长、办公室主任为责任团长,市派单位负责人、紫阳县政府负责人为副团长,设立综合协调组、"八办两组"对接联络组、驻村帮扶工作组、巩固提升工作组。组建26支驻村工作队,通过工作团统筹,实现县镇责任主体、市派帮扶单位与市政府办公室的工作力量"三位一体",形成"工作一体安排、工作力量一体调配、困难问题一体解决、优势互补及资源统筹使用"的工作格局。

被派驻紫阳县的市直部门认真履行驻村工作职责,扎实开展工作,走出了一条条各具特色、成效明显的扶贫路子。

市统计局在帮扶洞水镇团堡村过程中,通过盘活各类资源,帮助团堡村建成6个村集体合作社,发展壮大茶业、渔业和农副产品生产,并将合作社的分红资金投入爱心超市,以积分兑换商品的形式返还村民。团堡村"爱心超市"这一举措,很好地调动了农户自力更生、自

第十章 "亲戚"助力

我发展的信心和勇气，形成了村民自治的良好氛围和崇德向善的良好风气，极大地促进了村上工作，在全县得到推广。

市林业技术推广中心针对包联的高滩镇蓼坝村村情，充分发挥单位林业技术特长，累计争取和自筹经费228.6604万元，开展了一系列卓有成效的工作。依托村级原有核桃园深入推动"党支部＋合作社"模式，选择自主选育的"安康紫仁核桃""安康串核桃"和引进的"辽核1号""清香"良种4个，大力推广核桃低产低效林嫁接改造提质增效技术，培育和发展核桃主导产业面积达1300亩。

市农村公路管理处在包联双桥镇苗河村过程中，因地制宜打造以茶叶为主导的绿色产业带，实施老茶园改造2500亩，新建茶园500亩，通过"三变"改革注入财政扶贫资金170万元，组建茶叶专业合作社3处，采用"合作社＋茶叶基地＋农户＋贫困户"发展模式，带动贫困户335户。

若论地缘关系，这些市直单位与紫阳县是最近的，他们把单位优秀人员"嫁"给贫困村，"陪嫁"及后续帮助也难以历数。

帮扶事例不胜枚举。据统计，截至2020年底，各级帮扶单位直接投入资金共计10063.81万元，帮助引进各类资金21019.86万元，帮助实施扶贫项目数1574个，带动11.18万贫困人口增收。

来自中央、省、市的这些帮扶单位，带来的是真金白银，是项目、信息、理念、技术、文化、教育、方法、经验，是一片片深情，一场场甘霖。

情暖民心，雨润大地。紫阳人民永远记得他们！

苏陕协作,跨越千里的"握手"

在地图上看起来,常州与安康两地并没有多远,一条蜿蜒东去的大江,仿佛拉近了中国东部与西部两个行政区域的时空。在紫阳汉江边丢下一个漂流瓶,说不定在常州就能把它捞起来。其实,两地相隔千山万水,一个是富裕、发达地区,一个是贫穷、落后地区。

根据党中央下达的安排,早在1996年,苏陕扶贫协作就开始了,安康与常州结为"亲戚"。在这个大背景下,2016年,陕西省紫阳县与江苏省常州市新北区结为"携手奔小康"东西部扶贫协作单位。

在脱贫攻坚战中,双方走动更频繁,合作领域更宽广,取得成果更丰硕。

2016年至2020年间,开展互访交流30余次500余人;投入资金3.913亿元,实施协作项目334个;收到新北区爱心捐款及爱心物资共计760余万元;带动建档立卡贫困人口40000余人增收……

枯燥的数字背后,是两地开展务实协作的生动实践,是一个个情深意笃、丰富多彩的"新紫故事"。

第十章 "亲戚"助力

1. 是"亲戚",就得走动

既是"亲戚",频繁走动和交流便是常理。远隔千山万水的两地,因一批又一批干部的交流和领导互访而相互交融。

常州市新北区、安康市紫阳县两地党委、政府注重顶层设计和高层互动,以机制建设推动两地扶贫协作工作。建立对口协作联席会议机制,两地政府签署《关于进一步加强扶贫协作和经济合作协议》,确定了协作机制、重点任务和保障措施。

紫阳县成立由县委书记任第一组长,县长任组长,县级各相关部门、各镇主要领导为小组成员的紫阳县苏陕扶贫协作与经济合作工作领导小组,设立专门办公机构,明确各单位的职责任务。县委、县政府定期召开县委常委会、县政府常务会等会议,安排部署重点工作,研究解决重大问题。实行主要领导牵头、分管领导负责、苏陕办协调指导、部门镇村抓落实的工作机制,纳入目标考核,层层夯实责任,强化督查问责,确保各项工作落到实处。

2017年4月,常州市选派夏志文到紫阳挂职,担任县委常委、县政府副县长,负责对口协作合作、招商引资和园区开发建设工作。同年10月,又增派常州市高新区(新北区)科级干部许波到紫阳挂职任县发改局副局长,负责苏陕扶贫工作。夏志文挂职期满后,常州市选派潘永洇到紫阳挂职接替,继续负责对口协作工作。紫阳县先后选派15名年轻干部赴新北区挂职学习。

紫阳县积极落实两地政府扶贫协作协议，与新北区开展全方位、深层次协作合作。紫阳县与新北区6镇6村、4所学校和6家卫生院分别签订结对帮扶协议。

"亲戚"越走越亲。2017年是走动"蜜月期"。2月，县委书记赵立根一行9人到常州市新北区考察，召开对口扶贫协作和经济合作工作对接会，为对口协作谋划良好开局。8月，县长陈莲一行30人到常州市新北区对接工作和考察招商，推进落实两地战略协议事项，举行工作交流会和招商引资推介会。9月，新北区政协党组书记、主席薛建南率7位企业家委员来紫阳县交流对接帮扶工作，2位企业家委员与紫阳县达成项目合作协议。10月，常州市委常委、高新区党工委书记、新北区委书记周斌率党政企代表团28人来紫阳对接对口协作工作并召开座谈会，进一步确定协作重点和方向。12月，常州市新北区相关镇和部门一行22人到紫阳开展"镇村结对、教科文卫专业交流"对口协作活动。两地还利用丝博会等各类大型节会拓展交流渠道。

2020年6月，惠军民履新担任中共紫阳县委书记后，就赴常州市及新北区对接工作，将两地的协作引向深入。

截至2020年底，新、紫两地党政组织考察互访30余批、500余人次，互派交流干部127人次。双向挂职干部和互派专业技术人员的学习锻炼及帮扶工作，促进了两地干部之间工作理念和方法上的互学互鉴，架起了两地在产业合作、干部人才交流、社会帮扶等方面的友谊桥梁。

新北区与紫阳县除干部锻炼交流外，在教育培训、专业人才交流等方面也形成交流合作体系。

第十章 "亲戚"助力

2018年，紫阳选派17名教育行政管理人员及教师赴常州学习教育管理、教育教学、校园文化建设等管理和教学理念。紫阳县毛坝中学与新北区新桥高中等4所学校结成结对帮扶学校。农林科技12名专技人才到新北区学习农技推广、农业园区培育等经验。发改、卫计、招商、文旅、蒿坪镇等单位5名年轻干部赴常州新北区学习锻炼。卫生局选派35名专技人才到新北区跟岗学习。发改、城建、政务中心、人社等部门及单位赴新北培训学习交流11人。县残联、县红会还分别就行业领域工作到新北区开展对接。新北区选派挂职干部2名，选派1名城建局专业干部人才来紫阳支持城市建设发展，还有专业技术人员来紫阳支援，其中分短期、中期和长期。

从2018年10月到2019年8月，新北区先后组织并委派两批人员共31人到紫阳县支医、支教、支农。医疗小组专家在县妇幼保健院和县中医医院工作期间，门诊接待800余人次，科室会诊26次，各级手术61台，开展各类业务讲座8次。特别是开展了紫阳县首次妇女两癌筛查工作，在医疗设施相对落后的情况下，指导、帮助各乡镇卫生院完成目标任务3000例，确诊原位癌10人，癌前期病变40人，缪文丽医生"头戴矿灯做检查"被传为当地佳话。

教育小组专家除担任所在学校教学工作之外，还负责学校科研、德育管理等工作。在调研的基础上，带领学校成功申报县级以上课题三项，听课70余节，参加学校教研活动30余次，开展大学区联合活动及县级以上讲座4次，学校讲座10次，带领开发校本课程、编写课改方案。

在教学之余还奉献爱心,黄伟国老师个人资助4名贫困学生,陈建锋为贫困学生李安强筹得善款6000元。

农业小组专家引进种植无花果和美国金瓜,落实种植基地2处共100亩。调研紫阳县富硒畜禽产品,帮助对接常州市场。积极参与非洲猪瘟防控、市场检查等工作,多次下乡开展现场督查指导,查处无证猪肉500余公斤。

在一次次的交流互访中,新北区、紫阳县情谊日益加深,对口交流、合作领域越来越宽广。多频次的互访交流、合作洽谈,促进了两地协作领域的拓宽深化、协作成果的提质增效。

2. 项目,经济发展的引擎

经济发展,离不开项目推动。决战决胜脱贫攻坚,紫阳县需要大项目支持。根据《江苏省常州市"十三五"对口帮扶陕西省安康市扶贫协作规划(2016—2020年)》,紫阳编制《紫阳县—新北区对口扶贫协作与经济合作规划》,规划对口协作重点项目54个,包括硒谷生态工业园区标准化厂房、产业扶持、人才交流和扶贫培训等项目。

两地以对口协作项目为抓手,按照"项目跟着规划走、资金跟着项目走、责任跟着资金走"的要求,完善《苏陕扶贫协作与经济合作规划》,确定2019—2020年协作规划项目334个,并全部录入国家扶贫信息系统项目库。突出精准帮扶、精准安排、精准实施,2016至2020年全县下达苏陕项目334个。

第十章 "亲戚"助力

针对紫阳本地企业管理落后、资金短缺、市场有限等困难，新北区加快推进两地企业协作发展，着力做大产业、育强企业，实现两地企业互惠共赢，助力脱贫攻坚。常高新集团公司、常州天合光能有限公司等常州行业骨干企业先后10批次来紫阳考察。

安康市"毛绒玩具文创产业"在紫阳诞生，与常州派驻紫阳的联络工作小组有很大关系。工作组干部夏志文邀请毛绒玩具产业专家来紫阳考察，并与工作组共同形成向县、市提交的调研报告。认为从东部地区引进劳动密集型、生态友好型的产业是可行的，毛绒玩具产业就是其中之一。当时，安康在毛绒玩具文创产业方面犹如一张白纸，为动员毛绒玩具企业到紫阳实地考察，夏志文千里迢迢赶赴江苏，甚至在朋友的婚宴上做起了推介，希望大家到紫阳考察投资。安康爱多宝毛绒玩具有限公司负责人王亮是第一个到安康紫阳"吃螃蟹"的人。紫阳县各级政府对这个项目提供了"保姆式"服务。项目落户蒿坪镇双星社区，从注册登记、厂房装修、设备进驻、员工招聘培训到正式开业投产仅用了15天时间。至此，一幅"引进小工厂、带动大产业、致富老百姓"的新社区工厂扶贫蓝图在紫阳大地徐徐拉开。

通过一系列的企业对接和招商引资活动，紫阳获取投资合作意向项目20余个，包含富硒产品加工、毛绒玩具、鞋帽制衣、中药颗粒等。

针对农产品丰富但市场销售渠道不宽的困难，紫阳县与常州市新北区共同建立电商平台，拓展农产品外销渠道，努力将产品优势转化为增收优势。

着眼贫困劳动力就业增收，紫阳县与新北区建立贫困劳动力劳务输出合作机制，健全完善企业用工信息共享、岗前培训共担、岗位就业共管、用工待遇定额等制度，提高转移就业的组织化程度和定向定点就业实效。

两地建立新北企业用工与紫阳劳务输出即时联系机制，企业用工信息实时传送，群众外出务工精准组织。组织劳务协作、残疾人就业等专场招聘会，落实本地贫困人员赴苏就业1115人，其他地区就业575人、就近就业363人，7名残疾人在江苏米笛声学科技有限公司、江苏捷达油品有限公司实现稳定就业，年人均收入3.5万元以上。

在为紫阳县招商引资做项目上，挂职任紫阳县委常委、副县长的夏志文是最大的功臣。他曾说："招商引资工作其实就是一种营销行为，招商人要不辞辛苦走出去巧卖资源、推销自己。"为此给分管的招商局干部提出一个硬性要求：任何场合的招商推介都不允许照着稿子念！首先从他自己做起，必须即兴介绍，真诚以待、以情化人，以此来倒逼推介人练内功、强素质。他认为只有这样才能与客商拉近关系，才能体现招商诚意、提升招商成效。

2018年1月，夏志文接到全国房地产经理人联合会邀请他到苏州参加第九届年会的请柬，并有3分钟的发言机会。他认为这种高规格企业年会客商云集，是一次难得的招商引资机遇。于是挖空心思设计"三分钟演讲"，把手头工作安排好之后，立即赶赴苏州。会议当天，夏志文用"一身名牌"向现场近500名全国各地优秀企业家推介紫阳的名山名水、名茶名味、名人名景。简短的即兴推介发言，有眼对眼的互动、心与心的沟通，极富感染力、感召力，"一身名牌"的紫阳县让人无限向往。会后，100余名企业家主动与他交换联系方式，表示要来紫阳投资考察。

此后，"一身名牌"去招商传为美谈。

夏志文为什么能这么呕心沥血、殚精竭虑？请看他参加一个新社区工厂开业时的讲话："我对紫阳有个美好的憧憬，那是一幅怎样的图景呢？我们的留守儿童们因为爸爸妈妈不再外出而充满欢声笑语；我们的留守妇女们因为不再常年独守空房而容光焕发；我们的爷爷奶奶们因为儿孙绕膝而'醉里吴音相媚好'。"这是他的真情表达，也是其他新北区帮扶干部的心声和动力。

在新北和紫阳跨越时空的"携手相伴"历程中，两地人民结下了深深的情谊，在紫阳这片贫瘠而秀美的土地上，用真情和爱心浇灌出了苏陕协作的累累硕果。

让我们把惊喜和敬佩的目光聚焦到2018年：1月，国务院扶贫工作考核组对紫阳县进行脱贫攻坚和东西部扶贫协作年度考核，紫阳被表彰为陕西省"2017年脱贫攻坚成效考核先进县"。7月，在全国东西部扶贫协作工作推进会上，"让残疾人'站'起来"残疾人就业扶贫和"小玩具、大产业"毛绒玩具文创产业发展两项工作，作为典型经验在会上进行书面交流；"订单进山、产品出山"电商扶贫和发展"新社区工厂"两项工作，被江苏省对口帮扶陕西省工作队评为扶贫协作

优秀典型案例，多项工作被中央、省、市媒体宣传推广。11月6日，紫阳作为陕西省唯一县参加了国务院扶贫办在广西举行的全国"携手奔小康"培训班，并在培训班上做交流发言。

3. 教育扶贫协作之花美丽绽放

在积极推进协作帮扶基础上，新北区动员爱心资源和社会力量，积极开展扶贫济困，帮扶领域不断拓宽。

2017年，新北区政协副主席、民盟常州市委副主委秦佳和常州市妇联副主席陈秋霞到紫阳县就教育支援、科技对接、扶贫帮困等进行考察和征集，围绕紫阳社会民生需求，携手紫阳县政府开展关心未成年人健康成长"阳光行动"、提升大学生能力"星光行动"、社会帮教"春光行动"、帮扶农村教育"烛光行动"、服务社区"霞光行动"等5项"光明系列行动"。

2018年2月，常州市人社局向蒿坪镇双星小学捐建"广玉兰爱心书屋"1万元。新北区群团组织还捐助资金5万元，委托紫阳县"丽姐助学""茉莉爱心"公益团队资助贫困家庭学生200名。江苏省红十字会组织的"健康扶贫紫阳行"医疗团队在紫阳接诊1000余人次、发放卫生及疾病防治等宣传资料400余份；6月，江苏省原副省长、省红十字会会长何权带队向紫阳县红十字会捐赠现金物资120万元；10月，常州市工业气体行业协会向高滩镇绕溪九年制学校捐赠5万元建设"向日葵"爱心书屋。11月，常州高新区市场监管局向紫阳县麻柳中心学

第十章 "亲戚"助力

校"留守儿童爱心宿舍"标准化项目捐赠5万元,江苏省同泰等三个慈善基金会捐献100万元为三所敬老院购置配套设施。

2019年,新北区各级政府、爱心企业和个人向紫阳县捐赠爱心图书、棉被、急救箱、体育器材,累计捐资捐物达到130万元。其中9月,常州市新北区共青团、妇联、民政局向紫阳县贫困妇女儿童家庭捐赠2万元帮助40个贫困家庭。

截至2019年底,紫阳共收到新北区爱心捐款及爱心物资共计590余万元。这些善行义举,解决了部分贫困人口、贫困家庭的实际困难,得到紫阳干部群众的广泛赞誉。

也许上面所呈现的都是"大画面",过于"宏观",那么,下面就来看一个"小事情""微心愿"。

2017年,注册于紫阳县民政局的茉莉爱心公益联合会与江苏省多个民间公益团队开始结对帮扶。活动涉及面更广,覆盖了敬老助残、扶危济困、捐资助学、公益环保等各个层面,"微心愿"是其中之一。

对于秦巴山区的孩子们来说,拥有一个新书包、一个文具盒、一双保暖的鞋子、一把雨伞……就是一个个微小的心愿。有了常州来的爱心人士,孩子们一个个微小而又纯真的心愿实现了。2017年12月1日,由常州市妇女联合会、常州市女知识分子联谊会共同为紫阳山区儿童举办的第一届"微心愿"捐赠仪式在紫阳广场举行。来自江苏常州各界爱心人士寄来紫阳县共计663名儿童的"微心愿"物品,从学生的工具书、电话手表、布娃娃,再到科技制作品等,全都交予茉莉爱心公益联合会各乡镇片区负责志愿者老师手中，随后转至学校。茉莉爱心公益联合会会长亢钧说："孩子们的微心愿由我们征集，礼物当日发放完毕。"孩子们拿到爱心满满的"微心愿"礼品后，非常高兴和感动。

每年常州市新北区各群团组织提供的"微心愿"礼物资金价值在7万元左右。每一份小小的物品承载着对孩子们的关怀，同时也是对山区教育的帮助。

常州市某研究所已退休的周阿姨，得知为贫困山区儿童实现"微心愿"活动，积极响应，跑前跑后、乐此不疲，认为实现山区困难孩子的一个小心愿，就能增添他们热爱生活、创造生活的一份信心，不但自己要参与这样的公益活动，还发动身边朋友积极参与。

2018年"六一"前夕，新北区总工会、区团委、妇联、慈善分会、红十字会等组织，到紫阳县开展"微心愿"圆梦爱心帮扶活动，为500余名贫困家庭学生送上7万余元"爱心大礼包"。

2019年10月，常州市新桥高级中学来调研的老师们跋山涉水深入学生家中，看到这样一幕：一片枯黄的山脚下，有一座简陋低矮的土坯房，孤零零的，家里没有什么像样的家具，更没有琳琅满目的家用电器。贫困孩子的家庭现状，令他们感慨不已。他们鼓励孩子只有通过学习才能够改变自己的命运，走出大山。苏州的爱心人士将"微心愿"又延伸为"大爱"，为贫困孩子提供一定的资金帮扶。

通过苏陕民政厅牵线搭桥，2019年11月，茉莉爱心公益联合会与

第十章 "亲戚"助力

江苏省苏州弘化社慈善基金会签约"弘化家园·七彩紫阳"助学项目。2020年春季开始发放第一批助学金,在精准扶贫方面共惠及紫阳县境内28所学校,一次就资助紫阳困难留守儿童500人,下发资助款45万多元。资助的学生大多是住在偏远山区的贫困儿童,孩子们的资料都是由茉莉爱心公益联合会的志愿者以及孩子们本校的志愿者老师们亲自深入家庭走访送达。

2020年尽管遇到了严重的疫情,但是常州市新北区群团组织仍然没有忘记紫阳山区的留守儿童们。在紫阳团县委和县妇联的积极协调下,在茉莉爱心公益联合会志愿者和各学校老师的精心筹备下,5月29日,学习用品、书籍、篮球、乒乓球拍……这500多个小小的心愿由茉莉爱心公益联合会及志愿者全部顺利地运送到心愿儿童手中。5月大热天,铄石流金,汗水浸湿了衣衫,但当志愿者将心意通过捐赠的物品传达给孩子们时,孩子们的眼中有星光点点,再多的艰辛都变幻成了幸福。这已是苏陕协作成功举办的第四届"微心愿"活动了。

众人拾柴,微光聚力。从2017年开始,常州市累计为紫阳县10个乡镇、22所学校2075名困难家庭留守儿童圆梦"微心愿",价值30余万元。

相知无远近,新紫一家亲。常州市新北区与安康市紫阳县既是经济相融的"好伙伴",也是教育帮扶的"好兄弟"。跨越千里的"握手",传递的是先富帮后富的巨大力量,传递的是众多"亲戚"的大爱和温暖。

第十一章
贡献者群雕

陈威强：履新镇长情未了

琚华："拼命三郎"拼了命

罗孝明：以生命超越平凡

赵功习：决战到生命最后一刻

哈红黎：敢说真话只唯实

秦宗道：担当有为谱新篇

郑永友：老将返乡当"头雁"

肖宝：青春在第一书记岗位闪光

张小红：以心换心的好"姑娘"

农村富不富，关键看干部。脱贫攻坚战，干部是关键。

在波澜壮阔、震古烁今的五年脱贫攻坚伟业中，紫阳县落实 160 个中央、省、市、县帮扶单位驻村扶贫，组织 6126 名帮扶责任人结对帮扶，每支工作队配备 1 名副科级以上的领导担任工作队长，精准选派 133 名优秀后备干部担任驻村第一书记（不含接替者），做到帮扶工作到村户、责任到干部、村村有包抓、户户有帮扶。这是紫阳县历史上从未有过的大动员、大决战。

如果说紫阳县脱贫攻坚是一个精彩的乐章，那么，是在脱贫攻坚主战场艰苦奋战的党员干部，用对党忠诚、牢记使命的政治品格奠定了精彩乐章的总基调；用心系百姓、一心为民的崇高情怀奏响了精彩乐章的主旋律；用咬紧牙关、事不避难的过硬作风迸发了精彩乐章的最强音；用守望相助、扶危济困的大爱精神演绎了精彩乐章的协奏曲。

阅读一份份典型材料，采访一个个先进人物，时常心潮汹涌，眼眶湿润。他们是紫阳县当之无愧的攻坚英雄、时代楷模。他们贡献的是丹心、热血、汗水和智慧，更有生命。其中 3 名青年干部和 1 位村支书牺牲在了脱贫攻坚战场上，留下不可磨灭的英名和传说。他们以热血赴使命、以行动践诺言；他们拼杀不畏战、重压不变形。他们把宝贵的生命与伟大的事业紧紧相连，用生命在秦巴汉水间矗立起一座座令人敬佩、永不褪色的精神丰碑。历史不会忘记！人民不会忘记！党和国家不会忘记！

第十一章 贡献者群雕

陈威强：履新镇长情未了

2017年7月5日，天空淅淅沥沥下着小雨。紫阳县殡仪馆内庄严肃穆，哀乐低回。双桥镇镇长陈威强同志遗体告别仪式在此举行。县上领导来了，镇村干部来了，双桥镇许多普通群众来了。双桥镇双河村老上访户吴作权在安康市中心医院住院，由于不能赶来送行，特意通过电话委托村主任张启勇在陈威强的灵柩前上一炷香。还有很多不能到现场送别的网友则在贴吧、网站、论坛、微信、微博上自发留言，追思悼念。

7月1日，陈威强在工作途中发生车祸，在送往医院抢救过程中，因伤势过重不幸身亡，匆匆走完了42年的生命历程。

2016年6月，由于乡镇机构改革，任紫阳县联合镇原镇长的陈威强调任双桥镇镇长。双桥镇人口虽然只有1.7万多人，但属于紫阳县的偏远镇，自然条件很差。他感到肩上的担子沉甸甸的，且不说党和人民的培养与信任，单讲自己是土生土长的双桥人，这带领父老乡亲脱贫致富奔小康，就责无旁贷啊！

从他履新双桥镇镇长到不幸离世，只有1年零3天。在这368个日子里，陈威强殚精竭虑，一心只想加快双桥镇发展的步伐，让贫困群众早日脱贫致富。因为，脱贫攻坚既是党的政策和上级的要求，也是双桥镇千载难逢的发展机遇。上任不到一个月，他跑遍了全镇10个行政村，同农民群众、党员干部深入交谈，广泛征求各方面的意见和建议。他似乎每天都有干不完的事情，"五加二""白加黑"，不分昼夜地加班、开会，不论晴雨地下村、调研……

全镇1621户4748名贫困人口怎样如期脱贫，是他思考最多的问题。他们靠什么增收？住房怎么保障？基础设施怎么配套……"陈镇长工作严谨细致，认真负责。扶贫对象核实及数据清洗过程中，增减的每一户他都亲自把关。安置点建设，小到一条水沟、一个梯步，他都要亲自过问。许多规划设计，按照以前惯例，只要分管领导负责审核就行了，但他每次总是对着图纸细细研究。"双桥镇经济办公室主任代立健说。陈威强经常叮嘱他们，这些钱都是国家的扶贫项目资金，一分一厘都不能浪费，每一分钱都要用在老百姓身上，都要发挥应有的作用。双桥镇社保站站长刘运维说："陈镇长太累了，责任心太强了……"

在镇村干部和群众的眼里，这个新来的镇长没有一点"官架子"，对待群众和蔼可亲，干起事来风风火火。陈威强下乡有一个习惯，总是随身带着一把卷尺、一个笔记本和一支笔。水泥路宽度厚度够不够，基础开挖是否见到老底子，挡护工程勾缝灌浆、墙背填筑是否到位，他都要亲自量一量，对发现的问题能纠正的当场纠正，不能纠正的就

第十一章 贡献者群雕

记录在随身携带的笔记本上。

由于外地采矿业不景气，镇上不少农民工返乡无所事事。陈威强给镇社保站下了死任务，动员更多的群众参加县上组织的技能培训。在他的督促下，全镇富余劳动力大多参加了修脚足浴、特色烹饪等技能培训，仅半年就超额完成了县上下达的全年技能培训任务。中良村一组52户贫困户有40户参加技能培训，并实现了稳定就业，其中陈胜和夫妻俩都参加了修脚技能培训，每月收入一万二三千元。

陈威强操心最多的是高山群众的住房保障问题。中良村十组是全镇最为偏远的一个村民小组，陈威强得知此地居住条件很差，群众观念保守，便带领村组干部挨家挨户走访，走遍了全组48户村民，逐户动员搬迁。陈继奎自小患有眼疾，与年过七旬的残疾父母生活在一起。一家三口就靠他打零工维持生计，日子过得异常艰难。2016年9月，陈威强走访群众时，看到他家房屋年久失修，条件简陋，就动员他搬到村安置点。根据陈继奎一家想在老家附近建房的恋旧情感，又让村干部给他代办宅基地手续。第二年春，陈继奎的新房动工修建，陈威强多次去查看进度，问他有什么问题需要解决。在陈威强的关心下，陈继奎的新房主体建设完成了。得知陈威强去世的消息，陈继奎难掩悲伤："上个月，陈镇长还来我们家，让我赶紧把房子建好，早早搬进新家。眼看房子就要建好了，他怎么就走了呢？"

双河村村民郑由学患有肠道癌，由于缺少经济来源，生活很是拮据。陈威强得知，立即安排民政部门给予2000元临时生活救助。陈威强出

生于农村,从小家境清贫,饱尝了生活的艰辛,对群众疾苦感同身受。

由于土地征用补偿问题,双河村村民吴作权一直到市县上访,是当地出了名的上访户。陈威强每次接待他来访时都很耐心,给他递上一杯热茶,听他倾诉。"我反映的事情,每次找他,从不推诿,虽然事情没有彻底解决,但他很尽力。他耐心对待群众反映问题的态度,让我非常感动。"吴作权说。

为方便与干部群众交流,陈威强加入了双桥镇各村组建立的微信群。在微信群里,经常可以看到陈威强与群众沟通交流的记录。这倒是一个了解社情民意的重要渠道,可是本来工作就忙的他因此更忙碌了。

陈威强父亲过75岁生日的当天,是星期日,妻子带着女儿专程从县城赶到双桥镇老家为老人祝寿。由于妻子在县城经营快递,女儿在安康上学,父亲在双桥老家,一家人聚少离多,祖孙三代在一起的时候更是少之又少。然而,饭菜刚端上桌,正当一家人其乐融融准备庆祝时,陈威强的电话响了——县上某部门到双桥镇来检查工作。挂掉电话,他就匆匆赶往单位。"一天咋就这么忙呢?"看着儿子远去的背影,两位老人无奈地摇了摇头。

陈威强兄弟姐妹6个,他排行老五,是家中唯一一个"吃皇粮"的人,其余的都生活在农村,家境一般。尤其是二哥陈威刚条件最差,身体多病,两个孩子上大学,花尽积蓄建起的新房在2010年"718"洪灾中被泥石流冲毁。在2017年的扶贫对象核实及数据清洗中,陈威刚找

第十一章 贡献者群雕

到陈威强,想让弟弟给村里打个招呼,帮助自己评上贫困户。"贫困户识别有严格的标准和程序,不是我这个镇长说了就算的,这个招呼我不能打!"陈威强拒绝了二哥的要求,他二哥最终也没有评上贫困户。

"回想到镇上工作的这七年,很累很愧。一家三地分居,一个月共同在一起待不了几个小时,父母已逾七十,虽离父母很近,同样一个月不能陪着吃一次饭……"这是陈威强 2017 年 4 月份在微信发的一条朋友圈,从中不难看出他对父母、妻子、女儿及其他亲友的愧疚。

陈威强的女儿陈书羽在安康高新中学上初中。每到周末,看到其他同学都有父母接送,心里非常羡慕,并向爸爸委婉地表达了自己的愿望。知道女儿的心思后,陈威强答应每学期末接女儿回家。然而三年过去了,爸爸一次都没接过她,每次都是自己乘汽车回家。2017 年 6 月 29 日,是陈书羽参加中考回家的日子。她满怀期待,早早在校门口等待爸爸来接她,然而父亲因在县上开会未能如愿。一家人从来没有一起外出旅游过,2015 年国庆假期期间,妻子和女儿强烈要求外出旅游,一家人刚走到西安,紫阳县突然出现多起胡蜂蜇人事件,县上发出紧急通知,时任联合镇镇长的他不得不半道返回。2017 年春节,陈威强内疚地向女儿许诺,暑假期间一定带她到北京登长城,参观北大、清华等全国著名的高等学府。眼看暑假来临,父女却天人永隔。

在陈威强遗体告别仪式上,陈书羽代表家人致叩谢辞说:"爸爸是一名好党员、好干部,在我泪眼迷离中,浮现的总是爸爸为工作匆忙疲倦的身影和面容。您心里牵挂的总是群众的疾苦和脱贫的大事,挂

在嘴边的总是安置点要加快进度、公路要尽快动工、饮水工程要赶快招标。爸爸呀,您怎么忍心抛下家乡那么多双期盼的双眼?"

翻开陈威强留下的一摞工作笔记,从头到尾,找不出一句豪言壮语,有的只是一次次会议、一个个问题及解决办法……

以生命赴使命、用热血铸忠魂。陈威强以自己的实际行动诠释着一名党员、一个基层领导干部的公仆情。

情未了,人已逝。

"出师未捷身先死,长使英雄泪满襟。"陈威强,你还没有听到双桥镇脱贫摘帽的喜讯呢!长歌当哭……

第十一章 贡献者群雕

琚华:"拼命三郎"拼了命

"琚华就是个'拼命三郎',工作起来啥都忘了,包括他的健康和生命。"提起紫阳县高桥镇党委原副书记琚华,往日的同事如是说。

长时间这么拼,终于把命搭上了。

2017年10月2日,天空淅淅沥沥地下着小雨,位于大山深处的高桥镇静谧而安详。虽然为脱贫攻坚已在村上没黑没明地连续奋战多日,十分疲劳,但因防汛救灾,国庆中秋"双节"期间全县取消休假,琚华自然也不能"下火线"。这天他顾不上吃早餐,便带着镇派出所、食监所等部门干部到集镇去检查食品和安全生产。

高桥镇因镇内有两座清朝乾隆年间修建的廊桥而得名。这两座古廊桥至今仍保存完好,属省级文物保护单位。一段时间,由于集镇改造,常有一些小商贩将摊点摆到廊桥上。琚华首先带领检查组到廊桥进行检查,看见王氏夫妇在廊桥桥头卖早点,上边还立着一个蜂窝煤炉子。

"发生火灾咋办?请赶紧把炉子搬到一边去。"琚华上前制止。王氏夫妇以街道改造影响生意为由,说什么也不肯搬。经琚华和检查组人员耐心劝说,终于将摊点搬离廊桥。看着王氏夫妇远离的背影,琚华突然感觉一阵剧烈的头晕。随行干部见状,立即将他扶到廊桥上休息,并劝他到医院检查。琚华说自己有高血压病史,休息一下就会好的。稍事休息,便带着检查组继续到街上一家超市检查食品和消防设施。不料头疼再次发作,他满脸通红,眉头紧锁,用手掌强撑着额头,腿都站不稳了。"你们继续检查,我回办公室吃点药再来和你们会合。"琚华忍着头疼吩咐检查组干部后,在同事的搀扶下回到办公室服下了降压药。

然而,疼痛仍在加剧,同事们赶紧将琚华送到高桥镇卫生院检查。"高压220,低压140,病人必须立即转到大医院治疗。"在镇卫生院医生的建议下,琚华被送往紫阳县人民医院。途中,琚华汗水直流,脸色通红。据高桥镇卫生院副院长曹立贤介绍,琚华当时已处于谵妄状态,仍在叮咛干部赶紧完善贫困户记事簿,他下班前要验收。此情此景,令车上的陪同人员无不动容。

因病情过重,在县医院做完电子计算机断层扫描(CT)检查后,琚华被送往安康市中心医院进行治疗。在重症监护室的5天,这位脑出血患者没有知觉和反应,只有微弱的气息和心脏的跳动。其间,镇党委书记谭高礼等同志请来外地著名脑科专家会诊治疗。终因回天乏术,一个高大壮实的鲜活生命停止了呼吸,将生命永远定格在了37岁。

除了那句工作交代,没有给家人留下一句话。琚华带着对未竟之业的遗憾,带着对同事、乡亲的热爱,带着对这方热土的眷恋,带着对父母、妻儿的不舍，匆匆地离开了人世。

琚华1980年出生于紫阳县城一个普通职工家庭，17岁参加工作。2013年从洞河镇副镇长调任高桥镇任党委副书记兼纪委书记，后任专职副书记。在同事心目中，琚华作风过硬，严以律己，是个工作上很要强的人。凡他分管的工作，都力争走在全县前列。20年风雨沧桑，他工作辗转多个乡镇，无论岗位如何变动，不管条件多么艰苦，始终兢兢业业工作，踏踏实实干事，用实际行动诠释了一名基层党员干部的责任和担当。

按照2016年高桥镇镇党委领导班子成员分工，琚华分管党建及党风廉政建设、综治维稳、文化旅游、集镇建设等七项工作，并协助分管脱贫攻坚。随后，一位班子成员请产假，他又增加了新民风建设和新闻宣传两项分管工作。

他积极协助党委书记抓好党的建设工作。每年年初，精心制定年度组织工作要点，分季度制定党建工作任务督查清单，坚持每个月到村（社区）进行指导。狠抓"农村、社区、非公党建和机关"四位一体党建示范带建设，推动全镇基层党组织全面提升，全面过硬。积极探索党建与脱贫攻坚深度融合的路子，指导各党支部深化"支部+园区（公司、合作组织、免费技能培训）+贫困户"工作机制，有效发挥了党建在脱贫攻坚中的引领作用。

一份付出，一分收获。2016年，高桥镇党委荣获紫阳县先进基层党组织，党建工作在20项重点工作考核中获得一等奖。在2017年第一、

第二季度全县党建工作季度考核中,均获得优秀等次。

除了党建工作,他分管的脱贫攻坚、新民风建设、新闻宣传等其他工作也一直走在全县前列。县委宣传部干部唐波说:"琚华对分管的工作样样都想争第一,去世前几天还问我,高桥镇新闻宣传发稿数排名第几,第三季度弄个第一行吧?如果有啥不足,我就加把劲!"

2016年,琚华率先在全县探索推行"一村一方案、一村一主题"的基层党组织"两学一做"学习教育精准指导模式,使基层党组织和一线党员学与做紧密结合,有力推进了"两学一做"学习教育常态化、制度化。还有多项他分管的工作,也得到上级的充分肯定,为兄弟镇提供了可资借鉴的经验。

在2017年的贫困户数据清洗期间,他在全镇大力开展脱贫攻坚有奖知识问答,提高了群众对扶贫政策的知晓率和满意度;在全镇范围内组织开展精准扶贫对象村际交叉再核实工作,确保了扶贫对象精准……

这些成绩和好做法的背后,无不凝聚着琚华的心血和汗水,无不包含着琚华为民服务的深厚情意与务实担当的优良作风。由于他长期忘我工作,身体严重透支,有病一拖再拖,致使身体多次"报警"。

2016年11月,琚华在单位因高血压突然晕倒,经镇卫生院医生治疗苏醒后,医生劝他休息一下,他说身体好着呢,没事的,又继续投入到工作中。

2017年5月24日,镇上组织干部到安康市中医医院体检。医生发现他血压过高,建议他立即住院治疗和休息一个月。

第十一章　贡献者群雕

"这段时间忙得很啊，哪有时间住院啰。"琚华笑嘻嘻地说。

"那你说是工作重要，还是命重要？"医生很生气。

"工作和命都重要！"琚华笑着拒绝了医生的建议。

然而，体检回到单位的第三天，他再次晕倒，不得不到医院治疗，但他仍然通过电话安排干部做好手头工作。

他总是自信地认为身体结实底子好，等镇上脱贫摘帽了再看病也来得及，殊不知病魔是那样残酷无情。他太把工作当回事，太不把自己身体当回事了！

10月12日，在琚华同志告别仪式上，不少村民和包联贫困户自发来为他送行。

"那么好的一个人，怎么说走就走了。"

"他没有架子，待我们像亲人一样。"

"老天爷不长眼啊，这么年轻的干部走得太可惜了！"

"20天前，琚书记还来过我们家的，怎么走得这么突然？"贫困户黄金国听到琚华离世的消息后悲伤地说。10月2日，黄金国在高桥集镇碰见了正在检查工作的琚华，琚华问了他家的情况，叮嘱他有什么困难就说。黄金国是琚华包联的贫困户，居住在深磨村四组，房屋建在陡峭的山坡上，吃水靠在一里路外的山沟里挑，生活十分不便。琚华得知情况，联系解决了2000米水管，让他家吃上了自来水。

54岁的徐汝金也是琚华生前的包联户，曾与琚华发生过"过节"。就在琚华牺牲前两个月，徐汝金想申请扶贫小额贷款扩大种茶和养猪产业规模，不料到当地信贷部门办理贷款时被告知"不符合条件"。

"你们开会说贫困户都可以申请扶贫小额贷款,我为什么不符合条件?款贷不来叫我怎么发展产业脱贫?"趁着酒劲,徐汝金在电话中质问琚华。"你不要着急,贷款的事我马上来联系。"面对徐汝金的质问,琚华耐心回答。挂断电话后,琚华立即跟镇扶贫办对接。原来,贫困户申请扶贫小额贷款需要本人书面申请,而徐汝金之前并没有书面申请。第二天,琚华通过电话向徐汝金说明了情况,并安排专人协助他办理贷款事宜。一个星期后,徐汝金如愿以偿拿到了5万元贷款,用来管护茶园、购买猪仔。"当时,是我心里着急,错怪了琚书记,不该在电话中质问,想起这事,我就觉得对不住他。"事后,徐汝金一直觉得很惭愧。

2016年4月8日,双龙村村民刘昌明的房屋地下室被水淹没。刘昌明认为是镇政府在他房屋下方不远处修桥导致河水回流淹没了自己的房屋,要求政府赔偿10万元。镇村干部先后多次与其协商赔偿问题,一直未达成协议。琚华知道后,主动上门跟刘昌明讲道理,最终感化了刘昌明,使事情得到妥善处理。

"有困难就找我。"琚华是这样说的,也是这样做的。他的工作笔记本上,详细地记录着每天工作的大事小事;他的手机里,存储的基本都是他拍摄的群众生产生活照片。他心里装着群众、装着工作,却唯独忘了自己。明知有病在身,却一如既往地坚守在工作岗位上,直到生命的最后一刻。

琚华把生命献给了扶贫伟业和人民群众,用勇敢担当和拼命奋斗大写了"人"字,光彩了党徽,诠释了人民公仆的内涵,虽死犹荣!

第十一章 贡献者群雕

罗孝明：以生命超越平凡

这位因公牺牲的干部，是紫阳县同一年牺牲在脱贫攻坚战第一线的3位干部中"没有级别"的。他那短暂的一生，没有惊天动地的故事，只有勤勤恳恳的工作，默默无闻的奉献。若不是在村上的夜间悄然离世引起震动，大概没有多少人知道他的名字。而这一"长眠不醒"，忽然间将人们关注的视线及悲悯之心引向了毛坝镇腰庄村，引向了紫阳县市场监督管理局，并让包括县委书记、县长在内的各级干部和众多相关的百姓记住了他——罗孝明。

罗孝明生前是紫阳县市场监督管理局干部，是2013年底考入县市场监管局食品药品稽查大队的。此前，他曾在红椿镇、东木镇从事农业、林业工作。牺牲时才40岁。

食品药品监督，是一项专业性、技术性较强的工作。罗孝明坚持在干中学、学中干，一方面认真学习食品药品监督管理法律法规及执法文书，提高法律素质和执法文书制作水平；另一方面积极参与各类案件的办理，提高自己的行政执法水平和依法办事能力，很快就从一名

食药监工作的"门外汉"成长为食品药品稽查战线上的业务尖兵。紫阳县市场监督管理局综合执法大队中队长邱兴超说："他熟知食品药品监管的几十部常用法律法规，处理各类食品药品案件时，能一口准确地说出适用的条款。"

由于机构改革，2013年紫阳县食品药品稽查大队监管职能陡然增加。原先由卫生局、工商局、质监局等多个部门负责的食品安全监管职能统一划归到县食品药品监督管理局，稽查大队承担着食品药品安全专项整治、执法办案等监管职责。不仅如此，稽查大队还要负责食品药品的抽检抽样、投诉打假等工作。

为了克服人手少、监管对象点多面广、监管工作量大等诸多困难，罗孝明跟其他同事一样，经常处在超负荷工作状态。面对压力，罗孝明从未有丝毫懈怠，从未有半点怨言，全力做好食品药品监管各项工作。

一年跟着干，二年能单干，三年成骨干。2015年，罗孝明已经能独立办案了。由他经手办理的假酒案、假药案分别入选"2016年省级食品药品典型案例""2017年省级食品药品典型案例"。

食品药品安全无小事。在食品药品稽查工作中，他经手的大小案件300余起。每一起案件，不管走多远的路，他都坚持现场调查取证，力求把每一个案件都处理得合情、合理、合法，给人民群众一个交代。由于工作突出，他先后被评为全省"飓风行动"先进个人，安康市"稽查大比武执法能手"。

"在我的印象中，共事三年时间，孝明只在他父亲病重去世时请过

第十一章 贡献者群雕

两天假。面对父亲还未复山（指安葬后第三日，后辈上坟添土）就来上班的他，我只有感动，问候的话到了嘴边却又咽了回去，感觉有点多余。"罗孝明去世后，他曾经的老领导在微信里这样留言。

紫阳县食品药品稽查大队的同事说，罗孝明经常带着孩子到单位加班，撰写案件文书材料等，三年五六百起案子，材料大部分是他撰写的。有时候加到深夜了，孩子就在旁边睡着了。在同事眼里，他就像"老黄牛"一样工作，不知疲倦。

由于工作认真负责，2017年9月，罗孝明被单位安排到包联村——毛坝镇腰庄村开展脱贫攻坚工作。一到任，就有做不完的活儿，熬更守夜是家常便饭。村主任吴远俭说起罗孝明就眼圈泛红："孝明是一个责任心非常强的人，我和他在一个工作组，他考虑到我年纪大，就经常加班加点地帮我整理贫困户的信息。他是为我们村上的脱贫工作累倒的。"

与罗孝明一起驻村的同事回忆道，罗孝明每次入户都是很晚才回到村委会，其他同事都休息了，他还在汇总整理当天入户走访的信息。让同事最为感动的是，单位安排罗孝明到包联村开展脱贫攻坚工作时，正值其妻子到北京出差，时间长达一个月，刚满6岁的孩子没人照料，但他还是欣然接受了任务。为了不影响日常工作，他先后两次利用周末时间独自一人到村上走访群众，而孩子就寄宿在县城的亲友家。

在罗孝明包联的贫困户中，有一个叫陈胜洪的群众，由于患有精神疾病且爱酗酒，经常半夜给罗孝明打电话。时间长了，妻子劝他晚上

关掉电话。他却说:"既然是我包联的贫困户,我就要对他负责到底。"罗孝明依然不厌其烦地接听电话,鼓励他树立生活的信心。

2017年5月,陈胜洪带着孩子陈世良到县城检查身体,罗孝明得知,立即带其到医院挂号、检查、找专家、开药。得知父子俩没有吃饭,又带着他们到餐馆吃午饭,并自掏腰包帮助买车票。没过多久,陈世良长了鼻息肉需到大医院治疗。罗孝明二话没说,带其到市中心医院办理看病手续、与专家进行术前沟通,安顿好陈世良住院事宜后才返回单位。陈世良出院后,罗孝明又帮忙为其办理医疗报销手续。

"罗叔叔经常来我们家,有时候还给我买吃的,他告诉我要好好学习,长大了才会有出息。"陈世良得知罗孝明去世后,刚上六年级的他一个劲儿地流眼泪。

李榜端是罗孝明包联的又一家贫困户,他和老伴儿没有经济来源,依靠在附近打零工维持生计。罗孝明看到他的住房非常陈旧,就多次上门劝其进行改造。去世前一天下午,他还到李榜端的家中,给他们讲解最新的扶贫政策。李榜端的旧房完成改造后,明亮而宽敞的房间让一切都显得安静而美好,纯白的墙面上还张贴着罗孝明填写的"脱贫明白卡",字迹遒劲有力,帮扶内容一目了然,但是这位"贴心人"却不在了。

2017年10月11日深夜,连续高强度忙碌了几天的罗孝明因突发心脏病不幸去世,翌日早晨人们方才发现,异常震惊和惋惜。仿佛在那一刻,他那年轻的生命实现了涅槃,超越了平凡,升腾出一片辉煌⋯⋯

第十一章 贡献者群雕

赵功习：决战到生命最后一刻

2019年11月14日，紫阳县向阳镇天生桥村党支部书记赵功习，在随同安康市残联组织的第三方残疾人评估鉴定入户调查中突发疾病，晕倒在车上。村医吴清贤快速赶到现场抢救时，他已没有生命迹象。前后不到10分钟！

赵功习匆匆地走了，抛下了妻子和儿女，以及他牵挂的村民，走在了村出列、县摘帽前夕，把56岁的生命定格在脱贫攻坚的前沿阵地。

赵功习高中毕业后，当过兵，当过合同制民警，2004年回天生桥村任村文书，2007年任村党支部书记。他当村干部的最大心愿就是让村民脱贫致富。2015年贫困户摸底核查数字清洗后，天生桥村321户农户1108人中，还有建档立卡贫困户178户590人，贫困程度非同一般。截至2019年，已脱贫168户573人，剩余贫困人口10户17人，贫困发生率降为1.53%。全村92户300余人实现了移民搬迁，村活动室、办公室、标准化村卫生室，还有1200平方米的文化广场等公共设施都已建成使用。这些数字的背后是天生桥村扶贫工作队的辛苦帮扶，

——紫阳县脱贫攻坚纪事

更渗透了赵功习担当作为的一腔赤诚。

赵功习当村干部伊始就为村里修公路的事四处奔波。由于村里没有矿产、没有企业、没有产业，市县领导找了一个又一个，报告打了一份又一份，路跑了一趟又一趟，项目就是立不了。在"村村通"项目建设中，好不容易与临近的显钟村一起修了3公里多路，却只是通到村部，大多数群众出行难问题仍然没有解决。

2017年底，精准扶贫政策有了立项修路的机会。赵功习迅速召开群众会，宣传政策，一家一户上门做工作，利用一事一议政策，要组织70多农户筹资20余万元修路款。他第一个交款3000元；给在外地打工的哥嫂们打电话、做工作，动员他们积极缴纳修路款，哥嫂们被他的诚意打动了，都提前交了集资款。2018年春，开工并修通1.74公里村道。其他村民看到这回村上是真的在组织修路，一些对集资修路有抵触情绪的群众也纷纷缴纳集资款。到2019年1月，全村规划的14.6公里环线村道公路全部硬化，还完成了油返砂改造提升道路3.66公里。这样，全村所有农户出行都在硬化道路的100米范围以内，生产生活方便多了。与此同时，3处饮水工程、电网改造工程、通信工程等也实现了全覆盖，全村基础设施得到很大改善。

对贫困户居住问题，赵功习也呕心沥血。他与扶贫工作队一起研究制定了《天生桥村避灾移民搬迁安置点规划》，31户"统规自建"项目和20户特困户避灾移民搬迁项目很快得到上级业务主管部门的立项批复。2016年3月，31户居住条件偏远、水电路不通的群众将以"统

第十一章 贡献者群雕

规自建"形式开始建设施工。按照县搬迁办提供的统一设计图纸，享受"十三五"搬迁相关补助政策。当年8月，由村委会主导，召开群众听证会，确定施工队和建房单价。当年12月，建设挡护工程。由于政策调整，2017年5月该项目变更为"十三五"易地搬迁项目。政策的调整对于老百姓最直接的影响就是每户建筑面积由原来的145平方米减少到不超过120平方米。政策的变化导致部分群众有怨言，坚持继续按照原来的设计图纸施工。向阳镇政府为此专门责令安置点停工整改。面对群众的意见、上级政府的要求，赵功习苦口婆心地一户一户做工作，研究制定调整施工方案，协调搬迁户与县移民搬迁公司的产权关系，组织搬迁户与县移民搬迁公司签订产权协议。20户特困户避灾移民搬迁项目由村委会组织招标建设，达到入住条件。为了搬迁户能够按时入驻新建的小区，2019年9月，赵功习同扶贫工作队员一起吃住在工地，早上6点钟就起床，叫醒施工人员，组织劳力装修，检查工程质量、协调入住贫困户关系，成天忙得团团转。

脱贫攻坚战中，上级给天生桥村安排了60万元互助金用于贫困户发展生产。赵功习是协管员，负责资金账务管理。村民要用互助金，得到镇财政所办理手续，有时候为了一笔贷款，要跑几趟路。赵功习看在眼里，急在心里，凭着"一指禅"的蛮办法，自学电脑操作账务管理。通过学习，他很快掌握了互助金发放网上办理业务。全村发放105笔105万元业务，其中85万元是他经手网上办理的。这一贷一收170笔业务，没有呆账，并且为办理业务的贫困户省去了到镇办理业务

——紫阳县脱贫攻坚纪事

的费用和时间。

凭着赵功习在网上办理的互助金贷款和5万元小额信用贷款,五组贫困户徐高群带领村10余人一起去广州市花都区开洗脚店,店面从1个扩大到3个,工人年收入也从最初的3万元提高到6万多元,徐高群的年收入达到30多万元。他们无不感激地说:"忘不了赵支书当初办理的第一笔贷款业务。"是的,如果没有当初的发展资金,也就没有他们今天的幸福生活。

四组贫困户罗忠俭兴办猪场需要资金,赵功习及时为他办理了互助资金贷款和小额信用贷款6万元,帮助他建起800多平方米的规范化养猪场。2018年养猪50余头,收入6万余元。2019年养猪300多头,收入30多万元。为了表示对赵支书的感谢,罗忠俭自愿将仔猪用低于市场价10%以上的价格卖给本村的贫困户,支持其他村民养殖增收。

赵功习之所以有忙不完的事,是因为除了抓村上千头万绪的全面工作外,还要包联40户贫困户按期脱贫摘帽。为了把"坚中之坚、难中之难"的贫困户拉上岸,赵功习"把吃奶的劲都使出来了",不知跑了多少路,想了多少办法,倾注了多少心血!

赵功习生前留下了十几本工作笔记。其中的内容大多是他每一月每一天的工作安排。透过工作日志这个窗口,不难看出他是怎样一个人。他是一个为村上谋大事,心系村民而唯独没有自己的人。

2018年初至他牺牲时,一共休假9天、请假8天,其中一天是到安康市医院检查身体,7天是到上海去接误入传销组织的女儿,其余时间都是满满当当的工作记录。妻子说:"他常常是凌晨一两点才回家,即使这样忙,还要挤时间学习一阵,有时拿着书就睡着了。"

是的,带领村民脱贫致富奔小康,不"充电"不行。做村上未来发展规划,除了必须熟悉村情,还得有丰富的知识。他忘我地钻研学习,结合延长任河漂流旅游项目链,规划了太阳寨生态农业观光园区建设,并联系到紫阳县金凤凰公司负责组织开发。村上先后成立了太阳寨生态循环农业合作社、秦巴硒农农业发展合作社、老鸦坡茶叶产业园区、坤汇花椒产业合作社等经济组织,投资800余万元。

赵功习的高血压在夜以继日地工作中日趋严重,多次出现头晕目眩的情况。但他都是就地吃点降压药,休息片刻,又接着工作。专门检查与休息治疗,是家人对他的唯一要求,也是家人苦口婆心而不顶用的事。他自己也明显地意识到了后果的严重性,可面对村上的事情,他还是把自己的健康撇在了一边,以致那天在返回的车上就骤然倒下了!

赤子其人,寸心如丹。赵功习把对脚下土地、身边人民的热爱,对肩上责任、心中信念的执着,书写在穷乡僻壤,铭刻在人民心间!

11月18日,天生桥村村委会为赵功习举行悼念仪式,全村600多人闻讯而来,深情追思。墓地距他家有2公里多路,主持丧葬活动的人原计划用车辆把他的灵柩运送到墓地,但参加活动的群众都要求为他们敬重的赵支书送行,争抢抬灵柩。一位没有抢着的贫困户哭了,说:"这是我对赵支书表达尊敬、感恩的最后机会啊……"

哈红黎：敢说真话只唯实

"基层干部太辛苦了！都不敢想象这四年是怎么挺过来的！"采访紫阳县脱贫攻坚指挥部办公室常务副主任哈红黎时，他的开场白就是这句话。

采访就是想听到真话，了解实情，这种竹筒倒豆子一般不遮不掩的话语，我感觉既像冬天响起的炸雷，又如山涧拂面的清风。

显然没有必要提问引导了，就任由他继续说下去——

"脱贫攻坚，我省的政策不断调整。例如，紫阳县在落实贫困户参加陕西省城乡居民医疗保险和大病保险政策上，当时建档立卡贫困户个人参合参保补助政策是2017年每人个人交费160元，补助160元，要求政府百分之百买单（2018年后调整为补助70元）；贫困户医疗费报销标准是县级合规费用的90%以上，镇级100%。紫阳县按照这个规定执行了，但是，国家脱贫攻坚考核组检查后指出：你百分之百减免，根据县财政能力能支撑几年？受到批评。2018年按照反馈的问题对政策进行调整，全面进行了整改。"

第十一章 贡献者群雕

2017年至2018年医保报销问题，导致两个负面问题。

一是贫困户与非贫困户享受的政策差异太大，没有享受到贫困户医疗待遇的群众反对意见如潮。省上规定2014年、2015年脱贫户不享受那个政策，而县、镇干部处于锋面，很难应对，只好县级自己出台政策，将那两年的脱贫户纳入其中，保证贫困户政策的全覆盖。

二是县上医保基金透支。原来县上医保基金存了近亿元，2017年至2018年为贫困户医疗费全额买单，全县开支了8000多万元。那个时期，各镇卫生院拥挤不堪，只需要简单药物就能治好病的贫困户也要住院，病好了也不愿走，真正需要住院治疗的患者却住不进去。2019年8月，省上发文作出新的规定，贫困户与非贫困户报销比例只差5个百分点，这个问题才得到彻底解决。

政策变化在县区执行起来麻烦不小，千家万户啊，哪是那么好变的？就像翻烧饼，小烧饼，筷子夹着就翻过来了，可是紫阳县这个烧饼太大了，翻不动，弄得不好就烂了！

"十二五"期间，贫困户买一套房，每户国家补助5万元；可是"十三五"期间，每人补助2.5万元，贫困户买一套房，人均只交2500元，户均出资不超过1万元，就是4人以上的户也只交1万元封顶，若把老房子腾退了，人均还补助1万元。这样，人口多又拆了老房子的贫困户，住上一百多平方米的套房，不仅不花钱，还能赚几万元。挨着的两家贫困户，若是在前后两个不同时段搬迁的，享受国家政策的差异就很大，群众就把不满情绪都发泄到干部身上。基层干部受了太多的委屈！

2016年年底以前，对集中安置的贫困户没有限制住房面积。可是2017年新政策来了，规定每人不超过25平方米，于是很多户就超面积了，只得整改。按照整改要求对超面积部分政府进行回购，一套房办两个证件，超面积的部分房主是政府（住户若有条件了可以购买），政府为这项政策的变化花了近600万元！

比如"四书五照"等过度留痕，也给基层增加了工作难度。一时间，一些镇村干部抱怨说："现在整成'数字扶贫''表格扶贫''照片扶贫'了，真是形式主义啊！"

贫困户帮扶的情况要有纪实簿，开始实行的时候要求4份。一度弄得好多扶贫干部"避实就虚"，成天"写作文"去了，后来精简为两份（村、农户各一份）。一段时间要求要有"四书五照"（干部帮扶责任书、贫困户自愿创业意愿书、贫困户自愿就业承诺书、贫困户家庭真实性情况承诺书；扶贫干部与贫困户全家福照、大门照、客厅照、厨房照、卧室照）。后三幅照片倒是容易拍出来，难就难在不是每家每户家庭成员时刻都在家里待着啊！后来针对这些情况进行了"全面整改"。可以说，脱贫攻坚就是在不断地调整、完善、整改中砥砺前行。

国家扶贫开发系统贫困户信息，开始每户只有几十项，随着系统不断完善现在每户是168项，系统中的信息都需要扶贫干部入户采集，且需实时更新。遇到动态调整时，每个镇的信息员都要通知到县上，先培训，再录入。他们把县城网吧包下来录入信息，由于这些信息必须进入全国扶贫开发系统，只有在系统开放时才能录入，一干就是20

第十一章 贡献者群雕

多天。

基层干部的压力太大了，大到因急事特办手续不到位、小到在某个表格、纪实簿上忘了填写一个日期就要受到一定的处罚。

该做的活儿、不该做的活儿，不仅要做，而且有时间限制，往往都是十万火急的，必须日夜兼程马不停蹄。高滩镇朝阳村党支部书记王明成查出胃癌晚期还在坚持工作，2018年10月坐在办公椅上停止了呼吸，手上还捏着笔。

任务太艰巨，时间太紧迫，必须打破常规，以"人一之我十之、人十之我百之"的超常努力和巨大付出来追赶超越。从2017年开始，全县干部没有放过双休日、法定节假日（除春节和2020年中秋节、国庆节外）。

"我是每年正月初二就上班，弄材料，拿方案。熬得最厉害的是2019年12月，迎接贫困县摘帽第三方评估，住在源森大酒店，熬了七天七夜。这几年来，要是一点之前睡觉根本不算熬夜。"

"上级时常通过系统筛查反馈给我们国扶系统中的'疑似错误'，县上就得核实，分镇拆开，发下去，然后汇总，给省、市备案、写报告。为一组数据，可能熬上几天几夜，因为牵一发而动全身啊。"

紫阳县农村常住人口，2019年底，县统计局数字是287047人，各村统计起来的数字是287477人。今年（2020年）8月1日，"国家脱贫攻坚普查体外检测"反馈"疑似错误"："紫阳县表中常住人口数低于各村常住人口之和"，属C级错误，须详细说明。1日至6日，

——紫阳县脱贫攻坚纪事

连续反馈3次，我们一次次地说明，坚持没有改。

没改当然是有正当理由的。县统计局是以全国第五次人口普查的数据为基数，每年按千分之五的增长率调整测算出来的，外出6个月以上的村民不纳入常住人口。各村统计上来的数据，是逐户数出来的，把春节返乡的村民都算作常住人口。2019年，县委、县政府发动全县6000多名干部（含3000多名教师），在暑假期间一户一户地统计，每户都有一张登记表。这个数据是县公安局认定了的，那个数据是统计公报里公布的，都有依据，只是统计口径不同而已。终于，市、省、国家层面都通过了。"我们不唯上、不唯书、只唯实。到紫阳检查工作的安康市扶贫局副局长刘子龙以内行、专业、严格而著称，最后也说：'紫阳县脱贫攻坚普查数据是有科学性的，你们是有定力的。'"

又如，"脱贫攻坚中残疾人政策落实方面，全县有46人没有享受残疾人相关政策，市上反馈：'为什么覆盖面没有达到100%？'我们坚持，这46人是四级残疾以下，不符合享受政策条件。还有0.039%没有享受，或者即使已享受，但村民没有如实提供情况，普查员据实记录，所以是对的。"

紫阳县的坚持及解释，给市上以启示，促使其指导此项工作更符合实际。8月7日，安康市脱贫攻坚指挥部办公室印发"脱贫攻坚普查导引"，明确地说，贫困户以国办系统中实际享受的政策为准，残疾人死亡了不统计为享受政策人口。

"2018年6月的一天下午，迎接省上脱贫攻坚半年检查时，我从

第十一章 贡献者群雕

汉王镇返回途中,发现双安镇脱贫攻坚档案不齐全,有的数据不实需要修改,给扶贫干部当面指出来。当时镇机关干部都很疲惫,很不情愿。六七个干部看到我带头动手,便投入到补充档案、修改数据的工作之中。到晚上,七站八所三四十人都参战了,我跟镇干部一起补漏纠错,熬到凌晨两点钟,镇干部都趴在桌子上睡着了,只有我一个人还在逐页审核。镇党委书记深为感动,说:'干部近期连续加班,太累了,就让他们多睡会儿。我虽然不懂业务,就泡杯酽茶陪你坐到天亮!'早晨8点多,终于完善了所有资料。"

"基层干部就是做活儿的,我们不怕做活儿,只怕做冤枉活儿!"

决定专门采访哈红黎,一是因为他处在全县脱贫攻坚业务总管的位置,熟悉情况;二是因为从网上看到有人在脱贫攻坚主题演讲里将他作为一个典型人物,他的事迹感动了我。两个多小时的访谈,让我觉得这位其貌不扬的中年汉子,的确是一个思路清晰、情况熟悉、业务精通、办事干练、作风严谨的负责人,一种敬佩之情油然而生。

其实,哈红黎担任紫阳县脱贫攻坚指挥部办公室常务副主任,是2018年1月的事情,时间并不算长。此前,他在乡镇担任过副镇长、镇党委副书记、镇长,在县民政局任过副局长。是组织上知人善任,在脱贫攻坚战情最紧张的时候,把他放在了这个"磨心"位置。

这个非同一般的岗位让哈红黎的潜能得到极大地发挥。正如紫阳县政协副主席、县脱贫办主任张宣铭所说:"哈红黎思路清晰、善于钻研、敢打硬仗,是紫阳脱贫攻坚业务指导的压舱石。"县脱贫办宣传

——紫阳县脱贫攻坚纪事

引导组副组长黄志顺说:"哈主任学习能力超强,记忆能力很强,对县级相关部门的业务知识,他在繁忙的工作中一边干一边就学习并熟悉了,对脱贫攻坚的基本情况和常用数据他记得滚瓜烂熟,脱口而出。刚开始时,单位的门卫老黄很奇怪,为啥总是有个办公室忘了关灯,加班的话也不会那么晚啊?检查几次后发现都是哈红黎在里面"恶补"。现在他是脱贫攻坚的活教科书。"扶贫干部说:"遇到啥不懂的问题,只要打通哈主任的电话,我们心里就踏实了。"

哈红黎充分发挥脱贫攻坚指挥部的牵头管总作用,上任不久,根据存在的问题,要求"八办三组五保障"部门给上级部门上报的数据都必须经他签字后才能上报。他说:"我不一定知道正确、准确的数据是啥,但是我能及时判断哪儿有问题。"

一次在城关镇青中村检查指导工作时,哈红黎发现该村软件资料缺项、漏项、错项较多,于是带着县脱贫办8名干部,会同青中村驻村扶贫工作队干部连续工作一个通宵,才将软件资料信息数据修正补充完善。回家稍微休息后,又与城关镇领导对另外5个村进行检查,一直工作到第二天凌晨5点钟。结合在指导、调研中发现的问题,哈红黎牵头建设了紫阳县脱贫攻坚档案管理体系,使县、镇、村档案管理规范有序、数据翔实清晰、记录准确有据,在国家、省、市的历次考核检查中均名列全市前茅。

在距离全县脱贫摘帽时间不足200天的时候,哈红黎发现一些镇虚报项目建设进度。项目建设能否如期完工,将直接决定紫阳县能否脱贫摘帽。哈红黎立即将这一情况向脱贫办主任和县委、县政府分管领导汇报,并牵头成立核查组,组织40余名干部深入各镇,对在建项目逐一核查研判。随即将核查结果进行分析,写出准确、翔实的核查报告,并对加快项目建设进度提出8条建议。在随后召开的全县脱贫攻坚推进会上,紫阳县委、县政府结合哈红黎提出的建议,出台了8条措施,对严重滞后的项目实行县上领导蹲点督办,实现了全县所有建设项目如期完工。

哈红黎以对党和人民的忠诚,凭着火热的心、认真的劲、埋头的干、使劲的拼,在脱贫攻坚路上留下了一串坚实的脚印。

2020年12月23日,哈红黎被授予安康市脱贫攻坚突出贡献奖;2021年2月25日,哈红黎在北京参加全国脱攻坚总结表彰大会,被中共中央、国务院表彰为全国脱贫攻坚工作先进个人。

秦宗道：担当有为谱新篇

在2021年2月25日召开的全国脱贫攻坚总结表彰大会上，中共紫阳县蒿坪镇委员会作为紫阳县唯一的先进集体，受到中共中央隆重表彰。

镇党委书记秦宗道非常激动。

是啊，自2016年4月担任书记以来，蒿坪镇先后得过多次先进——在紫阳县2017年社会满意度调查中位居全县第一；全县年度综合目标考核连续获得优秀等次；先后荣获"全省先进基层党组织""全省食品安全示范镇""全市重点镇示范体系建设先进镇"……这些荣誉，都是对秦宗道及镇党委、镇政府一班人尽职尽争创一流的肯定和褒奖，他都十分珍惜。而如今这等高规格的表彰，多少年才能遇上一次呢？！

他的耳朵、眼睛接受着来自四面八方的恭喜、祝贺，思绪却闪回到几年前哭笑不得的履新时刻。担任蒿坪镇党委书记快满五年了，其间经历了多少风霜雨雪、越过了多少山涧沟壑，数不胜数啊，特别是到任时的迎头一棒。

第十一章 贡献者群雕

2016年4月调任蒿坪镇党委书记的秦宗道，尚未正式到任，就迎来"当头棒喝"。双星社区近百户居民为房屋买卖和维修纠纷又一次开始集体上访，网上吵得沸沸扬扬，形势十分严峻。人生地不熟，两眼一抹黑，平息群访的难度可想而知。他马不停蹄地赶去，带领镇干部通宵达旦几昼夜，硬是平稳彻底解决了这场危机。

当年腊月，200多名进城务工人员突然涌进蒿坪镇政府讨要工钱。经调查，原来是一房产开发商因资金链断裂"跑路"，导致进城务工人员工资无着落，他们只能来找政府。面对几近失控的局面，秦宗道想尽办法稳定大家的情绪，寻找老板耐心劝返，同时积极协调各方参与解决，最终当晚悉数兑现了120余万元拖欠工资。

没有稳定的环境，就难有大的发展！

秦宗道通过成功化解一次次的麻烦事，让蒿坪镇的干部认识到，信访工作就是送上门来的群众工作，做好信访工作是党的宗旨的体现，也是创造良好发展环境的前提。为此，他要求所有镇干部必须公开照片和电话，主要领导必须开门办公、主动接访，并出台首问负责、包案化解等制度，将每月28日定为书记接访日。同时组建综治中心，各部门信息互通、数据共享、诉调对接，力促所有信访案件第一时间得到妥善解决。

为了进一步营造向上向善的良好社会环境，秦宗道以雷厉风行、敢于担责的作风，积极响应市委、县委号召，大力推进新民风建设，制定出台新民风建设专项考核办法和奖惩措施，每年年底拿出20万元表

彰各村致富标兵、诚信企业、好媳妇、好婆婆、好孝子和支持蒿坪发展的"最美蒿坪人"。同时,指导各村制定村规民约,陆续组建蒿坪商会、青创协会、老年协会、餐饮协会,镇纪委和村监委牵头成立民风纠察队,将政府管理、行业自律、群众自治有机结合,使新民风建设在各村纵深推进。创造性地成立能人报告团、文艺演出团、乡贤评议团和红白理事会等群众性组织,在镇内大张旗鼓开展民风民俗改造,对人情风、赌博风、懒惰风、扯皮风等重点顽疾和陈规陋习,既下猛药,又吹和风。从而使全镇社会风气大为好转。

蒿坪镇街道社区年逾古稀的居民曹信如和几个老伙计聊起这几年蒿坪镇的可喜变化,个个赞不绝口:

"过去,街道污水横流,乱搭乱建,扯皮闹事,集体上访。现在变了!"

"蒿坪村2017年送礼额约280万元,第二年据统计只有20多万元了。"

"感觉一下子手头宽裕多了,也听不到啥火炮声了!"

"几十年来的遗留问题,在这届领导手上都得到了彻底解决,咱们蒿坪可是在全县硬气了!"

种种巨大变化,第一功臣自然是"第一责任人"秦宗道。蒿坪镇是紫阳县副中心镇,常住人口3万多人,上上下下多少双眼睛盯着呢!不干出个样子来,怎么对得起自己的良心和肩上挑着的这副担子?

秦宗道出身于贫苦农家,当过县直单位负责人,也当过边远乡镇一把手,生活阅历和工作经验都很丰富,又善于学习和思考。他认为,

第十一章 贡献者群雕

要让全镇人民脱贫致富，必须发展产业。

曾经的"煤老板"邱超面临煤炭行业转型压力，秦宗道鼓励他发展现代农业。仰仗党委、政府的引导和支持，邱超注册成立紫阳县神龙富硒农业有限公司，在森林村兴办生态农业园区。当年，森林村按照"党支部＋园区＋贫困户"发展模式，将森林村、全兴村 800 亩集体土地和 1300 亩农户承包地集体流转，按照地理位置和区域，打造种植区、生产加工区和休闲娱乐度假区三大功能区，主要种植富硒茶、青花椒、大米、金花葵等经济作物。并分步骤配套建设陕南特色民宿、硒茶餐饮、休闲垂钓、采摘体验园等，打造集吃、住、游、玩为一体的休闲农业综合示范园。通过园区务工，当地 103 户贫困户端上了"租金＋薪金"的金饭碗。像神龙这样的富硒生态园区，在森林村就有 3 个，3 家企业相继解决了当地 400 多人的脱贫增收难题。

在秦宗道强力主导下，蒿坪镇坚持用红色党旗引领绿色发展，坚持用工业化思维推动农业发展，依托村党支部战斗堡垒作用，在各村组成立股份经济合作组织，强化经营主体主导作用，通过"三变"改革等多种方式，将土地资源集中整合起来，以规划引领，积极开展招商引资，让企业真投资、真干事、干成事，蹚出一条产业发展助力脱贫攻坚的新道路。

森林村的成功实践，迅速在全镇推广开来。黄金村积极探索农村旅游发展新模式，利用山谷地理资源种植樱桃，创建全国旅游扶贫村；王家河村在做大做强"真硒水"产业的同时，做起了"富硒花"，引进企业流转土地种植富硒金丝皇菊，办起了菊花产业园区。继而，村"两委"再次集思广益，又一次做起村内"真硒水"的文章，修建鱼塘养起了"真硒鱼"。蒿坪村"茶旅产业农民专业合作社"通过劳务用工、订单收购、土地流转的方式，带动贫困户增收，集体经济不断发展壮大。

"将农民放在产业链上，能够有效带动农民发展产业的积极性。"秦宗道认为，发展产业，不断提高土地产出率和劳动生产率，由粗放经营向集约经营转化，农民增收才能持续。

秦宗道"野心"很大，提出聚力打造"生态环境优美、富硒产业聚集、田园新城引领、康养休闲配套"的特色小镇。随即，红旗新区开发开工、硒谷大道建设启动、玉龙山森林公园开建……群众期盼的一个个项目陆续上马。蒿坪大地生机勃勃，蒸蒸日上。

2017年2月16日，作为安康市重点项目的蒿坪集镇安置社区正式开工建设，此举也标志着紫阳县副中心镇、安康市重点镇建设的正式启动。这一天，是蒿坪镇建设史上的转折点，整个集镇新区计划建设住房3000套、可容纳1万余人口，其中前期以户定建计划建设易地扶贫搬迁安置房22栋892套。

在新区建设中，镇党委一班人战严寒、斗酷暑、白天黑夜两班倒，利用一切有利天气抢抓进度。在1号楼建设中，因房建企业资金周转出现困难，无法保障建设进度，秦宗道想方设法从别的工地协调水泥、钢筋、砖瓦，协调工人加班加点抢抓滞后的工程进度，买来钢丝床和被子，晚上驻扎在工地监督施工，经常和工人一起熬到凌晨两三点才

第十一章 贡献者群雕

回工地的临时宿舍休息。

蒿坪街道的十字路口有一户危姓人家,是挡在路中间的钉子户,长达13年雷打不动。秦宗道偏不信邪。

危某在家办有小餐馆,其猪蹄子炖藕是蒿坪的招牌菜,生意兴隆。秦宗道到他家去,说:"危老板,听说你的猪蹄子炖藕做得好,我给你200块钱,你给我上一份,我来尝尝。"吃一次,彼此就认识并成为朋友了,便继续去吃猪蹄子炖藕,聊天。三四次都不谈房子的事,聊他的儿女、他的亲戚、他的创业故事,就是一直不和他说正事。

危某十几年不拆房子,社会上都说他是钉子户,镇干部都不愿意跟他说话,他也感到越来越孤独。没想到一个新来的镇党委书记跟他谈得无比投机,有一种知音的感觉,自己忍不住而提出房屋拆迁的事来:"秦书记,你到我这里来到底是为了啥?"

"想把你的秘方弄出来,办一个大一点的店子。"秦宗道嘿嘿一笑。

"你肯定不是为了猪蹄子炖藕,而是为了我房子的事。"危某干脆打开天窗说亮话。

"说到你房子,我还真是有看法。你都六十几岁了,又不缺钱,该享福了,咋还住在这么一个碉堡样的旧房子里!"秦宗道很是不解,且不无揶揄。

"我有一块地,想建房。我不拆老房子,政府就不批建房手续。能不能给我批了?"危某顺水推舟。

"你这块地从规划上来说是不许可建房的。"秦宗道一本正经地说。

——紫阳县脱贫攻坚纪事

"你帮我想点办法,只要政府把这块地的准建手续给我批了,这房子不要钱,拆掉就是了!"危某既真诚又慷慨。

"真的?我帮你想办法!"秦宗道趁热打铁,明确表态。

说起来简单的事情,办起来确实麻烦。秦宗道一级一级地想办法,直到在省国土资源厅把建房的手续办下来。

拿到建房手续后,没过两天,危某自己把房子拆了。以前说给他100多万块钱,另外承诺给一套房屋,他都不拆。如今却分文不要,自己拆了。奇哉怪也!其实,秦宗道只是帮他办了一个修建房屋的手续,土地还是他自己的。

13年的"眼中钉"终于拔掉了,一时间整个蒿坪集镇像炸开了锅,议论纷纷。

"我感觉,不要老向群众谈政策,政策是死的,不能变的。要谈感情,交朋友,深入进去了,了解到群众真正的需求,明白了痛点和堵点在哪里,办法就出来了。"秦宗道深有体会地说,"通过聊天,我发现他的真实意图并不是要多少补偿资金。新的宅基地在规划上需要调一调,当时几届领导都嫌麻烦,所以一拖再拖。因为蒿坪是县城副中心集镇,规划是省政府批的,要到省国土厅去协调办理。我们连跑了三次省城。一个镇干部到省上去协调工作,肯定是有难度的。而我们不厌其烦地跑,直到把这个事情给他办好,他为此非常感动。"

危某新建的房子,现在每年仅门面租金收入就达50多万元,自然十分满意,老伴加入了镇上的旗袍协会,一家人过得闲适而滋润。秦

第十一章　贡献者群雕

宗道不但把"碉堡"攻下了，而且赢得了老百姓的拥戴。

"蝴蝶效应"出来了。集镇所有违章建筑一次性彻底清理。

当然不是秋风扫落叶那么简单。譬如下茨坝，38户都在屋后搭建有棚子，或做库房，或做厨房，或做洗手间，把一条路几乎占完。政府去拆的时候，一个老领导劝告秦宗道："这是犯众怒的事，38户人都是咬铜吃铁的老门老户，以前拆了几次都没有拆掉呢！"秦宗道先从亲戚下手，动员亲戚带头拆掉私自搭建的棚子。接着，拆掉蒿坪镇国土所的违章建筑。最后，通知其中的公职人员，一个个地谈话做思想工作，动员他们拆除违章建筑。其他群众一看，这次是玩真的了，积极配合。最后，秦宗道和镇长带着全镇的干部和工程队，沿路拆出去，一天搞定！

这两件事像两阵旋风，刮走了集镇建设的乌烟瘴气，带来了浩浩正气，群众看到了党委、政府干事创业的决心。违章建筑清理完后，群众将一面面锦旗送到了镇机关。

秦宗道负责包联双胜村。进村的路口有一个小山包，叫"乌龟包"。这里的道路拐弯太急，多次出车祸，群众怨声载道，一直想挖掉，但是得花二十来万元，一直没有实施。他跟群众聊天时，村民说："你要是把'乌龟包'挖掉了，你让我们干啥都行。"秦宗道也想把它挖掉，双胜村要脱贫，进村的道路必须修好！

搬山，钱从哪里来呢？村上建安置点，修建基础时，要用土石方回填，得花钱买土石方，一立方六十元钱。秦宗道对承包工程的老板说："一方只要四十五块钱，我给你拉。"老板笑说："你一个书记，还承包什么工程哟!"他说:"我不仅价格低,而且给你拉石渣子来,稳定性比土还好!"谈好后,他就找了个挖机开始施工。

最终,政府不但没有花一分钱就把乌龟包挖掉了,还为村上赚了两万二千块钱!

善于学习、思考和总结的秦宗道由此悟出心得:工作得有战略思维,要下一盘棋,统筹安排,互相联系着开展,这样省力、省钱。通过工作和工作之间的配合,可以干很多不花钱就能干成的事情。办法从哪里来?第一,你要想干事,想干就能激发智慧和点子。第二,你要对老百姓有感情。老百姓想干,你就必须要干,要干你就得想办法。

党的各项工作就是要以人民为中心,党委就是要统揽全局、协调各方。秦宗道是个心系人民的帅才(起码是个将才吧),不然怎么能把党委书记当得那么出色!

秦宗道说:"民心顺,啥都顺。老百姓哪里不满意,你就赶紧去解决。做出什么决策,首先要想老百姓想不想干这个事。他想的事你去干了,他肯定支持你。基层工作,必须和群众建立深厚的感情。"他对农村工作有个形象比喻:搞农村工作就像中医看病,病人不是按照药书来害病的,所以你也不能按照药书来开处方。如果机械地按照条条框框办事,十有八九干不好。要像中医一样,根据政策"配伍"。调配好了,别人很难解决的问题,你轻轻松松就解决了。

随着各项投入的持续加大,蒿坪镇城乡建设投资开发公司、蒿坪镇综合执法队、蒿坪镇环境保洁公司等过去闻所未闻的新机构也陆续挂牌成立。特色小镇迈向乡村振兴的前奏，气势恢弘，悦耳动听。

秦宗道日夜思考、殚精竭虑的，不仅仅是完成脱贫攻坚这项艰巨的任务，而是早早地与乡村振兴战略接续。他说，"党支部＋园区＋贫困户"发展模式，是立足当地实际的最现实的做法，它成功破解了困扰当前农村各项事业发展的三大难题，即后移民时代大片农村土地谁来种、怎么种的问题；后务工时代广大农民如何就地就近就业增收的难题；后脱贫时代乡村如何持续振兴的难题。镇党委、镇政府要做的，就是一以贯之，坚持不懈，谱写新篇章。

以"第一责任人"的担当、开拓和奉献，久久为功，这正是人民群众的期待。

秦宗道在谱写看得见的"新篇章"的同时，还默默地下着许多看不见的"笨功夫"，致力于人们"精神荒地"的开垦、灵魂的洗礼与升华……

郑永友：老将返乡当"头雁"

"县水利局老郑回老家当村支书了？"

"家住县城，正科级，已退二线，快到花甲了，却回那偏远的地方当'村官'，图啥呢？"

很多人不理解。

是啊，几十年来辛苦工作，太累了！该好好歇歇、享受悠闲带孙子的家庭生活了！

往年工作的忙碌和艰难不堪回首。1998年，开始实施中国秦巴山区世界银行扶贫贷款项目（简称世行贷款项目）时，郑永友是乡上的蚕桑专干，接手了这个"烫手的山芋"。实施养殖项目，引进的新优良品种售价很高，加之长途运输，成本翻倍。他把种畜送到农户家中，苦口婆心地劝其喂养，但是都嫌太贵，害怕到时候还不起债，给退了回来。退了送，送了退，其中一户的小猪他送了4次才终于"定居"贫困农户。一次深夜送小猪不小心跌跤，胳膊骨折，流血不止，包扎好后，仍然翻山越岭给农户送小猪。这期间，他与乡政府分管领导一起筹资买水泥，

第十一章 贡献者群雕

请技术人员为农户建设标准化圈舍,弄得村民"一千个不愿意"却"对你没办法"。这批被称为"金猪、银羊"的400多头种畜,直到产子让村民赚了钱尝到甜头,他们悬着的心才落地,郑永友也才如释重负。林本河村二组村民陈荣兵靠一头基础母猪产仔销售年收入净增3.8万多元。世界银行检查团对双安乡世行项目区重点检查后,以养殖、林果、基础设施为基础总结提出"紫阳模式",在安康地区世行项目检查汇总会上指出,"紫阳模式"扶贫值得在全国推广。也许是因为郑永友属牛,也许是因为从小在苦水里泡大,也许是因为对村民脱贫致富有着更深的体会,他那种特别能担当、特别能吃苦、特别有韧性的牛劲,让人闻之无不动容。这样的干部难找啊!《安康日报》专题报道称他是"拓荒牛"。2001年,郑永友被陕西省扶贫办评为"全省扶贫工作先进个人"。因而,乡政府换届时,他以农民身份的乡扶贫办主任被选为副乡长,成为国家公务员。这位子他一坐就是8年。

2008年8月,郑永友调任县水利局党委委员、县防汛办副主任后,"5+2""白+黑"是工作常态,顶住了轰动全国的"718"特大洪涝灾害。人们都说"110""119""120"值班最苦,而防汛工作责任重于泰山。雨情、汛情错一分钟就人命关天,尤其是汛期,大脑里紧绷的那根弦就没有松过,每时每刻头上就像悬了一把"利剑"。防汛工作8年里,他多次被国家防总和省、市、县评为先进工作者。

2016年,郑永友因年龄原因从领导岗位退居二线。"这下轻松了!"他对家人说。

可是,"好景不长",双安镇党委在打这头"牛"的主意。三元村党支部原书记考上国家公务员后,找不出一个合适的"班长",工作涣散。郑永友是该村人,如果能让这个老将回乡担任村支书,那是最好不过的人选了!镇党委书记姜显国向县水利局、县委组织部提出要求,得到支持。时任县水利局局长刘洪涛说:"我确实舍不得把老郑放走,可脱贫攻坚工作又是统揽工作全局的重中之重,那就支持老郑吧!作为局里下派干部,有关项目局里给予大力支持。"但是他们明白,眼下脱贫攻坚战事正紧,不少本地的村干部都吃不消,郑永友能答应"吃二遍苦、受二茬罪"吗?那就"生米做成熟饭",试一试。

春暖花开,大地一片生机。郑永友的党组织关系转到了双安镇党委。县委组织部常务副部长程本裕将他请到办公室谈心,告诉了"组织决定"。此时,他完全可以坚辞不就。因为,除了"心照不宣"的事儿之外,妻子还患有慢性阻塞性肺炎、心脏衰竭等多种疾病。然而,他应承了。此时此刻,他的脑海浮现出了三元村那亟待改变的贫穷落后现状,以及父老乡亲那一双双渴盼奔小康的眼睛。与众多乡亲的困难和期盼比起来,个人的享受和小家的困难算得了什么?

2018年3月25日,在三元村党员干部大会上,30多人参会,全票通过,郑永友走马上任。

三元村交通闭塞,是紫阳县的穷乡僻壤,俗有"第二竹山村"之称,汉江擦身而过,彼岸就是汉阴县漩涡镇的辖地。全村总面积11.8平方公里,335户1275人分布在32个山头的沟沟壑壑间,其中贫困户205

户，在册贫困人口 745 人。

眼下困难重重：群众用水困难、电线老化、电压不稳、通讯不畅、手机信号差、村上无任何支柱产业、村委会办公场所还是在邻村租的房屋……

群众意见很大："邻近的村一年一个样，我们村依旧贫穷落后！"村民争当贫困户的浪潮一浪高过一浪，上访、缠访事件一波接着一波。

所见所闻，令人颇感沉重和焦虑。

郑永友提出"建阵地、抓党建、强班子、聚民心，强力推进脱贫攻坚致富奔小康"的工作思路和奋斗目标，并表现出雷厉风行、大刀阔斧、只争朝夕的作风和"牛劲"。

上任第一件事就是抓阵地建设。多方筹集资金 20 余万元，修建了三元村党群活动中心，村委会从白马村租房办公地搬回本村中心位置。利用村两委换届选举机会，将有威信、能干事的年轻人充实到两委班子。年轻有为的 20 多名青壮年纷纷递交入党申请书。全村推选 35 名群众代表，共青团、妇联、调解委员会、专业协会等基层组织、经济组织样样健全。村支部会、两委扩大会、群众代表会等各类会议频繁召开。打好脱贫攻坚战有了组织保障、思想基础。

郑永友的奔波和争取，赢得省、市、县各相关部门和帮扶单位的大力支持。各类项目资金共计 3800 余万元先后到位，使三元村水、电、路、讯等基础设施发生翻天覆地的变化。

"娘家"县水利局做他的坚强后盾，后任局长曹仲之多次深入三

—— 紫阳县脱贫攻坚纪事

元村了解情况，还带领工程技术人员直接到各家各户察查饮水困难，得出的结论是"用水贵如油"。为此，县水利局给予项目扶持资金324万元。全村共新建人饮工程14处，铺埋饮水管网4.12万米，可用的水源全部派上用场。有些地方没有水源，就用提灌工程解决。五组、六组300余人饮水的老大难问题，按照理论设计两口水窖就可以解决，但是项目建成运营后，水源供给不上，有时候村民又得等水用。为此，郑永友又出面协调增加建设一处提灌工程，使村委会及钥匙房住户的用水难问题迎刃而解，全村家家户户终于都吃上了自来水。

经郑永友多次沟通和努力争取，县电力局投资130万元，架设高压线路2.7杆公里，低压改造4.5杆公里，安装200千伏变压器一台，分别对6台老旧变压器进行改造和提升调压。全村从此告别昔日的"南瓜花虫电"。四组16户人住在山顶，属于全村供电的尾线位置，用电高峰时低压灯泡都不亮，几年前就向上级多次要求解决电压不足问题，这次终于借扶贫村供电项目建设解决了老大难。四组贫困户吴明秀有智力障碍，原来的村干部担心用电安全问题，就没有给她家供电。郑永友得知，上门与她沟通，见她用电心情很迫切，就及时把供电所人员请来给她讲安全用电常识，手把手地教她电饭煲安全使用流程。现在，全村有200多户村民装上了空调，用上了电冰箱、烤火炉和电暖气等各种大功率家用电器。县交通局给予的公路项目资金1140多万元，效益也很明显。村上凭此新修村委会驻地与541国道连接线，三元村接草川村、三元村接桐安村等6条12公里联村联组公路，并全部用水泥硬化，还实施连接双安镇和汉王镇的村级主干道公路油翻砂8公里。因公路用地协商意见不一致等问题，郑永友不知费了多少口舌。现在，三元村公路入户率达90%以上，村民"出门不沾灰，进门不带泥"，彻底告别了肩挑背驮的出行历史。

此前三元村移动通信信号覆盖不到40%，群众接打电话须到山顶去找信号。经联系并与省移动总公司、县移动公司、县电信公司多次对接，最终获得投资120多万元，修建了电信信号塔、微型移动信号发射站，架设光缆11杆公里。通信网络实现全覆盖，看新闻、刷抖音、聊微信，身处僻壤也能知晓天下事。

基础设施建设解决了群众基本生活需求，脱贫致富还得依靠产业增收。在县茶叶局、县移民局的大力支持下，1000亩"陕茶一号"高标准示范茶园、1000亩"九叶青"花椒园建设起来。一天，整理完一片花椒园，一个把郑永友叫表叔的年轻人来到村委会，理直气壮地说："郑书记，你要给我写个东西，保证我家三年不出事！"原来是因为砍掉了一座坟园的杂树，年轻人认为"坏了风水"。郑永友被愚昧和狭隘激怒，一顿劈头盖脸的痛骂把这年轻人轰了出去。"没有五山斧，不砍六山柴。"事后郑永友说。他那刚正火爆的脾气在村民中传扬开来，村上修路、建房，再也无人敢拿"风水"之类的理由说事。

庚子年小雪后三日，雨后的一个阴天，我到三元村采访，驱车沿着新修的水泥路切身感受村上的巨变，目之所及，见到不少村民正在给茶苗和花椒树施肥。脚下这成片成行的茶园，是上年栽的，很难发现缺苗。我问为什么茶苗成活率这么高，正在割茶园里套种的辣椒秸秆的一组村民刘方翠说："我们按照村干部要求，用生根剂浸苗，窝子挖得深，培土用得细，地膜盖得严实，村上又把水管子拉来让我们给苗子淋水，水淋得足，所以活得好。"郑永友指着那起起伏伏的山峦，说："现在三元村没有撂荒土地。一等地保命（种粮），二等地种茶，三等地种花椒。村民增收、乡村振兴就靠这青山呢！我要实现家家有产业、人人有事干！"轻轻的言语透露出满满的信心。

在发展花椒、栽茶建园过程中，三元村利用苏陕扶贫项目资金建起 500 多平方米的茶叶加工厂，从浙江引进的红茶、绿茶两条生产线，设备安装已经全部完成，可年产 20 吨商品茶叶。那崭新的 600 多平方米的综合办公楼，挂着茶厂办公室、农民专业合作社、肉牛养殖合作社的招牌。村上产出的各类产品通过专业合作社销往外地。

在包村单位陕西省杂交油菜研究中心和县邮储银行的大力资助下，郑永友积极宣传、倡导新民风。2018 年，村上召开新民风文艺演出及表彰大会，对 52 名在外创业成功人士、勤劳致富标兵、环保卫士、文明院落、优秀护林员、护路员、好媳妇、好婆婆、好丈夫等进行表彰，到会 400 多人，盛况空前。村党支部则对优秀共产党员进行表彰和奖励。这些活动，让群众学有榜样，赶有目标。如今，争当贫困户的现象绝迹了，缠访、闹访的人没有了，村容村貌及环境卫生极大改善了，而全村 205 户贫困户住房全部达标，则不在话下。

郑永友一身正气、两袖清风。近三年，在国家扶持的该村 3800 多

第十一章 贡献者群雕

万元项目中，他没有沾染和承包一分钱的工程，所有项目都通过招标实施，竭力为施工企业提供最优越的施工环境，从不给企业添难添乱。该给贫困户的优惠政策，从未有过优亲厚友的现象发生，村班子从未出现过克扣和挪用等现象。他的私家车成了村"两委"的公务用车，一年下来，村上、镇上、县上约跑两万多公里，仅油钱就得一万多元，可他没报销过一分钱。他以自己的无私奉献和拼命工作，换得全村脱贫摘帽目标的如期实现。

郑永友个人也收获了荣誉。2019年7月，被中共安康市委授予"脱贫攻坚优秀党组织书记"荣誉称号；2020年6月，被中共安康市委、安康市人民政府评为安康市脱贫攻坚"突出贡献奖"；2020年11月，被县委组织部作为优秀村支部书记推选至延安梁家河参加中组部、农业农村部举办的培训班学习。当我问其感受时，他说："这次延安学习之行，看到两口窑洞感受特别深刻，住过窑洞里的两代伟人从那么艰苦的环境里走出来，为中华民族屹立于世界东方奠定了坚实基础。今天，我们有什么理由不充当脱贫攻坚先锋，不为乡村振兴出力呢！"

再健壮的牛也会累倒的。2020年7月3日，郑永友在双安镇开会得知，国家要来验收紫阳脱贫攻坚成果，镇党委、镇政府要求每个村都要做好准备。返回村上，他和县、镇、村三级四支队伍的队员们一头扎进脱贫攻坚硬件、软件的查漏补缺之中：水、电、路、讯基础设施工程扫尾；贫困户搬迁入住扫尾；档案资料的进一步完善……天天连轴转、高强度。

　　终于扛不住了。7月19日早晨8点，郑永友从老宅到村支部办公室，走到最后两步楼梯，感到很累、头晕，一屁股坐下去就失语了。所幸被省驻村工作队队员及时发现，立即联系送往县中医医院。诊断结果："疲劳过度，脑梗死。"

　　病情稍有好转，他就返回村上。

　　此时，国家普查组在三元村普查20天后即将离开。当一位个头不高、面庞黝黑、近乎秃顶的传说中的"牛人""善人"走到面前时，普查组张老师感动得热泪直流，哽咽着说："郑书记，没想到您恢复得这么快、这么好……像您这样群众呼声这么好的村干部，我真没见过……"

　　历经4个月的治疗，郑永友终于走出安康市中医医院的病房，返回了三元村。走路虽不利落，但是我觉得，那并不高大且略显病态的身躯像一座伟岸的山……

第十一章 贡献者群雕

肖宝：青春在第一书记岗位闪光

2016年12月4日晚七点多，紫阳县洄水镇小河村村委会里，同志们正埋头整资料。第一书记肖宝却晕倒在地上，不省人事！

伙伴们赶忙将他送往洄水镇中心医院。医生初诊后建议尽快送县医院治疗。由于他昏迷不醒，当晚又转诊至安康市中心医院治疗。诊断结果为心脏"二度二型房室传导阻滞"。住院治疗两天，病情刚有好转，肖宝就要求回县，受到医生严厉批评后，只得心焦火燎地坚持住院。

从安康市中心医院出院后，家人和伙伴们都反对他重返第一书记岗位。这次发病，就是因为连续十几天没有休息，白天入户，晚上整资料，精力和体力严重透支，身体太疲劳了，精神压力太大了。但他义无反顾，坚持要回小河村。妻子生气地说："你可以不顾家，但你不能不要自己的命啊！"他顽皮地一笑，说："家要顾，工作也要顾呢。"安慰一番妻子后他又说："那里有我没干完的扶贫工作，还有留守的孩子和空巢老人期盼着我，我得履行诺言。群众最大的愿望就是重建校舍，恢复到6个年级。现在外援资金已经找到，稍一松劲就会前功尽弃……"

巨 变
—— 紫阳县脱贫攻坚纪事

2014年6月,肖宝从团县委来到洞水镇小河村担任驻村第一书记。小河村交通闭塞、物产资源匮乏,基础设施建设薄弱,外出务工是当地群众的主要收入来源。全村1886人中,建档立卡贫困户就有811人,村里留守老人、留守儿童问题尤为突出。撤乡并镇后,全村唯一的小河小学只保留了4个年级,部分学生不得不去斑桃或者洞水就读,村民多次到村、镇反映修建学校的问题,但始终未能解决。

驻村第二天,肖宝到学校了解情况,看着即将倒塌的教学楼、破乱不堪的桌椅和面临辍学的孩子,他向群众庄严承诺:"一定要为小河村援建一所希望小学!"可是,群众投来的是不信任的眼神。一个毛头小伙,白面书生,真能办出大事?来自团县委这个清水衙门,既无权又无钱,不是夸海口么,建校资金起码要一百多万元,资金从哪里来?

别看肖宝个头不高,其貌不扬,却是一个很有担当、说一不二的人。既然许下了诺言,困难再大也要办成!在大家的质疑中,他各处奔走,想方设法解决建设希望小学的资金问题。

2015年10月,江苏省青基会的领导在紫阳县红椿镇参加希望小学竣工典礼时,肖宝主动联系他们,详细介绍小河小学的情况和争取援建希望小学的想法。翌年9月16日,江苏省青基会的同志们来到小河村实地走访考察。一路上,肖宝把小河小学的学生生源、师资力量、未来发展的打算等,一一向他们讲明,积极争取认可和支持。10月初,同意捐资30万元援建希望小学的喜讯从江苏传来。村民们得知,非常高兴,向肖宝竖起了大拇指。

第十一章 贡献者群雕

随后，在大家的共同努力下，紫阳县教育局的配套资金125万元到位。明良阳光希望小学于2017年年底开工，2018年11月竣工投入使用。

从此，小河村、端垭村和团兴村孩子上小学难的问题解决了。建档立卡贫困户伍贤刚的女儿原本要步行8公里山路，到邻近的斑桃小学上学。如今，他家搬进了村里新建的安置房，女儿步行5分钟就能到达学校。

在有关方面支持下，肖宝还先后争取到社会资金30余万元，为全村留守儿童购买学习和体育用品，为119名儿童发放了彩虹盒子、毛绒玩具和爱心水杯，为22名特困学生发放助学金、送去了运动鞋。他就是要用自己的实际行动，让孩子们相信党为人民办实事，办好事，更加热爱党，知党恩，跟党走。

与镇村干部夜以继日的并肩作战，换来小河村脱贫攻坚战的一项项战绩：新建村安置点2个，组团安置点7个，以分散安置和城镇安置等方式，切实解决了全村258户贫困户的住房问题；全面落实脱贫攻坚项目45个；切实解决与群众生活密切相关的水、电、路、讯等问题；为村里的大学生举办升学礼；为搬迁户举行搬迁礼；为爱心超市捐款捐物；表彰新民风建设模范典型；提升当地村民的内生动力……如今，小河村已从一个贫困村发展成为以茶叶、流水养鱼为主导，养殖和魔芋种植全面发展的产业村。2019年小河村全面出列，贫困发生率从35.23%下降到1.45%。

7年来,肖宝将小河村老人和留守儿童当作自己的亲人,却让自己年近八旬的父母成了"空巢老人",女儿成了"留守儿童"。肖宝刚驻村时,他的女儿正蹒跚学步。如今女儿已上小学,他却没陪女儿过过一次生日,更没时间带她外出游玩。他的妻子在繁忙的工作之余,既要照顾年幼的女儿和4位老人,还要操持家务。最让肖宝遗憾的是岳母生病住院,直至离世,他竟没能照顾一天。肖宝说:"扶贫成效是对这些遗憾最好的弥补。小河村人把我当作自己人,我也把自己当作小河人。在小河村脱贫攻坚的经历,是我一生的财富和荣耀。"

在小河村,肖宝的"主业"是履行第一书记职责。按规定,他是可以不管单位业务工作的,但是他知道,团县委在岗只有3人,其中能正常上班的只有两人。自己还是县少先队总辅导员呢,这个职责也不能丢啊!

他见缝插针,夜以继日,竭尽全力推动紫阳县少先队工作,积极策划开展少先队活动,着力为紫阳县培养优秀少先队辅导员。

2018年6月1日,他指导辅导员们在小河村文化广场上隆重举行"你好,新时代"主题队日活动,22名新队员庄严宣誓后,成为光荣的少先队员。他深化少先队"手拉手"品牌活动,当年11月促成汉滨区初级中学与紫阳县10所农村学校"城乡手拉手,脱贫奔小康"友好结对。

2020年,陕西省举办第五届少先队活动展示暨教学(教育)能手评选大赛时,尽管驻村工作非常忙碌,肖宝仍坚持帮助紫阳县参赛选手——紫阳小学大队辅导员刘雯雯积极备赛,挤出时间帮她查找专业资料、活动信息，与她一起研究比赛要求，探讨活动展示主题和大赛内容，还请来其他地区的优秀辅导员进行现场指导。

"红领巾寻访"活动怎么开展？寻访什么？寻访路线如何规划？当刘雯雯感到困惑时，肖宝指导她问计于童，将队员们在课下热议的"超级英雄是谁"作为寻访活动的主题，带领队员们走进东山烈士陵园，了解紫阳的英雄人物，讲述紫阳籍红军战士的英雄故事……寻访活动结束后，肖宝又帮助刘雯雯连夜剪辑、制作视频，进一步挖掘寻访活动背后的意义，修改活动案例文稿。忙完这些，他才匆匆赶回小河村投入脱贫攻坚战场。

刘雯雯参赛在即，肖宝的岳父却生病住院，妻子也要下乡扶贫，孩子没人照顾。但他仍然克服重重困难，坚持陪同刘雯雯参赛，为她鼓劲加油。在这次大赛中，刘雯雯带领队员们开展的"脱贫路上茶香四溢"主题活动以及"红色纪念地"红领巾寻访活动，得到专家们的一致好评；刘雯雯获得"陕西省教学能手"称号。这让悉心培养年轻辅导员的肖宝感到无比欣慰。

肖宝就这样在履职驻村第一书记责任的同时，用心打造优秀辅导员队伍，出色完成了紫阳县少先队总辅导员工作，连续 7 年获得全市共青团工作、少先队工作"双优秀"。

春华秋实。继荣获"紫阳县优秀驻村第一书记""安康市优秀共青团干部""陕西省优秀共青团干部"之后，2020 年五四青年节前夕，肖宝被共青团中央评为"全国优秀共青团干部"。他还成为中国少年

先锋队队刊《辅导员》杂志封面人物，荣登2021年2月（上半月刊），照片中的他戴着红领巾，于蓝天白云下站在翠绿的茶园里，正给少先队员及辅导员讲授着茶叶、产业……

肖宝的青春在第一书记岗位上大放异彩。他用真情和奉献在乡村书写了精彩的"青春答卷"。他像农人一样，为着果实精心地播种，让收获从责任开始，让生活因劳动而美好，因创造而充满诗意。

他在"个人感悟"中写道：驻村7年来，2000多个日日夜夜，与全体驻村队员一起，摸排情况、落实政策、走村进户，建基础设施、搞教育培训、找增收路子，没有片刻懈怠！"两不愁三保障"全部落实，为市县如期脱贫摘帽夯实了基础，为"脱贫路上不落一人"贡献了小河村全部力量！对得起这青春最好的7年，也对得起"第一书记"这沉甸甸的称号，更对得起"共产党员"这光荣与责任并存的身份！

第十一章 贡献者群雕

张小红：以心换心的好"姑娘"

紫阳县红十字会干部张小红到紫阳县瓦庙镇新华村报到前，村支书在干部会上宣读上级脱贫攻坚文件，一位与会者听说要来一名女干部，不无担忧地说："来个女的？晓得是个林黛玉呢，还是梁红玉呀？"有人接过话茬："城里的人，走不走得稳这山路哦？走不稳，你们还要背哟！"一句俏皮话惹得人们哄堂大笑。

这事张小红并不知道。说来蹊跷，张小红进村没几天，还真摔了一跤，而且摔得不轻。

新华村的公路是从河谷盘到山巅，坡陡弯急。一天，张小红和同事一块儿骑着摩托车入户，经过一处积水路面时，车轮打滑，连人带车摔了出去。她从地上爬起来，左腿已经失去知觉，弯腰一看，牛仔裤破了一个大洞，膝盖上蹭掉了一块皮，鲜血直流。

村上干部赶来，把张小红送到镇卫生院做了检查，虽然没有骨折，但伤了韧带，需要静养。"刚到村上工作就休假，这让群众咋看我？我不能做千金大小姐。虽然腿不能动，手上的活儿是可以做的。况且，

——紫阳县脱贫攻坚纪事

我是主动请缨参加脱贫攻坚工作的",张小红思寻着,没把自己的伤当回事,简单处理完伤口,就到村委会整理档案。那几天,她从宿舍到食堂,从办公室到卫生间,只能拄着拐杖扶着墙,靠一只脚跳着走。

驻村扶贫工作队干部轮流劝她回去休息,附近的村民给她送来消毒的药品。坚持工作到第五天,村支书见她的伤口感染化脓,还发起了低烧,硬是租了一辆出租车,把她送到县城医院治疗。连续输液两天,才将感染控制住。

这种玩命倒也值得。带伤工作期间,村级资料和贫困户档案经张小红系统整理,修正、增补各类资料200多份。上级检查后,评价很高,称赞"新华村脱贫软件资料建设是全县的样板"。随即,全县软件资料规范化建设现场会在新华村召开。她的精神,折服了干部群众,都夸她"是一个泼辣务实、愿意做事、舍得出力的扶贫干部"。

人有个头疼脑涨不可怕,可怕的是患上"心病"。贫困户贺习应就得了"心病",十多年了一直没治好。

病根起于十几年前,干部动员贺习应在信用社贷款2000元发展蚕桑产业,他拿到的桑苗不但成活率低,品种也不好。产业没搞成功,还背上了一屁股债务。信贷员多次上门收贷款,贺习应始终这样回答:"钱,一分都没有;买的桑树都在地里,你们挖回去就是了。"贺习应对扶贫项目充满抵触情绪,并将所有的镇村干部划归到他的"对立面",认定为"不靠谱"。

一次,张小红和村支书见到贺习应,自我介绍并说明有事找他。贺习应连眼皮都不抬一下,扭头便走。村支书连连摆手,告诉张小红:"你

第十一章 贡献者群雕

给他说了也白说,还讨不到好脸色,不如算了吧。"

"致富路上一个都不能少,哪能随便放弃呢!"张小红对自己充满信心。

时隔不久,贺习应修建新房愁资金,悄悄地托人打听能否向信用社贷款。被托人带回话:"你已经被列入失信'黑名单'。"贺习应感到失望和无奈。

张小红知道了这事,多次找信用社负责人,协调给贺习应贷款。又登门向贺习应表态:"贷款的事,我帮你办。"贺习应怀疑地望着她,直戳戳地问:"你能办?咋办?"张小红说:"还了旧账,我负责帮你贷5万扶贫贴息贷款。"为了让贺习应放心,张小红向他保证:"如果还了旧账、贷不出新款,你还了信用社多少,我私人借给你多少!"

最终,信用社不但为贺习应办理了5万元信用贷款,而且减免了贷款利息2000多元。

以心换心,以情换情,石头也能捂热。贺习应的"心病"被医好了,不仅对张小红刮目相看,而且像变了一个人,参加村组会议来得比谁都早,还积极加入合作社,种植魔芋4亩。合作社分红,贺习应家分了3100元。

农民的感情很朴实。有一天,张小红接到贺习应的电话,真诚邀请她在新楼吃饭,说要展示一下在厨师培训班上学到的手艺。虽然没去吃,但贺习应的巨大转变,让张小红比吃了山珍海味还高兴。

从村委会到贫困户贺爱心家去,要过两条沟、翻三座梁。张小红第一次来到这里的时候,70多岁的贺爱心和老伴不停地念叨:"稀客呀,稀客！好多年都没有见过干部了，何况是个细皮嫩肉的姑娘。"老人从灶头取下一块不知道熏了多长时间舍不得吃的腊肉，给"姑娘"做午饭。看到老人如此稀罕，张小红没有拒绝他们的盛情，像女儿一样陪着老人共进晚餐。

临走的时候，张小红给老人留下200元钱，两位老人扯着她的膀子不让走："我们家又不是开馆子的，不能收钱。"她指着老贺的老伴说："你的老伴姓张，我也姓张，就认个姑嘛，当侄女的孝敬姑姑，总是理所当然的吧？"推辞不掉，老贺才把钱收下。

其实，张小红并不是包联贺爱心家的干部，只是出于对扶贫工作的负责，才坚持经常到老人家去看望。老人喜欢吃豆腐，她每次去都带上几斤。一次，老人感冒了，她就自己帮他买一些非处方药。老贺感动地说："我怎么感谢你这个侄女啊？你的工资还要照顾一家老小，也不容易呀！"两位老人把张小红当成真正的亲戚，经常给她打电话："风把屋后苞谷吹倒了。""母猪下了7个崽。""西红柿红了，你摘点带回去！"给张小红分享他们的生活琐事和丰收的喜悦。

用大量的时间拉进与群众的关系，无疑和家人欢聚的时间就少了，甚至没有了。张小红的儿子特别不理解："妈为啥抛下家里不管呢？"

儿子在外地上大学，突然咳嗽了好几天，起初以为是感冒，没放在心上。没过几天，咳嗽加重，反复低烧不止。张小红意识到事情的严重性，为了便于护理，劝儿子回到安康住院治疗。她帮儿子办理了住院手续，就托付给亲戚照看，自己又到村上去了。

其实，究竟是陪儿子还是回村上，张小红心里非常矛盾。她在医院

第十一章 贡献者群雕

大门口，站了足有十分钟。当想到所有干部都在忙着扶贫对象的事情，几位老同志连续两个月都没休息时，她把心一横，转身去了扶贫村。

儿子出院后，一个多月没给妈妈打电话。张小红感觉到孩子不理解她的工作。到了暑假，她动员儿子一起到新华村，同走山间路，同吃农家饭，共话乡村事。儿子终于感受到妈妈的辛劳和不易。

儿子转变了。一天，贺爱心肚子痛得厉害，儿子主动帮妈妈把他送到镇卫生院治疗。这时，村上有事要处理，打电话要张小红回村去，她就把贺爱心交给儿子照顾。儿子欣然接受妈妈的重托，担当起照顾老人的责任。三四天里，帮贺爱心买饭，扶他上厕所，出院后又把老人送回家里。这一切被住在同一病房的贺习应看在眼里，夸张小红的儿子是一个"小扶贫干部"。

通过评估验收，2017年底新华村出列了，张小红又被派到邻近的新光村驻村扶贫。

张小红把在新华村扶贫总结的"三明、三勤、三同（话讲明，理阐明，事办明；心勤想，腿勤跑，嘴勤问；女干部同男干部一样，队员同队长一样，小部门同大部门一样）"扶贫经验又运用到新光村扶贫工作中。

有心人天不负，有为才有位。张小红这位普通的女干部荣获陕西省脱贫攻坚奖，还被选为全省脱贫攻坚先进事迹巡回报告团成员，随团到各地做扶贫事迹报告呢！

2019年8月，张小红调至县委党校工作。但她的"主业"还是驻村帮扶干部，只是地点换到了向阳镇天生桥村。战斗还在继续呢！

第十二章
奋进者素描

陈德秀：穷家"长出"3个大学生

张进：贫困群众的精神旗帜

谢克成：从一双手感知自强

黄英国："牛"是精神状态，"甜"是奋斗结果

汪明德：凭养殖挺起不屈的脊梁

王代新：病体子扛重担

陈辉耀：在键盘上获得新生

潘声银：磨豆腐磨出甜日子

贺如昌：子承父业养蜜蜂

唯物辩证法认为，事物的内部矛盾（即内因）是事物自身运动的源泉和动力，是事物发展的根本原因；外部矛盾（即外因）是事物发展、变化的第二位的原因。内因是变化的根据，外因是变化的条件，外因通过内因而起作用。

人民是历史的创造者，打赢脱贫攻坚战，必须坚持以人民为中心，既把贫困群众作为脱贫攻坚的对象，又使其成为脱贫致富的主体。广大贫困群众是打赢脱贫攻坚战的动力源泉，也是推进精准扶贫、精准脱贫的主体。他们的内生动力是脱贫致富最重要、最持久、最稳定的力量。

虽然在脱贫攻坚、决胜小康的恢宏乐章中存在一些"等靠要"之类的"杂音"，甚至有村干部说贫困户中有"等靠要"思想的人约占一半，但是奋发向上、自强不息、勤劳致富仍然是主旋律。例如高桥镇深磨村朱忠乾、红椿镇民利村王立军、城关镇西门河村陈启琴、界岭镇新坪垭村郭玉发、城关镇中青村陈良华、麻柳镇染坊村蒋次华、红椿镇七里村鲜友德、蒿坪镇双胜村陈隆琴、高桥镇何家堡村金汉华、双桥镇双河村龚智国……他们或严重残疾，或身患疾病，或遭遇其他灾难和不幸，虽然贫穷，但有雄心壮志，乘着脱贫攻坚的东风，奋起改变贫困面貌。从他们身上，我们感受到的是满满的正能量，听到的是奋进者的好声音。自强不息、奋斗脱贫的精气神，在广袤的紫阳山乡充盈激荡。

在众多的贫困户中，那些不胜枚举的自强标兵、道德模范、最美家庭等先进典型，可歌可泣，震撼心灵，足以使我们得到精神的洗礼、思想的启迪、道德的升华！

第十二章 奋进者素描

陈德秀：穷家"长出"3个大学生

大山上一个穷家小户，3个孩子都考上大学本科，其中一个还考上北大研究生。

不可思议！他们凭的什么？

带着对这家人的敬佩和好奇，在风和日丽的2021年植树节这天，我随紫阳县妇联副主席、城关镇西门河村第一书记邓兴翠，从县城租车十几里，去西门河村六组刚刚脱贫的陈德秀家采访。

出租车顺着水泥路面蜿蜒而上。这条公路是十几年前搞"村村通"工程时新修的村道，脱贫攻坚战开始后进行了改造升级。车子开到半山坡时，邓兴翠介绍："山坡上那家贴红对联的，就是陈德秀家。"噢，我立即注意观察那土墙房坐落的环境：坡度大约三四十度，左侧是柴山，另外三面都是石坎梯地，看样子土地瘠薄。可是，这座土墙房里就是这么"发人"！

3个大学生的爷爷上过夜校，奶奶没进过校门，父亲是从蒿坪镇"上门"到这里的，仅有初中文化程度，母亲则只上过一年学。女主人陈

——紫阳县脱贫攻坚纪事

德秀刚好在家,她中上等个头,不胖不瘦,面容虽然略显沧桑,却掩不住姣好和敦厚,红色棉衣粘着不少泥土,分明是劳作留下的印记。大概是觉得衣服太脏,她立即闪进里间换了干净的黑色棉衣。坐下访谈时,她说,20世纪80年代,因为泥石流冲毁了房屋,另寻宅基地建房没有得到许可,只好原地重建,一家人临时住在猪场里,一边种庄稼,一边抽空推土除屋基,两年时间才重新建起住房。

尚未进入正题,我就油然而生一种沉重之感,在这么恶劣的生存环境中,要冲破自然条件的限制,改变代际传递的贫穷和个人的命运,得付出多大的努力和代价呀!

陈德秀十二三岁时,妹妹患上痈疽,卧床治疗几个月,父亲也患上黄疸肝炎。她就站在板凳上用石磨磨玉米面,帮母亲做饭,照料生病的父亲和妹妹。20岁那年,陈德秀与入赘的杨其玉结婚,杨其玉勤劳刻苦,苦难的家庭有了顶梁柱。当年年底,儿子杨运平降生。紧接着,大女儿杨春林、小女儿杨祖芳相继出生。

小孩的出生让家庭升腾起新的希望,但不幸再次向这个家庭袭来。1996年,杨其玉因坐骨神经痛,劳动能力严重受限,其中几个月偏瘫卧床。照料丈夫、寻医治病,陈德秀含辛茹苦,费尽九牛二虎之力。总算老天有眼,经紫阳县中医医院蔡英剑等医生进行针灸、中草药泡酒喝等中医方法治疗,3年多后杨其玉基本康复。为了挣钱养家,陈德秀起早贪黑地劳作,种菜、卖菜、养猪、养蚕、务茶……她说:"丈夫生病那年,我种了两亩蔬菜,养了一张半蚕,养了两头母猪、两头商

第十二章 奋进者素描

品猪和十几只猪仔。最苦的养蚕季节，一个月没上床睡过觉。实在困得不行了，我就趴在蚕床上眯一下。"沉重的家庭负担压在一个女人身上，她没有时间考虑别的，一心想着丈夫的康复、子女的学习成长，起得比鸡早，做得比牛苦。

孩子们相继上学后，陈德秀肩上的担子更重了，特别是孩子上高中时，每年两万多元的学杂费就像千斤巨石压得她喘不过气来。

儿子、大女儿同时在安康补习高三那年，是陈德秀最忙的一年。丈夫勤劳不怕苦，外出打工能挣一些钱，但"内当家"也得挣钱养家才行，还要抽时间去看孩子，帮助孩子减轻心理压力、改善生活。有一次，她去儿子租的房屋探望时，发现儿子穿的裤子膝盖、臀部处都破烂了，而墙上、门背后、床头都贴着密密麻麻的纸条。她看不懂那些数学公式、英语单词什么的知识点，但切实感受到了儿子忘我学习的劲头，太刻苦用功了。她强忍眼泪，默默地将孩子的衣裤缝补洗净放置床头。大女儿高考时发挥失常，没达到一本分数线，情绪非常低落。经陈德秀请人帮助耐心开导，才填写了报考志愿表。陈德秀把大女儿接回家悉心照顾，十几天后终于使其走出情感阴霾。

小女儿上初二时，考虑家庭困难，经常一天只吃一顿饭，加之遭受一些生活上的挫折，动了辍学外出打工的念头。陈德秀得知，心如刀割，叫小女儿看她肩头磨出的茧子，含着泪苦口婆心地说："我们是辛苦，但是有希望，你爸拼死拼活地打工，你妈没黑没明地务农，就是想让你学出来。如果你放弃读书，不多学一点知识，你有啥前途？爸妈有

啥想头？"小女儿被深深触动，仿佛一下子就懂事了，从此更加努力学习，以高分考上高中。

天道酬勤。2008年，儿子考入长安大学，大女儿考入山西师范大学；小女儿2010年考入河南科技大学，2016年考上北京大学临床医学专业研究生。

看着大学录取通知书倒是高兴啊，可学费怎么筹集呢？喜悦、欣慰、忧愁、焦急、愧疚交织在一起，陈德秀的心里像是打翻了五味瓶，是啥滋味真是难以言表。所幸，当地政府给予及时关心，社会爱心人士慷慨解囊，帮孩子们迈进大学校门。其实，孩子们在上中学时，就得到过助学组织及爱心人士的资助。

更应庆幸的是，他们遇到了脱贫攻坚的机遇和政策。2014年，陈德秀一家被列为贫困户，享受到国家的优惠政策。2018年，丈夫杨其玉在房后薅草时不慎摔断尾脊骨，住院治疗花费几万元，绝大部分都被国家报销了。年已八旬的母亲同年患上脑萎缩，一年前忽然失语，还出现精神失常、行为异常，驻村第一书记邓兴翠得知，积极联系做残疾鉴定，争取政府帮助。陈德秀紧锁的眉头舒展了许多，因为在她端屎倒尿服侍老母亲之外，还有别人关心和帮助着自己呢。丈夫杨其玉说："妻子供孩子上学吃了很多苦，但是每一个难关都得到党和政府的帮助。"

是的，应该感到欣慰和庆幸。陈德秀的3个孩子在大学和研究生毕业后，都有了一份体面的职业，儿子在重庆某企业从事技术工作，两个女儿都在北京就业,并且都已成家,有了下一代。他们都有感恩之心,阳光着、奋斗着、奉献着。

陈德秀家庭勤劳、和睦,孝老爱亲、自立自强、刻苦成才的事迹感人至深,发人深省。身在其中,似乎让人感到这个农家散发着一种震撼人心的精神气息和正能量。我猛然找到了大山上贫家小户"长出"3个大学生的答案:这里虽然十分贫瘠,家庭虽然非常贫困,但是家风家教良好,大人勤劳节俭,小孩刻苦发奋,信念坚定,意志顽强,精神的沃土也能长出大树呀!

这是一个具有丰富思想内涵的农家标本,这是一个应该发扬光大的先进典型!

2019年12月,陈德秀家庭被陕西省妇联、陕西省委宣传部、陕西省委文明办、陕西省委网信办、陕西广播电视台表彰为2019年"三秦最美家庭"。2020年12月,陈德秀家庭荣获全国妇女联合会授予的全国"最美家庭"称号。

实至名归。也因为赶上了好时代。

张进：贫困群众的精神旗帜

"可以跪着走、爬着走，甚至滚着走，也不能只单单指望党和政府扶持。我不仅要脱贫，而且要当先进！"说这话的，是紫阳县汉王镇汉城村三组贫困户张进。

张进可不是一般的贫困户，他和妻子陈世琴都是下肢三级残疾。但夫妻二人意志坚强，勤劳刻苦，顺利实现脱贫。你看他那一张棱角分明、略带古铜色的脸，再听他那自信而从容的谈吐，就能够感知他内心的坚强和昂扬向上的精神风貌。别看他是残疾人，汉城村3000多人没有一个人小瞧他，三组选组长，村民都说张进能当他们的头头，带领贫困户致富很有说服力。他还获得2017年度"陕西脱贫攻坚奖·脱贫致富先进个人"称号呢！

幼年时张进发了一场高烧，由于家庭贫困没能及时医治，双腿落下了残疾。那是1984年，张进刚过10岁生日。自卑和迷惘如影随形。但他仍然坚持上学。

不料刚刚升入六年级，父亲因病去世，加之困难的家境，导致张进对上学失去了兴趣，辍学回家了。

第十二章 奋进者素描

1994年,张进的二哥在煤矿打工出事去世了,姐姐出嫁,大哥结婚分了家,他和母亲相依为命,家庭的重担压在了他单薄的肩膀上。

本人残疾,家庭遭遇不幸,张进一时陷入绝望的深渊,不知在多少个夜晚辗转反侧不能入眠。怎么办?是沉沦还是奋起?

必须奋起!不管多难,都要活出个样儿来!于是,他东奔西走学手艺。他明白,自己身体残疾,靠体力是不行的,要生存,必须靠技艺。

在村上两位医生的帮助下,他开始自学畜牧知识。由于悟性好,动手能力强,很快就成为能独当一面的兽医。日子因此渐渐好过起来。

2002年,经人介绍,张进认识了姑娘陈世琴,她虽然只有一条腿,但心地善良,勤劳贤惠,两人一见钟情。上门提亲时,张进向陈世琴的父母许诺:"虽然我们腿上都有毛病,但是我有健全的双手,有灵活的头脑,一定会把你们的女儿照顾好。"

第二年,陈世琴嫁了过来。不少人并不看好他俩的结合——两个残疾人,这日子可怎么过啊,弄不好,就是政府的负担。但张进是个有心劲的人,人们越是怀疑,他越是暗暗攒劲。夫妻二人琴瑟和鸣,日子过得并不像人们预想的那么糟糕。第二年就添了个女宝宝。

为了让妻女过上好日子,张进又开始养猪挣钱。修了个小型养猪场,养了十几头猪;包下别人五亩地种玉米给猪吃;养的种猪配种也能挣钱。由于张进懂得疫病防治,夫妻俩都眼尖手勤会管理,他们喂养的肥猪极少生病;培育的仔猪皮色红润,不挑食,往往不出村就销售一空。

务茶主要是手上的活儿,对体力要求不高;茶叶是镇、村确定的主导产业。张进2015年就开始整地栽茶,第二年继续栽茶。夫妻俩精心管护,7亩茶成为全村长势最好的茶园,现已初见成效,2020年采摘鲜叶卖得3000来元。张进说:"到了盛产期,年收入至少有两三万元。"

俗话说:"三年桐子五年茶。"务茶虽然收入稳定,但是见效慢。帮扶张进家的汉王镇党委书记娄芳鼓励他扩大养猪规模,长短结合发展产业。娄芳帮助张进在农商银行贷了5万元扶贫贴息贷款,新建一座220平方米猪圈、80平方米厂房。

养猪的粪污处理是个难题,不过这没有难住张进。他将两亩水田改造后种植莲藕,粪水经化粪池排进田里,成为莲藕的有机肥。有肥水灌溉的藕田,莲藕长得特别肥壮。猪粪多,茶园、庄稼用肥也不愁了。张进家产业大展已进入良性循环轨道。

卖猪、卖藕、卖茶,加上职务工资,现在张进家一年纯收入逾十万元,成为周围人羡慕的家庭。

谈起自强致富的经历,张进说:"贫穷不可怕,身体残疾也不可怕,现在社会这么好,只要勤快,会划算,就能活出个人样儿!"

帮扶他家的娄芳书记的感受是农村贫困人口脱贫,必须要靠坚定的脱贫意志和滴水穿石的韧劲。如果说上级政策是牵引力,外部帮扶是推动力,那么,贫困群众自身的脱贫志向,就是不可或缺的内生动力。无数地区的脱贫经验证明,摆脱贫困,首要的意义不单单是摆脱物质上的贫困,还在于摆脱意识和思路的"贫困"。只有首先解决好头脑中的贫困,才可能实现"弱鸟先飞""至穷致富"。只要有信心,黄土变成金。

张进和陈世琴这种自力更生、艰苦创业、坚韧不拔的精神,正是贫困群众的精神旗帜。那些"等靠要"的人在这对残疾夫妇面前应该感到汗颜!

第十二章 奋进者素描

谢克成：从一双手感知自强

采访紫阳县蒿坪镇东关村贫困户谢克成，问村干部："谢克成是怎样的人？"村委会原副主任刘堂明说："你看他那一双手就晓得了。"

很快就见到了谢克成。他个头不高，敦敦实实，面庞憨厚。握住他厚实的手，立即感到一种粗糙、坚硬的质地和力度，就像捏在花栎树棒棒上。他的手掌不但生满层层老茧，而且还有一道道皲口。连那腋下的木制拐杖，也比他手掌光滑得多。

16岁那年，谢克成在村头的小矿井里挖煤时遭遇坍塌，右腿被砸伤。他说："当时家里穷，又是年关跟前，没及时医治，最后不得不截肢，落下了二级残疾。"

"力气是奴才，使了又会来。"谢克成不想因为肢体残疾被人看不起，干活比别人更加卖力。他双臂健壮有力，在建筑工地当小工调砂浆、搬砖头，从来都不偷奸耍滑，比健全人还麻利。结算工资的时候，他和其他工人拿得一样多。工头为了留住他，背过身还悄悄给他补一些钱。

驻村扶贫工作队组织贫困户种药材，谢克成第一个响应，订了10

亩地的种苗。帮扶他家的紫阳县飞地办副主任詹金泉说:"我不信他能种这么宽的药材。"没过几天詹金泉到地头去,看到谢克诚一手拄着短木棍、一手举着锄头在挖地,10亩药材地即将准备完毕。

"一个残疾人都能种这么多,我也要搞。"在谢克成的影响和带动下,一些观望的群众有了种植药材的决心。村上成立中药材种植专业合作社,他被村民推选为理事。谢克成还是村委会委员、第十三村民小组组长、残疾人专干。

村委会原副主任刘堂明说:"谢克成手劲足,心劲也足,爱学肯钻。"只要镇上、县上有农业技术培训机会,他一次也不肯放脱,还通过手机学习种植养殖技术。他繁育的1万株桂花树苗卖了3万元。8000株茱萸树苗也卖得还顺利。谢克成说:"市场价5块钱一株,一分钱不少。本村的贫困户给3块钱就行了。"贫困户魏福学选了900多株树苗,却没有现钱付。谢克成拎起树苗说:"先拿走,等见了收益再给钱,照900株算,零头不要了。"

东关村扶贫工作队队长、蒿坪镇副镇长郑晓飞说,谢克成是真的不想当贫困户。村上2018年底召开的评议会上,当讨论到谢克成能不能脱贫时,他站了起来:"我早就能脱贫了!当初大家评我当贫困户,是为了照顾我……"谢克成百感交集,竟然抽泣起来。致残30多年来,他一直在证明自己不输于常人。他用自己的勤劳苦干证明了身残志不残,只要精神不滑坡,办法总比困难多。

谢克成拼命挣钱,也舍得花钱。他弟弟的女儿考上了一所大专院校,却因为家庭贫困不能入学。谢克成慷慨地拿出搬砖、种地攒下来的钱，无偿资助侄女，表示要供到大学毕业。

别人调侃他："钱都送侄女读书了，存的还有吗？"谢克成挥着一双大手说："钱多得很呢！山上20亩药材，不是钱吗？蜜蜂养了60桶，也是钱啊！还栽了6亩李子树呢！"言语中透露出一种乐观、自信和不屈的精神。

这种发自内心的乐观、自信和不屈，正是谢克成挺立人世、脱贫致富的原因。他的那双手，是勤劳的手、有力的手，那力量来自内心的强大，来自劳动的锻炼，来自丰富的钙质。这双手连同他的躯体和话语，让我感受到了一种自强不息、奋发图强的精气神。不少村民身体健康，其他条件也不亚于谢克成，却不能脱贫致富，正是因为他们缺乏这种精气神！

2019年3月1日，安康市脱贫攻坚工作会上通报表彰了100名"自强标兵"，谢克成名列其中。

黄英国：
"牛"是精神状态，"甜"是奋斗结果

王阳明说："志不立，天下无可成之事。"

苏轼说："古之立大志者，不惟有超世之才，亦必有坚忍不拔之志。"

黄英国说："人活的就是一口气。"

黄英国何许人也？他是紫阳县高桥镇何家堡村在册贫困户，名不见经传，难怪人们对这名字陌生。

黄英国年轻的时候，也算是走南闯北见过世面的人。他修理过汽车、贩卖过牛羊、开办过门店、搞过室内装修，虽说没赚到大钱，家庭也算是殷实之家。

在外打工期间的一次工伤事故，让他的命运和家庭生活发生了转折。那次瓦斯燃烧中他被灼伤了身体，还落下了尘肺病。等他辗转各大医院治好了病，家境已大不如前。加之两个儿子进入中学读书，家里面临着沉重的教育负担。

在驻村扶贫工作队的鼓励下，黄英国决定利用他贩卖牛羊时积累下

的经验开展肉牛养殖。他先后到河南、山东等地考察市场、学习经验，在扶贫贴息贷款的支持下买回了13头仔牛开始喂养。

每天，夫妻俩开门第一样农活就是上山割草，给牛准备吃食。平时，还得经常清除粪便，定期驱虫。"要想把事情做好，就不能偷懒。下雨天是最恼火的时候。"黄英国说，"有时割一回牛草，全身上下都会湿透。"

黄英国的创业劲头让周围群众钦佩不已，秋收后，纷纷将地里的苞谷秆无偿送给他，作为养牛的越冬草料。苞谷秆在当地是重要的肥料，一般都是铡碎腐熟后，作为来年春播的底肥。黄英国说，好意他领了，但他也不想白占便宜，在用三轮车运回苞谷秆的同时，他总要送几车牛粪堆在地头。

随着养殖技术的逐渐成熟，黄英国的养殖规模逐渐扩大，2018年共养牛40头，养羊60余只。到了年底，合作的客户上门买牛了。当肥滚滚的肉牛被装进大卡车时，村民们都非常吃惊："没想到他在几间瓦房里能养出这么肥壮的牛！两口子真有志气！"这年，黄英国实现养殖收入40余万元。

产业扶贫一直是何家堡村扶贫工作队抓的重点。一次，包联他家的紫阳县法院院长毕传祥查看了养牛情况后，对黄英国说："不光你自立自强、战胜困难，还要发挥你的优势，带动贫困户脱贫增收。"

随后，黄英国注册成立了牛头山种植养殖专业合作社，为周围贫困户提供仔牛、饲草籽种，免费提供技术服务，带动20余户贫困户增收。黄英国因此被评为紫阳县、安康市2018年度"自强标兵"。

2020年,中国建设银行总行引进甜菊种植项目,产品由马来西亚一家公司保底价回收,黄英国种植了20亩。在他们夫妻的精心耕作下,该园区成为全县长势最旺盛的甜菊园。

驻村扶贫干部根据黄英国发展的产业幽默地评价黄英国:"'牛'是精神状态,'甜'是奋斗结果!"

第十二章 奋进者素描

汪明德：凭养殖挺起不屈的脊梁

两次意外事故，使汪明德大腿粉碎性骨折并落下终身残疾。但身体伤残没有击垮这个汉子，反而使他精神的"骨骼"更加强健，凭着坚韧的拼劲发展养殖业实现增收脱贫。

年近半百的汪明德是紫阳县毛坝镇竹山村人，身材高挑，性情温和。7年前，他在上山放羊时脚底踩空摔下山崖，导致右腿粉碎性骨折。经过一段时间的治疗、休养，汪明德逐渐恢复。两年后，汪明德的哥哥离世，他在抬运灵柩时原来骨折处再次开裂，旧伤加新痛使他再也没能痊愈，落下终身残疾。"顶梁柱"残了腿还能撑起一片天吗？家里还有3个在校学生呢！

考虑到汪明德家的实际困难，经村民代表大会讨论并一致通过，将他家评为低保贫困户。这本来是合情合理的，可王明德却觉得心里不是滋味："把我评为低保户，一方面很感激大家的关心，另一方面又感到很丢人。都是个人，我咋就把日子过到这个份儿上了呢？"

"大家都在把我往起拉，我自己更应该发狠拼。"汪明德不想成为

——紫阳县脱贫攻坚纪事

家庭的包袱，更不想成为社会的累赘。他认为，自己虽然干不了体力活，但是总会找到一个合适的事情。

汪明德和妻子商量，决定养羊。2018年，他们修建了两间羊圈，买回来30只羊滚动发展。放羊虽然对体力要求不高，但也不是省心的事。遇到雨雪天气，腿脚不便的汪明德只能蹲下身子，抓着路旁的树枝慢慢往下挪。妻子每当看到他湿透的衣服和满身的泥土，就不禁偷偷地抹泪，而他总是故作轻松地和妻子开起玩笑。

"一窍不得，少挣八百。"科学饲养是很重要的。汪明德只有小学文化程度，但是很爱学习，遇到上级组织的养殖技术培训，他都积极参加。科学技术与实践经验有机结合，使他家养的羊毛色油润，极少生病。因此，他养羊的信心更足，到2020年底已发展到112只，羊圈又增修了一间。另外，他还养鸡、养猪。

随着畜禽肉类市场价格不断攀升，再加上互助资金、扶贫贴息贷款、产业奖补等脱贫攻坚优惠政策扶持，汪明德家一年收入至少六七万元。同时，他还带动竹山村20多户群众养羊500余只，年出栏200来只，增收20来万元。

"王明德既是自强标兵，也是道德模范。"说起王明德，村支书侯再德赞赏有加。

汪明德的妻子雷远慈是本村人。妻子姊妹6个，哥哥1997年在河南煤窑打工时不幸遇难去世，年迈的岳父经受不住白发人送黑发人的打击，精神失常，2015年去世。4年前，妻子的嫂子也去世了。现在，其他姐妹4人虽然都很孝顺，但因为嫁得太远，无法照看年老体弱的母亲。汪明德想把岳母接到自己家里一起生活，但岳母执意留在老家，他就只好三天两头到岳母家帮她洗衣做饭，为她送吃的、送穿的、送药品。他说："当初岳母把女儿嫁给我时，我家里很穷。现在条件好了，应该更好地孝敬岳母。"

在当地，汪明德既是脱贫致富的能手，也是孝老敬亲的楷模。2019年3月，他被评为安康市"自强标兵"。

——紫阳县脱贫攻坚纪事

王代新：病体子扛重担

采访紫阳县双桥镇莲花村三组王代新，她第一句话就是："我经历的磨难太多了，说不好，莫见怪。"

一番交谈，知道了她家遭遇的种种不幸，也知道了她的坚强和担当，是个令人同情而又敬佩的女汉子。

年近六旬的王代新，两年前发现自己患上了慢性胃炎、高血压、冠心病。即使这样疾病缠身，也比她丈夫杨朝贵强得多。2006年的一天，丈夫肚子胀得不行，送到医院一检查，是因为患了肝腹水、肝硬化。从此，一年四季吃药不断。没钱治病了，王代新就带着丈夫外出打工挣钱。可能是长期服药伤了胃，十年后，又发现胃出血，她就经常带着丈夫在县、市医院治病。一次，丈夫从市医院住院回家后，皮肤严重瘙痒，为了不给妻子带来更多麻烦，悄悄地用敌百虫涂抹治疗，结果造成中毒，全身麻木，若不是她紧急送往县医院抢救，丈夫就没命了。

屋漏偏遭连阴雨，麻绳子偏从细处断。2007年腊月二十九，小儿子被电击身亡！小儿子那时在湖南一个砖厂打工，才21岁就被意外事故夺去了生命。而这条年轻鲜活的生命仅换得厂方3万元赔偿,把不满一岁的女儿扔给了爷爷婆婆。真是雪上加霜啊!

接二连三的打击和不幸,没有使王代新沉沦,反而使她认识到,自己要坚强,要担起照顾丈夫、养育孙女的责任。她那并不高大并且有病的身躯似乎有无穷的能量,扛起了"一座大山"。

王代新知道丈夫要注意保养,让他待在家里做茶饭,别做重活。给他规定的"四不"是不能背东西,不能走远路,不能淋雨,不能在太阳下久晒。但是,种了大半辈子地的杨朝贵闲下来就心慌,经常悄悄去地里铲草,去山上砍柴。

家里所有的苦活、重活、累活都落在王代新身上。家里有9亩耕地,没有一锄地闲着;圈里养了4头猪,十几只羊。隔壁80岁的黄油碧老太太,见证着王代新的作息:"天开亮就出门了,中午大太阳还在坡上干活。"秋收期间,王代新负责一趟又一趟把苞谷从地里掰回来晾晒在院坝,杨朝贵负责在家看管,不让鸡来糟蹋,下雨了就用防水布盖起来。

他们家住的地方森林植被很好,人口稀少,野猪却多。每年苞谷、洋芋成熟时,野猪就成群结队地出了山。王代新守在地头的窝棚,通宵不能合眼,听见地里有响动,就点燃一支可以炸响的烟花,吓走它们。

2019年亡人节那天,天下起瓢泼大雨,地里还剩最后一片苞谷没收。天还没有黑尽,一群野猪就呼呼啦啦闯进苞谷地。王代新又是炸烟花又是敲铁盆,才把野猪群赶走。她既不敢在窝棚里守着,也不甘

心继续让野猪糟蹋苞谷,就跑回家穿上水靴、戴上头灯、背上背篓,当晚把这些苞谷收回去。漆黑的夜里,大雨滂沱,顺着裤腿灌进水靴,只几分钟就灌满了。她倒掉积水,借着微弱的灯光,一溜一滑地在苞谷地摸索,硬是把六七背篓苞谷抢回了家。这一年,她家脱贫了。

"男人得了重病,我比他身体要好些,就得发狠撑起这个家,不能指望子女,也不能依赖政府!"王代新说。她以一个带病之躯的责任、担当和坚强,为"巾帼不让须眉"作了有力的注解,为自立自强、奋发脱贫增添了一个鲜活的实例。

驻村扶贫干部姜程说:"那两口子从来没有给村上、镇上反映过困难,但情况我们都清楚。"镇卫生院专门申请了肝硬化病人护肝药品采购权限,签约医生每月送医送药上门,足额保障合疗政策,镇民政办还向杨朝贵发放医疗救助金 3000 元。让姜程感到矛盾的是,工作队一方面大力宣扬他们抗争疾病、战胜贫困的精神,一方面劝说他们:"悠着点。""地少种点,牲口少养点,自己的身体要顾惜呢!"

2020 年 5 月,吃了十几年药的丈夫因病去世。王代新的小儿子留下的女儿已经被王代新抚养到 14 岁,是个初中生了;大儿子离婚后带在身边的女儿也被她带到 13 岁了。

王代新不愧是贤妻良母好婆婆、脱贫路上真英雄!

陈辉耀：在键盘上获得新生

曾经萌生轻生念头的残疾人，在键盘上获得新生，成为安康市"自强标兵"，他就是紫阳县向阳镇钟林村一组陈辉耀。

一见陈辉耀，就发现他右手的食指缺失了半截；左手低垂着抬不起来，半边身体瘫痪。

2010年的一天，陈辉耀在福州一家工厂务工时遭遇意外。他本来高兴地往银行去，想把刚刚领到的工资寄给家里，心里盘算着，先把买化肥、籽种的钱寄回家，再添200元给妹妹买一套换季衣服。哪知，刚走到工厂门口就遭到抢劫，穷凶极恶的劫匪重击他的头部，砍伤了他的双手。重度昏迷的陈辉耀被工友送进医院抢救。终因脑组织严重受伤，导致身体左半部分瘫痪。家人闻讯，攥着卖猪卖羊的钱赶了过来。劫匪虽然被警方抓捕，却没有赔付能力。家里花去十几万元治疗费，领回一个残疾人。

本想赚钱养家，反而落得半身残疾、一身债务，陈辉耀一度失去生活的勇气，甚至萌生轻生念头。

人生在世，有两种苦：生活的苦，成长的苦。生活的苦，是世俗琐事，是奔波操劳，是冷嘲热讽，是被收割；成长的苦，是主动改变，是寒窗苦读，是埋头奋斗，是孤独。二者总得选择一样。如果你接纳成长的苦，就可以避免生活的苦。否则，你就在生活的苦里不断轮回。陈辉耀选择成长的苦，继续求索和奋斗。

向阳镇派驻的包村干部孙东经常来陈辉耀家里跟他聊天。有一次，孙东说起他一个朋友在网上卖茶叶，销量很好，问陈辉耀有没有兴趣。陈辉耀想了想，觉得投资不大、不用出门，比较适合他，就注册了"陕西紫阳小陈土特产"淘宝店铺，试着做电商。

很快，陈辉耀做成了第一单生意，虽然只赚了十块钱，还是非常开心。他隐隐预感到，这可能是实现自身价值的好门路。

"县职教中心开办了电子商务培训班，我替你报名了。"陈辉耀接到孙东的电话不久，就收到了入学通知。十天的培训让他大开眼界。培训结束后，他觉得还有很多东西没学好，硬是又蹭了一期课程。

从培训班回来，母亲杨传凤发现儿子像变了一个人。陈辉耀张罗着买电脑、办营业执照，闲下来就给家人讲产品，讲营销。虽然不知道什么是"电商"，但是看到儿子精神焕发的样子，母亲非常开心。

陈辉耀的店铺主营当地农产品。一次他向母亲说，做一百斤豆腐乳。杨传凤心里想，这么多豆腐乳得卖多久啊，如果卖不出去，全家不得吃十年？刚进"头九"，母亲还是做了30斤豆腐乳，没想到做成装瓶后，一天工夫就卖完了。没等儿子安排，母亲当即到集市上买回了60斤原材料，制作第二批豆腐乳。

小农家连通了大世界。山货发出，钞票进账。沉闷的家庭升腾起希望之火。

家里的生产生活方式悄然发生变化，被那根看不见的线牵着走向市场：计划卖皮豇豆，一次买了1斤豇豆种子，种了一亩多地；计划卖腊肉，一次买回了8头仔猪。家里荒废的一亩多水田也插了秧苗。

他的淘宝店犹如一张贪吃的嘴，"吃了碗里，盯着锅里"——自家的东西卖完了，又打起了乡亲山货的主意。一组村民贺习芝腊肉卖不完，陈辉耀见品质不错，主动帮她销售，没几天就给贺习芝送去了700元现金。当地出产的蜂蜜、土豆片、干竹笋等，都是客户青睐的绿色食品。陈辉耀尽量满足客户的需求，自己行动不便，也不能扛重物，验货、收货都由母亲和妹妹帮忙。一年多下来，销售各类土特产5000多斤，带动8户贫困户增收，年盈利3万多元。苦心人天不负。北京的一位客户觉得陈辉耀的蜂蜜质量最好，得知他身残志坚，既钦佩又感动，每斤多付20元。

谈起三年多来的巨大变化，陈辉耀说："多亏了包联干部！"他掰着指头数说："孙东是引路人，自始至终帮着我；镇脱贫办主任、驻村扶贫工作队长陈勇帮我办理创业贷款，设计包装，推广产品；后来工作队长换成镇人大主席王军，王主席动员群众发展特色种养殖，帮我

培植货源、销售产品……"镇党委书记詹世勇说:"陈辉耀自身很努力,有信心、有干劲,这样我们就觉得更应该帮扶,也有成就感。"

如今为了能保证土猪腊肉的口味,包村干部和向阳信用社的包村信贷员根据陈辉耀发展意愿,给他家申请了5万元贷款,用于建造养猪场。2021年有了新气象,陈辉耀的产品推广销售已转为以抖音、微信形式为主;他的养猪场也正在热火朝天地建造中。

这个身残志不残的小伙子,通过自己以及家人的努力,从因残致贫慢慢地蜕变为现在的脱贫榜样了。

第十二章 奋进者素描

潘声银：磨豆腐磨出甜日子

忽然间，5个孩子需要一个没有固定收入的女人来抚养，你估计她会怎么办？

紫阳县汉王镇汉城村十一组贫困户潘声银，本是一个普通的农村女人。十几年前，丈夫猝然离世，将5个孩子留给了她。家里顿时"一糠散"，陷入黑暗之中。但她不离不弃，独自担起了抚养孩子的重担。

话好说，事难办。没有多少家底，没有固定收入，孩子们吃饭、穿衣、上学等开支从哪里来呀？潘声银一时间愁肠百结，尤其是想起丈夫的种种好时，总是以泪洗面。

潘声银本来有个幸福的家庭。丈夫跟她是同学，头脑灵活，勤劳顾家。婚后的潘声银负责照料孩子，操持家务，过着相夫教子的简单而快乐的生活。

2009年的一天，厄运突然降临，丈夫因车祸身亡。"顶梁柱"轰然倒塌，沉重的担子全部压在潘声银柔弱的肩上。

多年来一直在厨房与菜园之间打转转的潘声银，要抚养5个年幼

的孩子,还要偿还建房时欠下的3万多元外债。钱从哪里来?当务之急是找到一个挣钱的门路。

潘声银决定磨豆腐。磨豆腐投入小,周期短;磨豆腐是"家务活儿",能照顾孩子;家离集镇不到一公里,卖豆腐有市场。经过一番琢磨,她觉得这个挣钱门路适合自己。

"俗话说,世上三大苦:撑船打铁磨豆腐。"潘声银说,"只要能养活一家人,我不怕苦!"她请了村里最好的木匠,打制了一套用具。镇上没有过滤豆渣的纱布,她又托到县城去的熟人捎带,并且"一定要挑最好的买"。

硬件准备就绪,还有最核心的技术问题没有解决。黄豆泡多长时间?什么时候点进石膏?……潘声银此前不曾制作过豆腐,没有现成的经验可参考,问做豆腐的老师傅,别人也不一定把"真经"传给她。

实践出真知。潘声银在实践中摸索,磨出来的豆腐自己先尝,再送给邻居品尝提意见,慢慢体会、改进和总结。也有热心人给她支招儿:要想省时、省力、产量高,就用一次性豆腐制作机械;要想多卖点钱,一作豆腐可以揭三张豆腐皮。潘声银选了最"笨"的一种方式,采用传统制作方法,只揭一张豆腐皮。只是短期内自己吃亏——磨一作豆腐要耗费6小时,少两张豆腐皮要少卖8元钱。但是这样质量更好,更有市场竞争力。

直到自己满意了,潘声银才把豆腐挑进集市。天刚亮,她就挑着豆腐出门了,赶早去占下常卖豆腐的摊点。如果被别人占了,她就得重新寻地方。100斤豆腐压在体重只有90多斤的潘声银肩上，扁担上下闪悠，肩膀压得生疼，但她顾不得肩上的疼痛，双手抓住前后的挑子，还得注意脚下不能打滑，注意力高度集中。她心里明白，肩上挑的不仅是豆腐，还是一家人的生计、娃儿的前途。

在集市上，潘声银是个卖豆腐的生面孔，而不少菜市场的常客都习惯买熟面孔的，开始生意较为冷清。但是，顾客买过一次，就觉得她家的豆腐口感细嫩、豆香浓郁，下次就奔她的豆腐摊而来了。"铁粉"越来越多，很短的时间，"潘氏豆腐"就在汉王镇赢得了口碑和顾客。

汉城村村委会副主任王文先打小就和潘声银熟识，得知她在卖豆腐，就把这个消息告诉了家人和镇村干部，说："潘声银可是个自尊自信、自立自强的好女人啊，只要买豆腐，就买潘声银家的。这也是扶贫嘛。"还真是这么个理儿，既买了好豆腐，又参与了扶贫，何乐而不为？本村人买豆腐基本都是选"潘氏""潘字号"。

装豆腐的挑子烂了一茬又一茬，自然就换了一茬又一茬。潘声银闲下来时一计算，这11年中日复一日挑到集镇上卖的豆腐，已经十几万斤了！

有奋斗，幸福就有希望。潘声银依靠勤劳和诚信赢得了当地群众的尊重和信赖，外债还清了，全家实现脱贫，3个孩子已成家立业，最小的女儿也读高中了。她还被评为安康市"自强标兵"。

——紫阳县脱贫攻坚纪事

贺如昌：子承父业养蜜蜂

蜜蜂和贺如昌一家有缘。贺如昌的母亲柯昌秀说，十多年前，他们搬进紫阳县洞河镇小红光村三组的新家不久，房前就陆续来了两三窝蜜蜂，丈夫就箍了木桶养在屋檐下。经过繁殖分群，一直保持在10桶左右。

蜜蜂是他们家的吉祥物。自从养了蜜蜂，家里就充满生气，六畜兴旺，诸事顺遂。贺如昌初中、高中学习成绩一直不错，并考入长春理工大学。对于一个在册贫困户家庭来说，他们家一片祥和，充满了即将摆脱贫困的美好希望。贺如昌学的是工业设计专业。他和父亲探讨养蜂时，发现传统的蜂桶和市场上常用的方形蜂箱在山区使用都有弊端。贺如昌发挥自己的专长，重新设计了更利于山区转运、收纳蜂群的箱体，并绘制了设计图纸，让父亲在家里制作。

然而，一切美好的期待都因一场意外戛然而止。他的父亲收到图纸后不久，在一场交通事故中身亡。"顶梁柱"的轰然倒塌，让这个家庭遭受沉重打击。

第十二章 奋进者素描

贺如昌是个孝子，总感觉失去父亲的家是空落落的。想到母亲的孤寂和父亲留下的蜂群，他不顾亲友反对，毅然处理掉在长春经营了三年的摄影工作室回到老家，他说："父亲和蜜蜂有感情，我把蜜蜂养出名堂，也算是实现了父亲的心愿。"

他翻出以前设计的蜂箱图纸，找来工具和木料，制作自认为最科学的蜂箱。但毕竟没有养蜂经验，仅有理论知识是不行的，几番折腾，蜂群十之八九都被"玩死了"。母亲痛哭着责骂道："这是你老子辛辛苦苦养的呀，你个败家子，怎么就不当个数？"

骂完儿子，柯昌秀心也软了。她知道，儿子放弃在大城市的创业机会，不仅是为了养好10桶蜂，而是想当作一项长期产业来做呢。她又四处借了3万元现金，支持贺如昌购买种蜂和蜂箱。

小红光村第一书记余小丽得知后，上门找到贺如昌，宣传小额贴息贷款和互助资金政策，帮他办理贴息贷款。同时，余小丽和工作队员挨家挨户给村民做宣传工作，让他们不要使用农药，以减少蜂群损失。

心怀内疚的贺如昌对帮扶干部的关心和帮助十分感激，沉下心来研究养蜂技术，购买了养蜂书籍自学。他在操作中发现，书中介绍的人工分群并不能完全阻止分蜂，在2020年春季的大流蜜期，蜂群因采集蜂过少、哺育蜂过多而缺蜜，导致20多个蜂群飞走。他一方面向老蜂农请教，一方面在实践中分析总结。经过一番努力，柳暗花明，养殖规模达到100多箱，带动5户群众养蜂60箱。这个养殖规模和社会效益是多少养蜂者望尘莫及的。2020年3月，贺如昌被评为安康市"自

强标兵"。

从"青铜"进到"王者"段位,贺如昌依然没有放弃学习。7月下旬,县委宣传部等部门组织举行中蜂养殖培训会,他放下繁杂的事务,积极到县城参加学习。

对于诱人的丰硕成果,贺如昌并不急着取蜜销售。养蜂的成功,使他有了更大的抱负,要以种蜂繁育为主,把种蜂供给贫困群众,把养殖技术无偿分享出去,带动他们通过养蜂挣钱致富。

贺如昌还有一个打算,当养殖达到一定规模的时候,发挥自己的美工专长,建立自己的电商销售平台。

"甜蜜的事业"希望无限!

尾声

——紫阳县脱贫攻坚纪事

  脱贫攻坚的阳光照耀到了紫阳县每一个角落，如今的紫阳，每一寸土地、每一个角落都焕发出生机、积蓄着力量、充满了希望。无数人的命运因此而改变，无数人的梦想因此而实现，无数人的幸福因此而成就。

  作为一个生于斯长于斯的紫阳人，徜徉于这生机勃勃、焕然一新的广袤乡村，耳闻目睹，抚今追昔，不禁感慨万千。

  "惟其艰难，才更显勇毅；惟其笃行，才弥足珍贵。"贫穷有多沉重，奇迹就有多震撼。只有知道了紫阳县贫困面之大、贫困程度之深，才能真正认识紫阳脱贫攻坚的艰巨；只有理解了跨越苦难辉煌的历史，才能真正理解这片土地摆脱贫困的意义。

  紫阳县五年脱贫攻坚中所发生的翻天覆地的巨大变化，必将彪炳史册，为后世子孙铭记、传颂。所有的决策者、指挥者、执行者、参与者、奉献者、受益者、见证者，都将为亲身经历这一伟大的时代变革而倍感欣慰和自豪。

  脱贫摘帽不是终点，而是新生活、新奋斗的起点，是后续乡村振兴恢宏乐章的序曲和前奏。

  "农为邦本，本固邦宁。"农业兴旺、农民安定，则国家统一、社会稳定；农业凋敝、农民不稳，则国家分裂、社会动荡。只有坚持用大历史观来看待农业、农村、农民问题，只有深刻理解"三农"问题，才能更好理解我们这个党、这个国家、这个民族。民族要复兴，乡村

尾 声

必振兴。乡村振兴是实现中华民族伟大复兴的一项重大任务。未来，全面建成社会主义现代化国家，实现中华民族伟大复兴，最艰巨、最繁重的任务依然在农村，最广泛、最深厚的基础依然在农村。乡村振兴是农村治理的新时代，是脱贫攻坚的升级版。对于刚刚跨入小康之门的紫阳县而言，解决群众关注的痛点、难点，正是实施乡村振兴战略需要谋划和致力的焦点、重点。

尤其是搬迁到安置社区（新社区）的那些只会搞种养业，缺乏经济来源的农民，他们能干什么？吃、穿、用度靠什么？

新社区应该成为贫困群众的幸福家园，而不是"贫民窟"。

易地扶贫搬迁社区里的贫困户后续发展问题，是一个非常重要的问题。纵观世界上一些转型国家，"贫民窟"问题是一个特别凸显的社会问题。由于公共服务短缺，尤其是无法提供更多的就业岗位，加剧了"贫民窟"的恶性循环。在"贫民窟"长大的孩子没有受到好的教育熏陶，心理容易自卑，甚至变得扭曲，好些社会上的不法分子，来自"贫民窟"。我们必须加强脱贫攻坚后续扶持和管理，体现社会主义制度和"中国之治"的优越性。有些人认为，搬迁群众进入集中安置社区只是一个过渡阶段，他们很快就会被城镇同化变成市民。其实，搬迁群众生活方式、生产方式的转变，是农耕文明向工业文明的转变，非一朝一夕之功。过去农耕文明讲究靠天吃饭、依赖土地、自给自足；而工业文明则表现出脱离土地、遵守规则、分工协作。这个过程是一个漫长

的变迁过程。

集中安置有利于解决搬迁群众入托、入学、就医、养老等问题,如何确保"搬得出、稳得住、快融入、能致富"?搬迁安置后如何开启新生活?

不久前,国家提出了"四个不摘"的要求,坚持脱贫,摘帽不摘责任、摘帽不摘政策、摘帽不摘帮扶、摘帽不摘监管。在"四个不摘"的前提下,以《中共中央国务院关于实施乡村振兴战略的意见》为准绳,寻找脱贫攻坚政策与乡村振兴政策对农民扶持的支撑点、对农业发展的交叉点、对农村治理的结合点,实现脱贫攻坚与乡村振兴梯次推进,从这个角度看,我们每个党员干部依然不敢滋生松懈、怠惰情绪。劲不可泄,只能鼓,"路漫漫其修远兮,吾将上下而求索"。

在紫阳县脱贫攻坚收官之年上任的县委书记惠军民,对下一步乡村振兴具有清醒的认识。他说,紫阳作为国家限制开发的主体生态功能区和山区农业县,将坚定不移践行新发展理念,坚持走"生态经济化、经济生态化"发展路子,持续实施生态立县、产业强县、文旅兴县、创新活县、惠民安县战略,凝心聚力推动高质量发展、创造高品质生活、实现高效能治理,奋力谱写紫阳新时代追赶超越新篇章。要巩固拓展脱贫成果接续推进乡村振兴。坚持以乡村振兴统揽"三农"工作,严格落实"四个不摘"要求,健全防止返贫动态监测和帮扶机制,扎实做好易地搬迁后续扶持,持续实施免费技能培训,稳定群众就业增收,

尾 声

做好扶贫资产运营管理和基础设施管护。坚持把富硒茶作为首位产业来抓,加大夏秋茶和白茶、茶饮等开发,支持发展富硒特色农产品精深加工。加快推进乡村建设行动,加强村级服务能力建设,做好重点村实用性村庄规划编制,持续推动高山村群众有序向城镇、社区转移。建强农村基层组织,深化农村综合改革,大力挖掘乡土人才,支持各类人才返乡创业,加大农村致富带头人和新型职业农民培育,持续推进农村人居环境整治,加强农村精神文明建设,推动农村移风易俗,推动乡村文明焕发新气象。

一幅产业兴旺、生态宜居、乡风文明、治理有效、生活富裕的美丽画卷,正在紫阳大地徐徐展开!

我们期待着紫阳乡村更大的变化,人民生活更加美好!

后记

采访并创作紫阳县脱贫攻坚长篇报告文学,是一项光荣而艰巨的任务。

说其光荣,是因为两点。其一,紫阳县脱贫攻坚的五年,因其诸多史无前例及其带来的翻天覆地的巨大变化,因其是一场伟大的社会变革和文明跃升,而成为紫阳置县500余年历史中最特别、最艰辛、最辉煌、最难忘的时期。这场彪炳史册的人民战争,规模之大前所未有,力度之强前所未有,投入之多前所未有,进展之快前所未有,成效之好前所未有。为这个历史时期的生动实践和辉煌业绩纪事立传,作为一个生于斯长于斯的文化人,当然是十分光荣的。其二,这是县委宣传部具体策划和组织实施的文化工程,在高手林立的作家群里选择我来承担,县委常委、宣传部部长张宗军及领导班子高度重视、全力配合。

后记

这份信任，让我感到既光荣又神圣。

说其艰巨，是因为四点。其一，五年虽然时间跨度不长，但是此前有扶贫攻坚，再往前还有扶贫开发，提法和名称不同，前后演进联系紧密。那么，怎么处理近五年与此前几年、几十年扶贫工作的关系？如何把握和言说？其二，脱贫攻坚期间，国家政策不断调整，陕西省更不时有创新之举，而紫阳是国家扶贫开发重点县和深度贫困县，是全市乃至全省自然条件最差、贫困程度最深、脱贫任务最重的县之一，事件头绪很多，资料非常浩繁。怎么才能在有限的篇幅内将复杂、烦琐的大事写得简单明了，把特点、亮点、创新点凸显出来？其三，作品既要记录和反应脱贫攻坚全过程、整体面貌，又要有典型事件、典型人物和吸引人的故事。怎么在坚持真实性的前提下增强文学性？使作品具有可读性？其四，接受这个任务时已是2020年10月下旬，紫阳县委宣传部希望开春后在有关媒体连载，尽快公开出版，时间很紧，而我既有杂事缠身，又有工作职责需要履行。

即使任务再艰巨，也必须不讲条件地完成，因为要兑现承诺，况且我将其视为给家乡效力的机会。我立即投入采访创作之中。

需要说明的是，由于采访对象工作繁忙，加之受疫情影响，计划中的实地当面采访有的迟迟不能开展。我就只能通过阅读和研究文字材料，利用电话采访和侧面采访来代替。这样必然影响采访的深入细致，使作品缺少某些现场感和细节描写。

我认为这是一部史志性报告文学，因而把作品内容的客观真实性放在第一位。初稿基本完成后，就分别将相关章节电子版发给有关部门和个人，请他们认真核实，提出修改意见。紫阳县委宣传部收到送审的书稿后，又打印十几份，分送县领导和有关部门审读核实，然后召开审读意见反馈座谈会，当面征求修改意见。考虑到有些部门审读不够仔细，又请县脱贫办、县搬迁办、县作协等部分人员细致审读核实。这样，保证了作品内容的真实性、准确性。

本书在写作过程中，得到中共紫阳县委宣传部等部门的大力支持，引用或借鉴了中国扶贫网、《陕西日报》、《安康日报》、安康新闻网、紫阳县人民政府网等媒体的报道，以及余兴福、汪可平、黄志顺、唐波、朱烁旭、方万华、李胜璋、魏田田等人的文章。在此一并表示衷心感谢！

这部 20 余万字的作品，是不少单位和个人的支持与配合的结果，也是我的倾心之作。倘若能对读者有所裨益，倘若能为后世留下一部可资借鉴的"信史"，吾愿足矣！

曾德强

2021 年 4 月 12 日